Erstes Kapitel

Brogan stand vor dem Priester. Der Südwind spielte mit seinen langen Haaren und umschlang die Locken seiner zukünftigen Braut, die neben ihm auf dem Hügel wartete. Der Himmel war von Streifen durchzogen, ein Gemisch aus Orange und frühmorgendlichem Indigo, und als Sahnetupfer gab es ein paar cremige Zirruswolken. Die Luft war frisch und trug das Versprechen nach Frühling und Sommer mit sich.

»Die Hände vereinen sich«, begann der Priester. Laymar hatte so viele vereinte Hände gesehen wie Kleeblätter im knöcheltiefen Gras. Brogan und Cailla fassten sich an den Händen an und ignorierten den warmen Wind, der an ihren Kleidern zurrte. Ihre Blicke begegneten sich, als wollten sie sicherstellen, dass ihre Zukunft eine gemeinsame war. Für den Moment ignorierten sie auch die vielen Gäste, die jetzt näher kamen, um die farbenprächtigen Stoffe zu verknoten, die sie um die Hände des Brautpaars legten.

»Brogan und Cailla«, fuhr Laymar fort, »wie das Feuer zu Beltane brennt, soll es auch durch die Tage eures gemeinsamen Lebens glühen ...«

Zwei Gäste traten dicht an sie heran und verknoteten leuchtende, von Hand gefärbte Stoffe um Caillas schlankes Gelenk und um Brogans kräftige Hand. Laymar schritt um den magischen Kreis herum und rief die Götter an, damit sie die ein Jahr dauernde Vereinigung des erfahrensten Paares aus dem Dorf segneten.

Seit ihrer Kindheit waren Brogan und Cailla füreinander

bestimmt gewesen. Innerhalb von Stunden würde die Vollziehung der Ehe schon Geschichte sein. Cailla würde sich unter dem Körper ihres Mannes winden, während der Rest des Dorfes tanzte und feierte und die ganze Nacht über Feuer abbrannte. Bevor das Paar Ruhe finden würde, musste es bei einem Fruchtbarkeitsritual mitmachen.

Die Muskeln auf Brogans Rücken verspannten sich unwillkürlich, als er an die beiden Frauen dachte, die auf ihn warteten. Diese Lust, dieses Schwelgen! Er konnte nicht verhindern, dass sein Brustkorb voller Stolz anschwoll und sein Kinn sich der Sonne entgegenhob.

Er war ein glücklicher Mann, dachte er, aber er dachte auch, dass die göttliche Frau, die neben ihm stand, genau das war, was er verdient hatte. Brogan blinzelte hinauf zum ungewöhnlichen Farbenspiel am Himmel.

Was war denn das? Ein Sturm zu Beltane?

»Wesen des Lichts, Wesen des Feuers«, rezitierte Laymar und schaute flüchtig hoch zum Feuer auf dem Hügel, das schon seit sieben Tagen brannte. Wenn die Himmel jetzt schon den Sturm brachten, den sie angekündigt hatten, würden bei der Hochzeitszeremonie keine Feuer mehr brennen.

»... höret meine Worte, die ich an euch richte. Möge das Feuer zu Beltane glühen und ...«

Laymar warf den Kopf in den Nacken. Die langen Haare bedeckten seine Schultern. Über sich sah er den inzwischen schiefergrau gefärbten Himmel. Einmal war Laymar bis an den Rand der Welt gelangt und hatte dort die Wintermeere erlebt. Deshalb behielt er die Ruhe und sprach die Fortsetzung des Zauberspruchs, bevor die Götter ihn aus seinen Gedanken stehlen konnten.

»Möge das Feuer zu Beltane hell brennen und die Liebenden segnen ...«

Cailla schrie plötzlich auf, als ein glühender Feuerball den Himmel spaltete. Der dünne schiefergraue Schleier verdunkelte sich rasch.

»Das Feuer«, rief Laymar und wich von seinem rituellen Text ab, »das heilige Feuer muss vom Brautpaar weitergegeben werden.« Stirnrunzelnd blickte er wieder nach oben, denn jetzt brannte der Himmel lichterloh. »Schnell!«, rief er. »Die Vereinigung muss besiegelt werden, bevor der Zorn der Götter über uns regnet.«

Brogan schlang seinen freien Arm um Caillas schlanke Taille und drückte ihre Brüste gegen das Metall seiner Rüstung. Ihm gefiel, wie sich ihr Körper an seinen schmiegte. »Bist du bereit?«, fragte er.

»Bereit«, sagte sie verunsichert, blickte aber voller Vertrauen ins Gesicht ihres Angetrauten. Sobald sie durch die hüfthohen Flammen gesprungen waren – ein Signal für die umliegenden Siedlungen, dass eine Vereinigung stattfand –, würde ihre Gemeinsamkeit komplett und ein Jahr lang unwiderruflich sein. Abgesehen vom versprochenen Fruchtbarkeitsritus, der in ihrem Dorf eine lange Tradition fortsetzte, würden sich Brogan und Cailla treu sein – bis zur nächsten Vereinigung der Hände im Frühjahr, wenn Cailla schwanger sein würde.

»Du bist schön«, sagte Brogan, »und beinahe bist du mein.« Er spürte, wie sich sein Körper unter dem Stoff regte, aber Zweifel setzten sich mit jedem Atemzug fest. Er konnte nicht ganz sicher sein, ob es Caillas Nähe oder die Aussicht darauf war, sich in Ionas reifen Körper zu versenken, bevor Cailla es ihm nachmachte, was ihn steif werden ließ. Er konnte sich keinen schöneren Weg ausmalen, dass die Götter ihnen ein Kind geben würden.

Plötzlich zerfetzte ein Knall die Stille während der Feierlichkeiten, und der innere Kreis der Gäste stieß auseinander, und weil niemand eine Erklärung hatte, breitete sich wilde Panik aus, und Frauen und Kinder rannten im Kreis um den Hügel herum.

»Jetzt!«, rief Brogan und zog an seiner Partnerin, die wie festgefroren auf der Stelle verharrte. Er musste sie für sich sichern, denn er wusste, wie viele Männer im Dorf sie genommen hätten, wenn er es nicht tat. »Renne mit mir durchs Feuer.«

Aber es war, als wäre Cailla zu Stein geworden, und obwohl er sie am Arm zog und an der Schulter schüttelte, rührte sie sich nicht von der Stelle. Aufrecht stand sie da und folgte mit den Blicken dem Feuerball, der den Himmel über ihnen rot färbte. Auch auf ihrem Gesicht lag ein roter Schimmer, und sie sah, dass die Flammen an dem Gegenstand züngelten, der aus dem Himmel fiel.

»Lauft um euer Leben!«, befahl Laymar. »Die Götter sind entsetzt über diese Vereinigung und bestrafen uns.« Der Priester sammelte seine Festroben ein und rief Brogan und Cailla zu: »Rennt schnell zurück in eure Häuser, wenn ihr bei Verstand seid.«

Brogan zog seinen Dolch aus der Scheide und zerschnitt die Stoffstreifen, die sein Handgelenk mit Caillas verband. Wenn sie den Göttern allein entgegentreten wollte, dann war das ihre Entscheidung, aber er wollte keinen Moment länger auf dem Hügel sein.

»Cailla?«, brüllte er. »Kommst du mit mir?«

Die Frau blieb stumm. Das lange kastanienbraune Haar strich um ihr blasses Gesicht, als sie hinauf zum Himmel schaute. Kurz schweifte ihr Blick zu Brogan ab und sah den grimmigen Ausdruck im Gesicht des Mannes, den sie liebte. Sie hatte noch nie eine solche Angst bei ihm gesehen.

»Nein«, sagte sie und wandte ihre Aufmerksamkeit wieder dem Tumult am Himmel zu.

Brogan fluchte wütend und schloss sich dem Exodus an, der sich wie Lava vom Hügel ins Tal warf. Er floh vom heiligen Ort und rannte um sein Leben. Seine Jägerbeine trugen ihn schneller aus der Gefahrenzone heraus als die anderen Dorfbewohner. Er fühlte die Erde unter seinen Füßen zittern. Im gleichen Moment gab es einen gewaltigen Krach, als ob nun alles Leben enden müsste und der Himmel geborsten wäre.

Er wollte nicht zurückschauen, er konnte es auch nicht. Der Schweiß bahnte sich Spuren der Angst auf seiner Haut und durchnässte die Kleidung unter dem dekorativen Metall seiner Brustplatte, als er weiter talwärts rannte, immer weiter weg von Cailla.

Einige Momente später war alles vorbei. Im Tal hörte man die Echos vom Zorn der Götter, und die sich biegenden Bäume richteten sich wieder auf. Die Blätter raschelten in der starken Brise. Brogan traute sich kaum aufzuschauen, aber dann fiel ihm auf, dass sein Schatten zurückkehrte, ein gutes Zeichen, weil er nun wusste, dass die wertvolle Sonne nicht vom Himmel gefallen war.

Ohne einen weiteren Gedanken an Cailla rannte er an den Hütten des Dorfes vorbei und schritt auf das heilige Rundhaus zu, das für die Fruchtbarkeitsriten, für Heilungsriten und andere wichtige Zeremonien bestimmt war. Wenn die Götter zürnten, würde er sie besänftigen, indem er seinen Körper der schönen Iona hingab.

Brogan trat in die Dunkelheit der runden Hütte, die aus Schlamm und Stroh errichtet worden war. In der Mitte flackerte ein kleines Feuer, und der Rauch zog durch ein Loch in der Decke ab. Er musste die schreckliche Szene, die er draußen gesehen hatte, aus seinen Gedanken verbannen.

»Brogan«, wisperte Iona.

Als sich seine Augen an die Dunkelheit gewöhnt hatten, konnte Brogan sehen, dass die Frau auf ihn gewartet hatte. Sie lag auf einem Bett aus Stroh und Fellen. Er löste die Schnallen seiner schweren Rüstung und legte das Metall ab. Jetzt ging es ihm schon besser.

»Hast du den Zorn der Götter nicht gesehen?« Trotz seiner körperlichen Tüchtigkeit und des Rufs, der beste Krieger und Jäger des ganzen Tals zu sein, ging Brogans Atem schwer. Er wischte sich den Schweiß von der Stirn. »Ein großer glühender Feuerball raste vom Himmel und saß auf dem Rücken einer gewaltigen grauen Bestie.«

»Oh, Brogan«, sagte Iona lachend, »du hast nichts anderes als einen ungewöhnlichen Sturm gesehen, der schnell genug vorüber war.« Sie richtete sich auf die Ellenbogen auf, und Brogan sah, dass ihr Körper von Tierfellen umgeben war.

»Sage mir, ob du und Cailla jetzt vereint seid. Hat Laymar den Knoten besiegelt?«

Brogan seufzte. »Wir sind nicht durchs Feuer gesprungen.« Er löste die Dolchscheide von seiner Hüfte und öffnete seine Tunika. Es war warm im Rundhaus, und die Luft roch nach Erde, rauchendem Holz und nach Iona. Er atmete ihren süßen Duft nach Moschus ein und spürte, wie er unter dem weiten Tuch hart wurde. Er fühlte sich geborgen in der friedvollen Hütte, und er wusste, dass Iona ihn trösten würde.

»Und wo ist Cailla?« Iona zog die Stirn kraus und erhob sich vom Stroh. Sie drapierte die Falten ihres hellen Umhangs um ihren Körper.

»Sie wollte zurückbleiben, um den Göttern zuzusehen.« Brogan trat auf Iona zu. Ihr Anblick vertrieb den Sturm und die Götter und Cailla aus seinen Gedanken.

»Du hast sie allein draußen im Sturm gelassen?« Iona und

Cailla waren zusammen aufgewachsen, sie hatten alles miteinander geteilt, von der Kleidung über Schmuck und ihrem leidenschaftlichen Glauben an die Kräfte der Natur. »Brogan, wie konntest du nur …« Iona ging zum Eingang des Rundhauses, aber Brogan stellte sich ihr in den Weg. Seine Hände griffen an ihre Schultern und wollten sich auf ihre schweren Brüste legen.

»Sie wollte draußen bleiben. Sie wollte, dass ich zu dir gehe. Auch wenn die Zeremonie nicht vollständig war, wollte Cailla doch, dass wir den Ritus fortsetzen.« Brogan grinste, und der Griff an ihre Schultern entspannte sich.

Iona ging zurück zum Bett und schälte sich aus ihrem Umhang. Brogan folgte ihr, nahm den Umhang in seine Hände und drückte ihn vor sein Gesicht. Er inhalierte den Duft ihres Körpers.

»Also gut«, sagte sie. »Ich werde dein sein, aber nur unter einer Bedingung.«

Brogans Augen zogen sich zusammen, während sein Mund sich zu einem breiten Grinsen verzog. Er wusste, dass Iona die Erhebung des Stoffs bemerkt hatte, denn der Blick aus ihren Jadeaugen galt seinem Schoß.

»Was für eine Bedingung?«

»Du musst Cailla die gleiche Freiheit gewähren, solange sie noch nicht endgültig dein ist.« Iona presste ihre Hände gegen ihre Hüften. Sie wusste, dass Cailla dieses Arrangement nicht schätzen würde, aber der Ausdruck auf Brogans Gesicht war schon einen Versuch wert.

»Freiheit?« Er ging um das Feuer herum und dachte über das Undenkbare nach. Cailla gehörte ihm, sie hatte immer zu ihm gehört.

»Und du musst es erlauben, ohne dich einzumischen«, fügte Iona hinzu und wusste, dass sie ihn bis an die Grenze seiner Selbstachtung als Krieger stieß. Brogan verteidigte das Dorf wild und entschlossen. Und im Winter jagte er nach Nahrung. Er glaubte, dass er sich das Recht auf jede Frau, die er wollte, verdient hatte.

»Ich stimme zu«, sagte er schließlich und stieß mit dem Fuß gegen die staubige Erde neben dem Feuer. Ihm gefielen solche Vereinbarungen nicht, erst recht nicht, wenn er sie mit einer Frau wie Iona schließen musste, die sich für viel bedeutender hielt, als sie in Wirklichkeit war.

Sie hatte eine einfache Aufgabe zu erledigen – sie hatte für die Fruchtbarkeit der Paare zu sorgen, damit das Dorf über Generationen mit Kriegern, Jägern und Frauen versorgt war. Dass die törichte Frau darauf beharrte, sich in die Welt der Geister und Götter zu drängen – was man besser Laymar und den Druiden überließ –, war ein weiterer Hinweis auf ihren überheblichen Charakter. Der sexuelle Handel, den sie Brogan jetzt angeboten hatte, war typisch für sie und zeigte, wie sehr sie die Menschen kontrollieren wollte.

»Zieh dich aus«, forderte Brogan und erkannte, dass ihr Angebot ihn sexuell sehr reizte. Er würde sich später mit den Bedingungen beschäftigen, die sie ihm auferlegt hatte.

Iona löste den blau und grün gefärbten Stoffstreifen von ihrem schwangeren Körper, dann stand sie – nackt bis auf den Bronzehalsring – neben dem Feuer.

»Weißt du, wie lange ich darauf gewartet habe?« Brogan strich mit seinen rauen Händen über den reifen Bauch. Es gab so viele Kurven bei dieser Frau; er wusste gar nicht, wo er beginnen sollte. Er streckte die Hände nach ihren Brüsten aus, und als sie leise aufschrie, wusste er, dass er sie zu grob angefasst hatte. Brogan beugte den Kopf, nahm die braunen Warzen in den Mund und saugte daran.

»Jetzt bin ich dran«, sagte er, trat seine Lederschuhe von den Füßen und legte seine Tunika ab.

»Ich sehe, dass du für mich bereit bist«, kicherte Iona.

Brogan nahm sich in die Hand. »Er hat darauf gewartet, in deinen Körper einzudringen, seit du eine Frau geworden bist«, sagte er. Grinsend wischte er den Vorhang der langen Haare aus seinem Gesicht. Er rieb seine Hand am erigierten Schaft auf und ab, als bereitete er seine Waffen für einen Kampf vor.

»Lege dich auf die Felle«, befahl er. Seine Stimme bebte von der Kraft, die von seinem Schoß aufstieß. Er würde Iona hart nehmen, wie er es liebte, ohne Rücksicht auf ihre Gefühle. Danach hatten sie noch genug Zeit, um es auf ihre Weise zu tun. Er hatte sich vorgenommen, sie immer wieder zu nehmen, für den Rest des Tages und auch noch während der Nacht. Das war die Zeit, die sie auch gehabt hätten, wenn dies der Fruchtbarkeitsritus von ihm und Cailla gewesen wäre.

Iona ließ sich auf die Schaffelle und die Fuchspelze fallen. Das Feuer tanzte über ihre glatte blasse Haut. Sie arrangierte sich in eine bequeme Pose und wusste nicht, dass Brogan andere Pläne mit ihr hatte.

»Ich bin bereit für dich«, sagte sie lachend und winkte der hohen Gestalt zu, die sich über ihr erhob. Sie war erfreut, dass er zu ihr gekommen war. Ihr Verlangen nach einem Mann hätte sie in ihrem Zustand sonst gezwungen, sich woanders nach Erleichterung umzusehen.

Brogan ließ sich auf die Knie fallen und fasste Ionas Kopf an. »Dein Haar hat die Farbe des Himmels, den ich eben gesehen habe«, sagte er. »Und es ist so seidig wie der Fluss, der durch unser Tal fließt.«

»Mein Haar ist schwarz«, sagte Iona verdutzt.

»Und das war die Farbe des Himmels, bevor der Feuerball …«

»Lass mich in Ruhe mit deinem Feuerball, und sage mir lieber, was du hiervon hältst.« Iona spreizte ihre Beine und enthüllte einen kleinen Busch glänzender Härchen unterhalb des schweren Bauchs. Sie griff nach unten und tunkte einen Finger zwischen ihre Backen und zog damit eine Linie durch die Nässe ihrer Spalte bis zum Nabel. Sie hinterließ eine silbrige Spur.

Brogan verschwendete keine Zeit, bückte sich und leckte die Spur auf bis zu der Stelle, die er für das Zentrum der menschlichen Lust hielt.

»Oh, Brogan«, rief Iona, »ich halte die Gefühle nicht mehr aus, die du mir bescherst.« Sie wand sich auf den Fellen, als Brogans Zunge tief in sie eindrang. Iona wurde von der Ekstase erfasst, aber auch von Schuldgefühlen, weil sie einem Mann, der ihrer besten Freundin schon so lange versprochen war, erlaubte, sie ohne den Schutz von Laymars Fruchtbarkeitsritus zu nehmen. Wenn Cailla wie geplant mit Brogan vereint worden wäre, wenn Laymar seinen Segen dazu gegeben hätte, dann hätte sich das Paar mit ihrem Körper gemeinsam vergnügen und den fruchtbaren Zauber empfangen können.

»Dreh dich um«, bellte Brogan.

Als Iona keine Anstalten traf, packte er sie an den Hüften und hob sie an, bis sie auf allen vieren da lag, gerade wie ein Tier im Stall. An seinem ganzen Körper traten Adern hervor, und er war starr und steif vor Furcht und Erregung.

Er hatte schon so lange nach Iona gelechzt, dass er sich nicht von einem Unwetter abhalten lassen würde, selbst wenn das ganze Dorf vernichtet wurde. Er würde sich das nehmen, was ihm zustand.

Er langte um Ionas geweiteten Umfang, der fast bis auf die Felle sackte, und ruckte ihre Backen zurück, bis seine Erektion dazwischen passte. Seine Härte hielt die Position, als Ionas glitschiger Körper sich mit seinem verband. Er streckte sich aus und drückte ihre vollen Brüste.

»Du bist anders als alle anderen Frauen, die ich gehabt habe«, sagte Brogan, und dann begann er zu keuchen, als sie seinen Stamm mit ihren inneren Muskeln molk. »Du bist wie eine schwere Frucht, die im Sommer vom Baum fällt. Ich habe noch nie so eine Frau erlebt.«

»Es ist mir Vergnügen und Aufgabe, mein lieber Brogan«, sagte Iona schelmisch. Sie versuchte, sich zu ihm umzudrehen, um ihn dazu zu bringen, seine Zähne in den gestreckten Teil ihres Halses zu versenken. Als er das tat, packte er gleichzeitig ihre breiten Hüften und hob sie auf seinen Schaft, bevor er sie von sich stieß, um sie gleich darauf wieder tief zu spalten. Da er kniete und Iona halb saß und halb auf allen vieren hing, konnte er genau sehen, wie seine Männlichkeit jedes Mal zwischen ihre kirschroten Lippen drang und dann von ihr geschluckt wurde.

»Stimmt es, dass du bei jedem Mann des Dorfes gelegen haben wirst, wenn du vierzig Sommer erlebt hast?«

Eigentlich war Brogan ein besitzgieriger Mann, und wenn er eine Frau nahm, dann wollte er sie nur für sich haben, aber jetzt, als er bei Iona lag, pumpte sein Herz schneller, und seine Phantasie ging mit ihm durch. In diesem Moment hätte er seine ganzen Waffen hergegeben, wenn er hätte zusehen können, wie die Männer des Dorfes über Iona hergefallen waren. Wenn sie glaubte, nun wäre es überstanden, stellten sich die nächsten Männer in die Schlange vor ihrem Rundbau.

Und dann, wenn die Männer sich bei ihr abreagiert hatten,

würde er zu ihr kommen und sie zur höchsten Ebene der Lust bringen. Der kräftige Brogan war sich seiner Qualitäten als Liebhaber bewusst.

»Wenigstens«, sagte sie kichernd, »und vielleicht auch noch viele aus anderen Siedlungen im Tal. Ich habe Geschichten über die Zeugungskraft dieser Männer gehört.« Dann ging ihr Lachen plötzlich in Stöhnen über, als sein behaarter Schoß gegen ihre Backen rammte.

»Du bist schmutzig und unmoralisch«, fuhr er sie an, und immer noch sah er das Bild der Männer vor sich, die vor ihrer Hütte Schlange standen, um bei dieser Frau mit den unvorstellbaren Fähigkeiten zu liegen. »Du glaubst, dass du besonders clever bist, aber ...« Brogan brach ab und ging zu sanften Stößen über, weil er fürchtete, dass Ionas quetschende Muskeln ihn zu früh zum Höhepunkt brachten. Er hätte es nicht ertragen, wenn sein Ruf bei ihr leiden würde. Cailla erwartete den Besten.

»Härter, Brogan, nimm mich härter.« Iona wand sich hilflos auf dem Lager, aber Brogan hatte sich aus ihr zurückgezogen. Er hatte anderes mit ihr vor.

»Lege dich auf den Rücken«, ordnete er an und war überrascht, dass sie ohne Murren gehorchte. Iona war bekannt für ihre Starrköpfigkeit. »Öffne deinen Mund«, sagte er und führte seine Erektion zwischen ihre Lippen.

Iona verschlang ihn. Von der prallen Eichel über den langen, harten Schaft nahm sie ihn in den Mund und saugte. Dann übernahm er und versenkte sich tief im Rachen der Frau. Er füllte sie, als wollte er dafür sorgen, dass sie nie wieder hungrig sein müsste.

Nach etwa einem Dutzend Attacken auf ihre Mandeln erlebte er einen geräuschvollen Höhepunkt tief in ihrem Mund. Er stieß Schreie der Lust aus und wurde kräftig geschüttelt.

Jeder Muskel seines schlanken Körpers wurde gespannt, was ein großartiges Bild ergab. Er war ein mächtiger Mann mit mächtigen Bedürfnissen, dachte Iona.

»Wie hat es dir gefallen?« Iona war neben ihm und rieb seine Schultern. Später würde sie ihn mit duftenden Ölen einreiben und seine Haare pflegen. Sie hoffte, dass er sie dann noch einmal nahm. Eine Frau konnte von einem Mann wie Brogan nie genug bekommen.

»Das war in Ordnung«, sagte er kalt, dann legte er sich auf die Seite und grinste. Er gab ihr einen Kuss und schmeckte sich auf ihrer Zunge.

»Vergisst du nicht was?«

Iona spreizte die Schenkel und enthüllte wieder die zartrosa Spalte ihres Geschlechts. Brogan zögerte nicht länger; er presste sein Gesicht in den Moschus der verborgenen Falten und leckte und saugte, bis auch sie wild geschüttelt wurde.

Aber auch danach war Brogan noch nicht fertig mit ihr.

Cailla war gelähmt vor Furcht und Faszination, als der Feuerball vom Himmel fiel. Es war deutlich zu sehen, dass der heilige Hügel sein Ziel zu sein schien. Für einen Moment wandte sie den Kopf und schaute den fliehenden Dorfbewohnern nach, unter denen sich auch Brogan befand. Sie alle wollten von der so wichtigen Zeremonie nichts mehr wissen. Da Laymar auch geflohen war, gab es für Cailla nur eine Erklärung: Der Feuerball musste eine Botschaft der Götter sein, und deshalb sollte kein Sterblicher Zeuge des Geschehens sein.

Cailla hob die Hände dem Licht entgegen. Das sollte ein Zeichen sein, dass sie bereit war, jede Strafe für ihren Ungehorsam zu akzeptieren. Dann begann sie Verse zu singen, die Laymar benutzte, um das Dorf vor feindlichen Kriegern zu beschützen. Tränen stiegen ihr in die zusammengezogenen Augen, als sie von einem Wirbelwind erfasst wurde und beinahe umgerissen worden wäre.

»Nehmt nicht mein Herz«, zitierte Cailla den Beginn eines Priesterspruchs, aber dann konnte sie nicht fortfahren, denn der Feuerball wurde vom Wirbelwind auf die Hügelspitze zu getrieben. Innerhalb weniger Wimpernschläge gab es einen lauten Knall, und die Erde erzitterte unter Caillas Füßen. Sie warf sich aus Furcht auf den Boden und zog ihren Umhang über den Kopf.

Cailla schwitzte und zitterte, murmelte alle Worte, die sie von Laymar gelernt hatte, und formulierte neue Zaubersprüche aus ihnen. Erst als das donnernde Geräusch schwächer wurde, zog sie den Umhang vom Kopf und starrte auf das Ding, das auf den Hügel gefallen war. Sie fühlte die Hitze vom brennenden Feuerball.

Langsam zog sie das hübsch gewebte Tuch zurück, das sie Brogan zu Ehren trug, wenn er sie nahm. Cailla verengte die Augen und stieß keuchend die Luft aus, als sie die Flammen und den schwarzen Rauch sah, die aus dem gottähnlichen Ungetüm aufstiegen. Und es hatte sich ausgerechnet auf dem heiligsten Land der ganzen Umgebung niedergelassen.

Cailla stand auf, ohne den Blick von dieser Kreatur zu wenden, die knisternd ihren feurigen Atem ausstieß. Die knurrenden Geräusche ließen darauf schließen, dass sie eine lange Reise hinter sich hatte.

Das Herz klopfte in ihrer Brust wie eben, als Brogan sie in die Arme genommen hatte. Zögernd trat Cailla auf das fremdartige Wesen zu. Unwillkürlich befingerte sie das Glücksamulett in ihrer Gürteltasche.

Plötzlich brach die Kreatur auseinander, und Cailla blieb vor Schreck wie angewurzelt stehen. Sie stand jetzt höchstens sechs Schritte von dem Ungetüm entfernt und betrachtete höchst verwundert den glänzenden Mantel und die schimmernde Nase. Noch seltsamer war, dass alles aus dem Material gefertigt war wie Brogans Schwerter und Rüstung.

Nur, dass diese Kreatur eindeutig Zeichen von Leben zeigte. Allein schon das fauchende Atmen. Aber für den Fall, dass das Ungetüm ein Jäger war, blieb Cailla lieber stehen. Sie suchte die glänzende Haut nach einem Auge ab.

»Verdammter Wetterbericht!«

Die Bestie platzte nicht nur, sie konnte auch sprechen, auch wenn Cailla kein Wort verstand. Sie flehte ihren Körper an, mit dem Zittern aufzuhören.

»Wo, zum Teufel, bin ich? Irgendein Hinterwäldlerkaff, und ich sehe keine einzige Straße.«

Das Biest spuckte etwas aus, das eine Frau zu sein schien. Eine Frau, wie es im ganzen Dorf keine gab, und Cailla erkannte sie auch nur an den vertrauten Rundungen als Frau. Die Frau aus der Bestie hatte ein geschwärztes Gesicht, trug dünne Kleidung und hatte wild abstehende Haare, als hätte sie sich für eine Schlacht vorbereitet. Eine weibliche Kriegerin!

Die Kriegerin sprang aus dem Ungetüm heraus, und als sie auf dem Boden aufkam, jammerte sie vor Schmerzen. »Aua! Mein Knöchel!«

Sie hüpfte auf einem Bein und zog die Hose ihres Schlachtanzugs hoch. Ihr Bein blutete. Cailla trat vor und verließ die Deckung der Büsche. Ein Zweig knackte.

»Wer ist da?« Die Kriegerin stellte sich sofort aufrecht hin und sah sich um.

Cailla, immer ehrlich, selbst wenn es sich zu ihrem Nachteil auswirkte, trat noch einen Schritt näher.

»Mein Name ist Cailla«, sagte sie. »Und ich gebe mich den

Göttern als Opfer hin. Nehmt keinen anderen aus unserem Dorf, darum bitte ich.« Cailla dachte an Brogan, wie sehr sie ihn liebte und wie sehr sie ihn beschützen wollte.

»Wow!«, sagte die Kriegerin lachend. Sie wollte weggehen, hielt dann aber inne, humpelte und verzog das Gesicht. »Hör mal, kannst du mir sagen, wo genau ich bin? Der Rettungsdienst wird eine exakte Beschreibung von mir haben wollen.« Die Frau lachte hysterisch, hielt sich eine Hand waagerecht über die Augen und sah sich im Tal um. »Der verdammte Wetterbericht.«

»Ja, du befindest dich auf dem heiligen Hügel. Es ist ein ganz besonderer Ort.« Cailla ließ sich auf die Knie fallen, während die Kriegerin zwei schwarze Scheiben vom Kopf nahm und über die Augen legte.

»Erzähl keinen Scheiß. Soll ich dem Rettungsdienst sagen, dass ich auf dem heiligen Hügel gelandet bin? Ihr wisst schon, Jungs, der heilige Hügel, der ganz besondere Ort.« Die Kriegerin schleppte sich ein paar Schritte weiter und klopfte ungeduldig mit einer Hand auf ihren Knöchel. »Also gut. Wie wäre es denn, wenn du mir sagst, wo ich die nächstgelegene Straße finde. Es muss wahrscheinlich die A403 sein. Und es wäre auch hilfreich, wenn du mir sagen kannst, wo sich die nächste Stadt befindet. Vielleicht York? Oder habe ich es fast bis nach Darlington geschafft?«

»Ich fühle mich so schwach in deiner übermächtigen Gegenwart ...«

»Hör mal, Mädchen, ich brauche einen verdammten Hinweis, wo ich gelandet bin, begreifst du das? Fangen wir doch mal mit der Grafschaft an.«

Die Kriegerin ging auf Cailla zu, den Kopf leicht seitlich geneigt, und wartete auf eine Antwort. Aber dann schien die große Bestie hinter ihr sich zu strecken und spuckte wieder

Feuer. Die Kriegerin schrie irgendwas und humpelte zum Ungetüm zurück. Sie langte hinein, und dann baute sich vor ihr eine weiße Wand auf, die sich kaum durchdringen ließ.

»Wenigstens funktionieren die Feuerlöscher, auch wenn sie sich mit dem Wetter nicht auskennen. Oh, verdammt, schau dir mal die Reifen des Laufwerks an. Die taugen nur noch was für den Schredder.«

Cailla fiel wieder auf den Boden und wünschte, sie wäre mit Brogan geflohen. Sie könnte jetzt neben ihm stehen und aus sicherer Entfernung auf das seltsame Ungetüm oben auf dem Hügel schauen.

»Kannst du jetzt mal aufstehen und mir helfen? Ich habe mir den Knöchel verstaucht, und ich bin mit meinem Flieger abgestürzt. Ich habe eine wertvolle Fracht geladen, und wenn ich sie bis morgen nicht geliefert habe, bin ich eine tote Frau. Mein Vermieter will mich aus der Wohnung werfen, und um allem die Krone aufzusetzen, glaube ich, dass mein Verlobter meine beste Freundin vögelt. Es war also kein schöner Tag für mich, verstehst du? Also hör auf mit deinem Fantasyspiel, und sage mir endlich, wo ich bin.«

Cailla begann zu weinen.

»Oh, Hölle.« Die Kriegerin setzte sich neben Cailla auf den Boden. »Es tut mir leid, okay? Ich werde es mal anders anpacken. Ich rufe zuerst den Flughafen an und lasse die Leute da wissen, dass ich abgestürzt bin. Ich glaube, die haben mich plötzlich nicht mehr auf dem Radarschirm gehabt. Dann kannst du mit ihnen reden und ihnen genau sagen, wo ich bin. Hört sich das okay für dich an?«

Cailla zuckte zusammen, als die Kriegerin ihr einen Klaps auf den Rücken gab. »Was immer du möchtest, werde ich tun«, murmelte sie.

»Prima. Schade, dass Hugh nicht so liebenswert ist wie du.«

Die seltsame Frau zog etwas Glänzendes aus ihrer Tasche, dann stellte sie sich hin und humpelte mal hierhin, mal dorthin. »Oh, einfach großartig! Das passt zu diesem vermaledeiten Tag. Ich wusste, ich hätte im Bett bleiben sollen! Ich kriege keinen verdammten Empfang!«

Cailla sah zu, wie die Kriegerin einen seltsamen Tanz auf dem Hügel aufführte. Dazu gehörte, dass sie beide Hände zum Himmel hob, das Gerät drückte, das offenbar Anlass für ihre schlechte Laune war, und eine seltsame Frage stellte.

»Deckt Vodaphone diese Region ab, weißt du das?«

Cailla war verwirrt, aber auch sie stand auf, was der Besucherin von den Göttern zu gefallen schien, jedenfalls streckte sie eine Hand aus und strich ihr über die Haare, und da begannen sich das Land und der Himmel zu drehen, und Cailla konnte nicht verhindern, dass sie ohnmächtig wurde.

Zweites Kapitel

»Weißt du was?«, rief Jenna ins Telefon, während sie auf die Webseite mit dem Flugwetter klickte. »Du notierst dir alle wichtigen Sachen. Der Champagner muss Bollinger sein und nicht Moët, und die Kanapees werden mit Beluga belegt und nicht mit Lachs. Du überprüfst die richtige Anzahl, die du dir liefern lässt. Du bestellst einen Ersatzfotografen, der einspringen kann, wenn der erste seine Kamera verliert. Vergiss nicht zu arrangieren, dass jemand der Presse einen Wink gibt. Jemand muss Tante Agnes oder wie immer sie heißt einen falschen Termin nennen, denn jeder weiß, dass sie sich betrinkt, in den Hochzeitskuchen fällt oder dem Brautführer an die Wäsche geht.«

Jenna überflog die Wetterseite, während sie redete, aber es hatte sich nichts Neues getan. Feine, klare Sicht zwischen London City Airport und Dundee.

»Und vergiss nicht die verdammten australischen Garnelen«, rief sie in ihre Freisprechanlage. Hugh fuhr wahrscheinlich gerade durch einen Tunnel, denn plötzlich war er nicht mehr da.

Jenna schob ihren Laptop beiseite und warf sich wieder aufs Bett. »Das Wetter ist okay, mein Flugzeug ist gewartet, die Fracht wird abgeholt, und der reiche Mann in Schottland erwartet mich auf seinem Schloss.« Sie wälzte sich herum und griff auf dem Nachttisch nach den Zigaretten. Nur noch eine steckte in der Packung. »Memo an mich selbst. Zigaretten kaufen und Flinte mit nach Schottland nehmen. Ich habe gehört, dass die Jagdsaison eröffnet ist.« Grinsend knipste sie ihr Sturmfeuerzeug an.

Jenna schüttelte ihre Kissen auf, inhalierte tief und drückte einen Knopf nach dem anderen auf der TV-Fernbedienung. Schließlich blieb sie bei einem Western hängen, aber dann erinnerte sie sich daran, dass sie gestern Abend ein Essen beim Chinesen abgeholt und dann nicht gegessen hatte – es stand noch im Kühlschrank. Bevor sie sich aufs Essen freuen konnte, musste sie an ihre bevorstehende Hochzeit denken. Da zogen sich ihre Zehen zusammen, und die Finger wurden taub.

»Oh, Himmel«, wimmerte sie. »Warum ich?« Sie ignorierte den Western und rief ihre beste Freundin an. Sie war immer gut für eine Dosis Realitätssinn, den sie ihr mit beiden Händen ins Gesicht klatschte.

Nun hör aber auf. Du wirst einen von Londons begehrtesten Junggesellen heiraten, und du beklagst dich über die Schwiegermutter und über seine Schwanzgröße? Begreifst du eigentlich, wie reich und mächtig dieser Bursche ist?

So würde sie ihr den Kopf waschen. Das war es, was Jenna noch gefehlt hatte, während sie das kalte chinesische Essen auf den Knien balancierte. Später würde sie sich über Reiskörner in ihrem Bett aufregen.

Jemand ging ans Telefon, aber niemand sprach. »He, Mel, ich bin's.« Jenna wartete, denn sie hörte schweres Atmen. »Mel, bist du da?« Dann hörte sie ein Stöhnen und ein klatschendes Geräusch. Schließlich eine Männerstimme.

»He, du kleines Luder, sieh zu, dass du zurück zu meinem Schwanz kommst.«

Sie keuchten und stießen spitze Schreie aus und dann, genau in dem Augenblick, in dem Jenna den Karton mit dem speziell gebratenen Reis umkippte und auf der Decke verteilte, erkannte sie die Männerstimme.

»He, warte doch mal. Da ist jemand am Telefon. Autsch!« Helles Kichern. »Hallo?«

Hugh – ihr Verlobter – war bei Mel und vögelte sie.

Wie der Flugwetterdienst vorausgesagt hatte, brach ein klarer Tag an. Blauer Himmel mit einem leichten Wind aus Südwest. Zehn Knoten maximal. Jenna hatte nicht gut geschlafen; ihre Gedanken waren wie schmutzige Wäsche in einer Waschmaschine geschleudert worden.

Hugh bei Mel?

Sie schüttelte den Kopf, als wollte sie auch den Gedanken abschütteln. Das würde ihre beste Freundin ihr doch nicht antun, oder?

»Haben Sie eine Lizenz für dieses Flugzeug, Miss Bright?«

Jenna drehte sich um und strich mit einer Hand über das Querruder. »Vic«, sagte sie lächelnd, wobei sie wusste, dass er sich darüber ärgerte, aber jetzt hatte er seine Hände auf ihren Rippen und drohte sie zu kitzeln.

»Komm mir nicht mit Vic«, sagte er und grub seine Finger in Jennas verspannten Körper. Vor fünf Jahren war Mark für British Airways geflogen, dann hatte er Gott gesehen und war Priester geworden. Seitdem nannten seine Freunde ihn Vic, Kurzform von Vicar. »Es reicht, wenn du mich Father, Eure Heiligkeit oder einfach nur Gott nennst.«

»Auch gut«, sagte Jenna lachend. »Aber jetzt muss ich die Kiste checken, bevor ich nach Dundee fliege. Auf ein verdammt vornehmes Schloss.« Jenna verzog das Gesicht.

»Und was ist mit dem zukünftigen Gatten?«

Jenna erstarrte. Der zunehmende Wind zerrte an ihrer losen Jacke. »Ihm geht es gut, danke, und er wird ein paar Tage ohne mich überleben.« Ihre Kehle zog sich zusammen, als sie daran erinnert wurde, dass sie Hugh allein ließ.

»Ein paar Tage? Bleibst du so lange in Schottland?« Vic legte eine Hand über die Augen, weil er von der frühen Morgensonne geblendet wurde. Jennas vom Wind aufgebauschte rotbraune Haare sahen gegen den schwarzen Asphalt wie ein Sonnenaufgang aus.

»Ich bin von meinem Kunden zu einem Jagdwochenende eingeladen worden.«

Sie wollte am liebsten gleich weg. Auch wenn die Wettervorhersage einen klaren Himmel versprochen hatte, dazu hohen Luftdruck und nur schwachen Wind, hatte Jenna das Gefühl, dass sich irgendwas zusammenbraute. Ihr gefiel nicht, dass der Wind plötzlich aus dem Nordosten kam.

»Wir sehen uns bald«, sagte Vic. Jenna hatte immer Zeit für ihn und für immer einen Platz für ihn in ihrem Herzen. Er drehte sich um und ging.

»Warte«, rief sie ihm nach und wusste nicht warum. »Was machst du hier am Flughafen?« Sie fragte das nur, um überhaupt was zu sagen. Es brachte ihr noch einen weiteren bittersüßen Moment mit dem Mann, den sie einmal hätte haben können.

»Ich will mich mit alten Freunden treffen«, sagte Mark lächelnd.

»Fliege heute nicht«, platzte es aus Jenna heraus. »Pass aufs Wetter auf«, fügte sie dann hinzu, auch wenn sie keine Ahnung hatte, warum sie das sagte. Sie hatte alles noch einmal inspiziert und war bereit, in wenigen Minuten zu ihrem Flug nach Dundee aufzubrechen.

»Das Wetter sieht gut aus«, meinte Mark, hob die Handflächen, als wollte er Regen auffangen, dann steckte er einen Finger in den Mund und hielt ihn in den Wind. »Fein und klar den ganzen Tag, Miss Bright. Viel Spaß bei Ihrem Flug.« Wieder drehte er sich um und schritt davon.

»Tower, hier spricht Bravo Mike an der Runway zwei-acht. Erbitte Abklärung für London City QNH und QFE. Over.« Jenna klopfte mit einem langen Fingernagel auf das Glas des Höhenmeters. »Spiel heute nicht wieder verrückt. Ich will das Wochenende auf Carrickvaig Castle erleben. Ich muss einfach mal weg und entspannen.«

»Golf Bravo Mike. London City QNH ist ein ...« Die Funkverbindung zum Tower hörte sich plötzlich so an, als raschelte jemand mit Pergamentpapier. Jennas Ohren schmerzten von dem Geräusch in den Kopfhörern. Sie drehte die Lautstärke rasch zurück.

»Oh, nein, nicht heute«, murmelte sie und versuchte, die Verbindung wiederherzustellen.

»Hier spricht Golf Bravo Mike an London City Tower. Hören Sie mich? Over.« Wieder rauschte es im kleinen Cockpit der Piper Saratoga, aber dann war die Verbindung plötzlich klar, als hätte jemand einen Schalter umgelegt. Die Stimme aus dem Tower war laut und deutlich zu hören.

»Golf Bravo Mike, bereit zum Start auf Runway zwei-acht. So schnell es geht, steigen Sie auf dreitausend, Miss Bright, denn in den nächsten Minuten steigen noch ein paar große Brummer auf. Over.«

Jenna lächelte. Sie kannte Dan, seit sie das Fliegen gelernt hatte. »Ich habe nichts gegen ein paar große Brummer, Mr. Eliot. Bringen Sie mich auf den Weg, dann winke ich Ihnen zu.« Sie klopfte auf das Funkgerät und hoffte, dass es sie nicht mehr im Stich ließ. Langsam löste sie die Bremse.

»Für solche Sachen sollten Sie sich nicht mehr interessieren, Bravo Mike; Sie sind fast eine verheiratete Frau. Klar zum Abheben, Miss Bright, und guten Flug.«

Jenna gab Gas und fuhr zur Startbahn. Sie wusste nicht, ob sie den Kloß in ihrem Hals beachten sollte, der sich dort gebildet hatte, als Dan ihre bevorstehende Hochzeit erwähnt hatte, oder das Flattern im Bauch wegen des milden Flirts mit dem Mann im Tower.

Sie stieß den Gashebel weiter durch und gewann schön an Geschwindigkeit. Beim Abheben blieb Jenna die Luft weg.

»Was soll ...« Jenna wandte rasch den Kopf zu den leeren vier Passagiersitzen. Ein tiefes Rumpeln dröhnte von hinten, und als das Flugzeug schneller über den Asphalt flitzte, überlegte Jenna kurz, das Startmanöver abzubrechen. Sie schaute wieder nach hinten und sah, dass die Holzkiste noch zwischen den Sitzen festgezurrt war. Die wertvolle Ladung ihres Kunden, was auch immer die Kiste enthielt.

Fünfzig Knoten, fünfundfünfzig, sechzig – wenn sie abbrechen wollte, war dies der geeignete Augenblick. Jenna drückte den Gashebel noch weiter durch, hielt den Atem an und dachte an ihr langes Wochenende weg von zu Haus. Die Flucht aus London bot ihr die einzige Chance zu verdrängen, dass ihre beste Freundin mit ihrem Verlobten schlief. Sie musste ihr Leben ganz schön umkrempeln.

Die Vibrationen gingen über in ein klägliches Gejaule, als das Flugzeug achtzig Knoten machte, und immer noch drückte Jenna den Gashebel weiter vor, obwohl sie nicht ganz sicher war, ob das Höhenmeter funktionierte und ob sie dem Funkgerät trauen konnte. Und sie konnte nicht beschreiben, was das seltsame Geräusch hinter ihr verursachte. Die Landeklappen, ein Reifen, dem die Luft ausging, ein loses Verkleidungsblech? Jeder vernünftige Pilot wäre gar nicht erst auf die Startbahn gerollt. Aber heute fühlte sich Jenna nicht vernünftig.

»Nun komm schon«, flüsterte sie und bewegte sanft den Steuerknüppel, bis sich die Nase ihrer geliebten Saratoga vom Asphalt hob.

Sekunden später, alle Instrumente grün, hob der Ein-Propeller-Motor die Maschine mit Leichtigkeit über das Londoner Hafenviertel. Jenna hielt eine Hand auf dem Gashebel, und mit der linken Hand steuerte sie den Knüppel durch den leichten Seitenwind. Wieder hatte sich die Windrichtung verändert.

»Bravo Mike in der Luft«, sagte Jenna zu sich selbst und atmete erleichtert auf, weil die Geräusche leiser geworden waren und alle Instrumente funktionierten. »Ich werde alles vergessen über Hochzeit und beste Freundin und lausigen Verlobten und konzentriere mich nur darauf, Spaß zu erleben. Und vielleicht lerne ich ja, mit einem Gewehr umzugehen.« Ihre Worte klangen etwas wütend, und Verbitterung schwang auch mit, aber dann gerieten diese Emotionen in den Hintergrund, weil sie ein seltsames Flüstern hörte, aber die Worte waren nicht zu identifizieren.

»Und was jetzt?«, fauchte sie. »Golf Bravo Mike an London City Tower, bitte wiederholen Sie Ihre letzte Nachricht. Over.«

Die atmosphärischen Störungen im Funkgerät hielten an, doch diesmal verstand Jenna die Flüsterstimme.

»London City Tower an Bravo Mike. Wir konnten keinen Kontakt zu Ihnen herstellen. Ich wiederhole: Kein Kontakt möglich. Ist alles in Ordnung da oben, Jen? Du hörtest dich ein bisschen gestresst an.«

»Alles bestens, danke, Dan. Ich bin auf fünfzehnhundert Fuß und gehe bald höher, und dann bist du mich los.«

Jenna hörte Dans Antwort nicht, denn wieder raschelte und knisterte es, und dann schien die Leitung endgültig tot zu sein. Sie drehte hier und stellte da was ein, aber es schien nichts zu geben, womit sie dem Funkgerät neues Leben einhauchen konnte.

»Das ist einfach nur großartig«, knurrte sie und dachte, jetzt müsste sie wirklich zum Flughafen zurückkehren. »Schlimmer kann's nicht mehr werden.«

Jenna beschloss, dem Funkgerät eine Viertelstunde zu geben, um sich zu erholen, danach würde sie sich um Drähte oder sonst was kümmern. Im schlimmsten Fall würde sie einen lokalen Flugplatz auf dem Handy anrufen und eine unplanmäßige Landung beantragen, damit das verdammte Ding repariert werden konnte.

»Aber mein Kunde erwartet mich am frühen Abend. Ich werde mich verspäten, und mein Ruf nimmt Schaden …« Jenna schob ihre Sonnenbrille auf ihre Haare, die sie hinten zu einem Pferdeschwanz zusammengefasst hatte, und versuchte, ganz ruhig zu bleiben, aber als sie von hinten eine Stimme wispern hörte, die mehrmals ihren Namen aussprach, schoss die Röte in ihre Wangen, ihr Herz begann zu rasen, und die Haare im Nacken richteten sich angstvoll auf.

»Wer ist da?«, kreischte sie und drehte sich um, soweit ihr das mit dem Sicherheitsgurt möglich war. Sie sah die cremefarbenen Ledersitze, auf denen gewöhnlich zahlende Fluggäste saßen, und die Holzkiste mit der Aufschrift ZERBRECHLICH.

Der ganze hintere Teil der Kabine lag in einem hellgrauen Dunst. »Oh, verdammt«, rief Jenna, und so schnell es ging, griff sie nach dem Feuerlöscher, aber dann löste sich der Dunst auf, und sie hörte auch die Stimme nicht mehr.

Die nächste Stunde traute sich Jenna kaum zu atmen, aber sie war entschlossen, sich durch die seltsamen Vorfälle nicht aus der Ruhe bringen zu lassen. Sie studierte die Karte, die sie sich um den Oberschenkel gebunden hatte, und erarbeitete sich eine Navigationsroute, aber als sie den riesigen Tornado sah, dem sie sich näherte, war es für jede Alternativroute zu spät; jetzt half nur noch Beten.

»Sie geht nicht ans Telefon«, sagte Mel. »Soll ich versuchen, sie auf dem Handy zu erreichen?«

»Wenn sie schon in der Luft ist, wird sie das Handy abgestellt haben. Ich verstehe das nicht. Die dumme Frau ruft mich sonst immer an, bevor sie startet.« Hugh schritt in seinen Boxershorts in Mels Apartment auf und ab. Jetzt blieb er vor dem Erkerfenster stehen und zündete sich eine Zigarette an. Er sah blinzelnd hinauf in den Himmel, als könnte er dort seine Verlobte beim Kreisen beobachten.

»Nicht zu erreichen. Ich lande wieder auf ihrer Voicemail.« Mel hinterließ keine Nachricht. Sie wusste nicht, ob ihre Stimme nicht vor Schuld triefen würde. Sie warf sich einen Bademantel über die Schultern und wollte Hugh Kaffee anbieten, denn sie wusste, dass er gleich aufbrechen würde, wenn er erst mal richtig wach geworden war.

»He, nichts anziehen«, befahl er. »Du weißt, dass ich dich nackt liebe.« Er trat hinter Mel und schlang seine Arme um sie. Er quetschte ihre Nippel zwischen Daumen und Zeigefingern und biss in ihren langen Nacken. »Kleider sind da, wenn du in der Gesellschaft anderer Leute bist, aber nicht bei mir.«

»Entschuldige«, wisperte Mel und hielt die Luft an, als der Mantel von ihren Schultern gerissen wurde.

Hugh teilte ihre Backen mit seiner freien Hand und schob eine Faust durch die Kerbe. Seine Finger drückten die Lippen ihrer strapazierten Pussy auseinander. Rau begann er sie wieder zu reizen, und obwohl sie sich zuerst dagegen wehrte, spürte Mel, dass er sie aufgeilte. Ihr unersättlicher Geliebter nahm sich das, was er als sein Recht ansah.

»Sauge ihn«, befahl er, und Mel nahm pflichterfüllt seine Erektion in den Mund. Sie schmeckte noch das Haargel, das sie gestern Abend auf sein Verlangen hin in seine Haut gerieben hatte. Und Mel war noch scharf genug, um sich selbst mit den Fingern zu streicheln, um dorthin zu gelangen, wo er schon bald sein würde.

Was war es, was sie dazu brachte, ihn derartig zu begehren? Sie wusste es nicht genau. Dass er wohlhabend war, hatte sicher auch damit zu tun. Und sein gutes Aussehen. Vielleicht auch, dass er der Verlobte ihrer besten Freundin war, also ein selbstverständliches ›Hände weg‹.

Mel nahm an, dass es eine Mischung von allem war, und als die ersten Zuckungen in der Bauchgegend ihren Orgasmus ankündigten, war es auch ihr egal. Sie wollte ihn haben, jetzt und immer, und während sein unermüdlicher Schaft in ihrem Gaumen pochte, dachte sie, dass sie ihn eigentlich gar nicht mehr hergeben wollte.

»Schneller, schneller, und beiß mich«, knurrte Hugh ächzend und erregt. Die warmen Härchen seines leicht gerundeten Bauchs stießen gegen Mels Stirn, als sie jeden Quadratzentimeter der gespannten Länge saugte und biss und verschlang, als hätte sie eine Woche lang nichts zu essen gehabt.

Nachdem es vorbei war und Mel keuchend und vornübergebeugt auf dem Boden kniete, hob sie langsam den Kopf und sah zu Hugh.

»Liebst du mich?«, fragte sie mit schwacher Stimme. Dies war die Szene, in der sich Mel immer am meisten hasste. Sie vergaß ihren Stolz, und ihre Schuldgefühle überstiegen die Lüste der vergangenen Stunden. Sie nahm sich vor, es nie wieder zu tun, und wusste doch gleichzeitig, dass sie sich vor ihm ausziehen und ihn anbetteln würde, es ihr zu besorgen, wann immer er sie haben wollte.

»Nein«, antwortete er erbarmungslos durch den Rauch der Zigarette. »Ich liebe Jenna.«

»Oh«, sagte Mel und hätte gern gewusst, warum diese Aussage sie besonders antörnte. Sie richtete sich auf und langte nach dem Bademantel, aber Hugh stieß ihn mit dem Fuß weg. Mel musste grinsen.

»Du stehst für das Verbotene, das Schlechte, für das, was ein Mann braucht. Es ist das Recht jedes Mannes.« Hugh ging ins Bad. »Durch dich wird mein Leben perfekt«, sagte er lachend und richtete den Strahl neben die Toilettenschüssel.

Als er gegangen war, säuberte Mel das Bad, duschte, versuchte sich auf einen Film im Fernsehen zu konzentrieren und wählte wieder die Nummer von Mels Handy. Hunderte Male. Aber sie wurde immer wieder zur Voicemail durchgestellt.

»Hi, Jen. Ich bin's. Ich wüsste gern, ob du schon unterwegs nach Schottland bist und ob alles gut gegangen ist. Und ... ach, ruf mich doch an. Hugh schickt auch seine Grüße. Alles Liebe, mein Schatz.«

Als sie auflegte, wurde ihr der Fehler bewusst. Hugh schickt auch seine Grüße. Sie schlüpfte zurück ins Bett, als wollte sie versuchen, ihre Schuldgefühle im Schlaf zu ersticken. Sie fragte sich, ob sie im Unterbewusstsein sogar absichtlich von Hugh gesprochen hatte, um Jenna wissen zu lassen, dass sie mit ihrem Verlobten zusammen war.

Schließlich schlief sie ein, den Kopf voller Bilder von Hughs Erektion in ihrem Mund und seiner klatschenden Hand auf ihren Backen.

Drittes Kapitel

Jenna starrte auf das Bündel Frau zu ihren Füßen. Die Tunika im karierten Schottenmuster war hoch gerutscht und entblößte die blasse Haut ihrer Beine, die mit einem hellen Flaum bedeckt waren. Die langen Haare der Frau, mit kleinen metallischen Objekten und Blumen dekoriert, fielen ihr ins Gesicht. Jenna bückte sich und legte behutsam eine Hand auf die Schulter der Frau.

»Bist du okay?« Sie rüttelte heftiger. »Bitte, wach auf, sonst sind wir beide verloren.« Dann: »Oh, Gott.« Wieder stiegen Flammen aus der Blechverkleidung der Piper hoch. Jenna sprang auf, schnappte sich den Feuerlöscher und sprühte auf Teufel komm raus. Schließlich waren die Flammen erstickt, und ihr wertvolles Flugzeug kühlte ab und knarrte und knisterte auf der Seite des Hügels.

»Wach auf, verdammt«, rief Jenna und hätte der Frau am liebsten einen Tritt versetzt. Sie wälzte sie auf den Rücken und sah, dass sie immer noch bewusstlos zu sein schien. Jenna humpelte auf einen Felsvorsprung zu, um sich einen Überblick über das Gebiet zu verschaffen, in dem sie abgestürzt war.

»Besonderer Ort. Heiliger Hügel«, murmelte sie verbittert, schüttelte den Kopf und starrte in die Ferne. Durch die Bäume sah sie mehrere Rauchsäulen senkrecht hochsteigen. »Schau dir das an. Kein bisschen Wind, und vor einer halben Stunde bin ich in einen Tornado geraten. Aber jetzt will ich zu den Feuerstellen. Mal sehen, was die da unten im Tal feiern.« Jenna ging zurück zu der im Gras liegenden Frau. »Und hoffentlich können die Leute da unten mir mehr sagen als du.«

Sie holte ein paar Dinge aus der abgestürzten Maschine und warf sie in eine Tasche. Die Fracht, fand sie, war im Flugzeug sicher aufgehoben, und die Schrotflinte war im hinteren Schließfach besser versteckt. Jenna verschloss die Türen und war sicher, dass es keine weiteren Brände mehr geben würde. Sie humpelte den Hügel hinunter.

»Bis später«, rief sie der ohnmächtigen Frau zu, aber nach zwanzig Schritten blieb Jenna abrupt stehen, ging zurück und murmelte: »Okay, du hast gewonnen. Ich muss dich mitnehmen.« Aber wie das funktionieren sollte, wusste Jenna noch nicht.

Sie ging neben der Frau in die Hocke, schlang einen Arm um die Schultern und legte den anderen Arm unter die Knie. Dann versuchte sie, sich mit der Frau aufzurichten, aber das scheiterte schon im Ansatz, weil Jenna sich nur mit einem Fuß abstützen konnte.

Sie packte die Frau an den Händen und versuchte, sie den Hügel hinunterzuziehen, aber nach zwei, drei Schritten war Schluss, weil die Haut der Frau abschürfte und die Tunika zerriss. Der Stoff des Kleidungsstücks schien billig zu sein, deshalb war er so schnell gerissen. Jenna trat an die Frau heran und stellte fest, dass sie keine Unterwäsche trug.

Jenna ließ sich neben ihr ins Gras sinken und wollte den Schoß bedecken, aber dann fiel ihr auf, dass etwas oder jemand kürzlich erst die Frau erregt haben musste, denn Jenna sah die verräterischen Tropfen auf den geschwollenen rosa Labien.

Der unerwartete Anblick ließ Jennas Atem schneller gehen; sie war erregt. Sie hätte über die Pussy der Frau streicheln können, aber erregender als das war die Spekulation, dass ein Mann in der Nähe sein musste. Ein Mann, der ihr helfen könnte. Ein Mann, der sie zurück in die Zivilisation bringen würde. Und zu einem Telefon.

»Ich schätze, das Historienspiel hat dich zu scharf gemacht«, sagte Jenna zur bewusstlosen Frau. »Du wolltest dich wahrscheinlich mit deinem Macker gerade in die Büsche schlagen, aber dann fiel ich vom Himmel und habe euch gestört, was?« Jenna wollte den Rock wieder über die nackten Beine der Frau ziehen, aber dann erstarrte ihre Hand.

»Wer wagt es, unseren heiligen Hügel zu entweihen? Wer ist es, der mir meine Frau wegnimmt, genau in dem Moment, in dem sie die Meine werden sollte?«

Die Stimme klang laut und streng und wütend und dröhnte schneidend durch das ganze Tal, bevor sie an Jennas Ohren drang. »Wer?«

Jenna drehte sich langsam um, die Hand noch über der Pussy der bewusstlosen Frau. Hinter ihr stand ein Mann, der sie weit überragte. Er trug einen Kampfanzug, der sehr überzeugend war und Jenna glauben ließ, dass sie ungewollt zur Mitwirkenden eines prähistorischen Spiels geworden war.

Sie lächelte nervös. Besser, du bringst ihn auf deine Seite, dachte sie und erhob sich. »Hi, ich bin Jenna Bright. Du wirst es nicht glauben, aber mein Flugzeug ist auf diesem Hügel abgestürzt, und dabei habe ich meinen Knöchel verletzt. Diese Lady hier, also, ich weiß nicht genau, was passiert ist, aber plötzlich ist sie in Ohnmacht gefallen. Vielleicht hat sie noch nie einen Flugzeugabsturz gesehen.« Jenna behielt ihr Lächeln bei und versuchte, weiter so zu tun, als wäre nichts Schlimmes geschehen. »Kannst du mir helfen? Hast du ein Telefon? Mein Handy hat hier keinen Empfang. Und gibt es in der Nähe ein Dorf?«

Der Mann trat unruhig von einem Bein aufs andere und legte seine Hand auf ein Schwert, das mindestens eineinhalb Meter lang war und eine Tonne wiegen musste.

Sie nehmen ihr Spiel verdammt ernst, dachte Jenna und warf einen Blick auf den Körper des Mannes. Sie kannte sich in Geschichte nicht aus, deshalb konnte sie auch nicht sagen, in welcher Zeit sie solche Kleidung trugen, aber man musste den Eindruck haben, dass sie großen Wert auf Authentizität legten. Und diese Frau zu ihren Füßen – hatte der Mann gesagt, dass sie seine Frau war?

»Es tut mir leid, dass ich euch gestört habe«, sagte Jenna und warf einen Blick auf die Frau, die sich immer noch nicht bewegte. »Als ich fünftausend Fuß erreicht hatte, geriet ich in einen schrecklichen Tornado. Er kam aus dem Nichts. Und dann waren da auch noch die flüsternden Stimmen, die vielleicht aus der Kiste kommen, die ich geladen habe.«

Jenna hätte sich treten können. Sie hatte niemandem etwas von den Stimmen erzählen wollen – wenn die Flugsicherung davon erfuhr, würde man ihre Lizenz einziehen.

»Also, wenn du mir helfen könntest ...«

Zu Jennas Überraschung fiel der Mann auf seine Knie. »Vergib mir, bitte, vergib mir.« Er zog sein Schwert und stieß es in den Boden, nur Zentimeter entfernt von Jennas Füßen. Sie zuckte zusammen und wich zurück. »Deine Größe überwältigt mich, aber jetzt bin ich bereit, von deiner Hand zu sterben. Ich bitte dich nur, mich durch mein eigenes Schwert zu töten.«

»Ich soll dich töten?« Jenna verzog das Gesicht. »Himmel, ihr nehmt das aber verdammt ernst, was?« Sie humpelte hinüber zum Felsen und setzte sich. »Ich bin es, die dem Sterben nahe ist, denn mein Knöchel schmerzt immer stärker.«

Der Mann hob langsam den Kopf. Seine schulterlangen Haare schwangen vor sein Gesicht. »Du stirbst?«

»Ja, aber nur im übertragenen Sinn. Dabei habe ich verdammt viel Glück gehabt. Du brauchst dir ja nur meinen Flieger anzusehen.« Sie schauten beide zum Wrack. »Aber ich glaube, ich habe den Knöchel gebrochen.«

»Und dein Monster schläft?«, fragte der Mann.

»Wenn du damit meinst, dass der Flieger sich so schnell nicht wieder erheben wird, hast du Recht. Es braucht einen erfahrenen Mechaniker, um mein Baby wieder flugtüchtig zu machen.«

»Ist das Monster noch jung?« Der Mann war jetzt aufgestanden, und Jenna war kaum in der Lage, ein ernstes Gesicht zu behalten, aber dann stieß der Mann ein röhrendes Donnern aus und ging hinüber zu der bewusstlosen Frau, als wäre ihm die jetzt erst wieder eingefallen.

»Was hast du meiner Cailla angetan?«

Der Mann beugte sich über die Frau und strich mit einer Hand über ihre Beine, was ihm zu gefallen schien. »Sie schläft auch«, sagte er leise und schaute zu Jenna.

»Ja, sie hat sich einfach flachgelegt. Ich weiß nicht, wie es passiert ist.« Sie wollte ihm sagen, dass er ihre Blöße bedecken sollte, denn man konnte immer noch ihre Spalte sehen. Aber Jenna hielt sich zurück, denn jetzt sah sie offenen Mundes, wie der Mann in der Scham der Frau wühlte. »Glaubst du, das sei angebracht?«, fragte sie streng. »Ich meine, wir brauchen beide medizinische Hilfe. Sie hätte aus der Bewusstlosigkeit erwachen müssen. Überprüf mal ihren Puls.«

Als er keine Anstalten traf, auf Jennas Rat einzugehen, ging Jenna zu ihr und fühlte den Puls der Frau. »Der Puls ist schwach, aber er ist wenigstens noch da. Kannst du sie tragen? Ich glaube, ich könnte hinter euch her humpeln.«

Der Mann schien sie nicht zu hören. Seine Augen hatten eine blassblaue Farbe angenommen, die an den Rändern in ein unheimliches Grau überging. Seine Muskeln fingen an zu zucken, besonders an Armen und Beinen, als müsste er gegen Emotionen ankämpfen, zum Beispiel ein starkes Verlangen. Aber es war sein Knurren, was Jenna ängstigte. Das Geräusch kam tief aus seiner Brust.

Die mysteriösen dunklen Wolken waren vertrieben, der Wind hatte sich gelegt, und die Sonne badete das Tal und die Wälder in ein Licht, das wie Honig aussah. Jenna hatte den Himmel noch nie so klar und rein gesehen. Selbst auf dem Land nahm man sonst am Horizont einen Schmierfilm wahr.

»Dies ist eine wunderschöne Gegend«, murmelte Jenna und versuchte, die Trance des Mannes zu durchbrechen. »So viele Bäume.« Sie hatte zwar keine Ahnung, in der Nähe welchen Waldes sie abgestürzt war, aber sie war sicher, dass es sich um einen Nationalpark handelte.

»Schau mal, sie kommt wieder zu sich«, sagte Jenna, aber sie erhielt keine Antwort. »Ihre Atemwege müssen frei sein …« Sie brach ab. Der Kerl hatte offenbar keine Ahnung von Erster Hilfe.

»Unsere … Göttin …«, wisperte Cailla mit scharlachroten Lippen und dunklen Wangen. Jenna fand, dass sie wunderschön und seltsam ruhig war.

»Nimm mich als Opfer«, fuhr Cailla fort. »Brogan, schau dir die Göttin an …«

Er starrte auf Jenna. Seine Augen verengten sich, dann nickte er.

»Siehst du sie, mein Liebster? Kannst du unsere Göttin sehen?« Cailla hob ihre Hände und fuhr durch seine dichten Haare. »Ich werde dich waschen und füttern«, flüsterte sie ergriffen.

»Eine Göttin«, sagte Brogan zärtlich. Es waren die ersten freundlichen Worte, die Jenna von ihm hörte. »Eine Göttin.« Diesmal etwas lauter, dann stand er auf. Es war, als hätte er sich daran erinnert, dass sie nicht ganz allein waren. »Seid Ihr eine Göttin?«, fragte er, ging um Jenna herum und richtete seinen breiten Ledergurt, an dem die Scheide fürs Schwert und anderes Gerät hing.

»Nun«, sagte Jenna lachend, erleichtert, dass sich die Umstände normalisiert hatten, »Hugh nennt mich manchmal so, und wenn du willst, dass ich eine Göttin bin, dann bin ich eben eine Göttin. Aber es wäre lieb, wenn du mir sagen könntest, wo ich bin, damit ich dem Rettungsdienst ...«

»Wir bereiten ein großes Fest vor, Cailla! Dies ist ein großer Tag für unseren Clan. Laymar muss es sofort erfahren, denn die Feierlichkeiten sollen schon heute Abend beginnen.« Der Mann fiel ein zweites Mal vor Jenna auf die Knie und beugte den Kopf, während er sprach. »Mir wird die Ehre zuteil, weil ich dich gefunden habe, schöne Göttin. Ich werde dein Hüter und Diener sein.«

Jenna lachte vor Verlegenheit. »Wie du meinst. Aber können wir jetzt zum nächsten Dorf oder in die nächste Stadt gehen? Ich glaube, dass mein Knöchel das durchhält.«

Cailla war auch auf den Füßen, sie arrangierte ihre Tunika, fuhr sich mit den Händen durch das zerzauste Haar und flitzte um Jenna herum, als hätte sie noch nie eine andere Frau gesehen. »Sie ist unsere Göttin des Feuers, Brogan. Sie ist in einem flammenden Streitwagen zu uns gekommen.« Sie zeigte auf die Piper. »Es ist ein gutes Omen für unsere Hochzeit. Heute Abend wird die Zeremonie wiederholt, dann sind wir endlich vereinigt.«

Jenna packte ihre Sachen zusammen und beschloss, sich notfalls allein auf den Weg zu begeben. »Wenn ihr mir nur die Richtung zu einem Laden oder einem Telefon zeigen könntet, wäre das sehr freundlich von euch. Wenn nicht, wünsche ich euch trotzdem einen schönen Tag. Oh, und rührt die Piper nicht an.« Sie ging ein paar Schritte, blieb stehen, drehte sich um und schrie so laut sie konnte: »Sonst holt euch die Göttin des Feuers!«

Zu ihrer Überraschung zuckte das Paar zusammen, und dann hasteten Brogan und Cailla auf sie zu. Der Mann lud sich Jennas Gepäck auf die Schulter, und Cailla bot ihren Wollschal an, als sich die Sonne hinter einer Wolke versteckte. In andächtigem Schweigen wurde Jenna vom ungewöhnlichen Paar ins Tal geführt und auf eine Lichtung zu.

Als sie die Talsohle erreichten, war Jenna verwirrter denn je. Während sie vom Hügel ins Tal unterwegs waren, hatte sie sich immer wieder umgesehen. Irgendein Dorf musste es hier doch geben, oder eine Straße, eine Brücke, einen Weg in die Zivilisation. Aber sie sah nichts. Nichts außer Wald. Es gab auch einige gepflügte Felder. Grünes Land, und darüber ein tiefblauer Himmel.

»Wir sind bald da«, sagte Cailla leise. »Wir machen es dir bequem und feiern deine Ankunft.« Lächelnd hob sie eine Hand und wollte über Jennas kastanienfarbenes Haar streicheln, aber dann tat sie es doch nicht, als sie Jennas abweisendes Gesicht bemerkte.

»Zeltet ihr da draußen oder was?« Jenna roch Lagerfeuerrauch und versengtes Fleisch. »Ihr macht wohl einen Grillabend?« Sie wüsste gern, wie spät es war, und schaute auf ihre Armbanduhr. Sie klopfte aufs Glas, als sie sah, dass die Uhr stehen geblieben war. Verdammt, sie hatte den Absturz nicht überlebt.

»Unsere Göttin spricht von einer anderen Welt.« Cailla sah Brogan voller Stolz an.

Schließ dich ihnen an, mach mit, dachte Jenna. Irgendwann gehen sie ins Haus, du bittest um ein Telefon, wartest auf Hilfe und bist froh, wenn du von diesen verrückten Menschen befreit bist.

Plötzlich fühlte sich Jenna hundeelend. Sie blieb stehen, weil sie fürchtete, zu Boden zu stürzen, aber der Gedanke, dass dieser unverschämte Kerl sich an ihr vergreifen könnte, wenn sie ohnmächtig auf dem Boden lag, hielt sie mit Mühe auf den Beinen, wenn auch nur zitternd und schwankend.

»Es geht ... mir nicht ... so gut. Kann ich ein Glas Wasser haben?« Jenna lehnte sich an einen Baumstamm. »Sind wir schon in eurem Lager? Ich würde mich gern setzen. Hat jemand ein Handy?« Der Schmerz in ihrem Knöchel war kaum noch zu ertragen, und tausend Fragen schwirrten ihr durchs Gehirn. Die Ereignisse des Tages forderten ihren Tribut.

Sie hat gesagt, dass sie sterben wird«, flüsterte Brogan. »Stell dir die Schmach vor, wenn sich herumspricht, dass wir die Göttin haben sterben lassen. Wir müssen sie schnell zu Iona bringen. Sie wird wissen, was zu tun ist.«

»Wir können zum Hintereingang ihres Rundbaus gehen, da erwartet sie uns sowieso.« Ein Moment des Bedauerns verdüsterte Caillas Gesicht, als ihr die abgebrochene Zeremonie und die nicht vollzogene Vereinigungsfeier einfielen. Sie und Brogan hätten den ganzen Tag und die ganze Nacht bei Iona verbringen sollen, um ihre Liebe zu besiegeln und ihre Fruchtbarkeit zu sichern. Aber jetzt mussten sie zu Iona, damit der Göttin geholfen wurde.

»Komm«, sagte Brogan zu Jenna. »Wir besorgen die Hilfe, die du brauchst.«

Zuerst glaubte Jenna, sie wäre tatsächlich umgekippt, denn plötzlich waren Laub und Moos und der braune Waldboden da, wo eigentlich der Himmel sein sollte. Es dauerte eine

Weile, bis sie begriff, dass der Barbar sie einfach über seine Schulter geschwungen hatte.

Sie bewegten sich jetzt rasch auf ihr Ziel zu, auch wenn Jenna das in ihrer Position nicht erkennen konnte. Die Gerüche wurden kräftiger – geröstetes Fleisch und Eintopf aus Wurzelgemüse. Sie hörte auch viele Stimmen, kreischende und schreiende Kinder, und Tiere blökten und bellten. Allmählich nahmen die Geräusche ab, und Jenna vermutete, dass sie die Mitte des Dorfes mieden und sich jetzt dem Rand näherten.

»Wohin gehen wir?«, fragte Jenna, aber sie wurde ignoriert.

Dann sah sie die Seiten einer Hütte; nie zuvor hatte sie so etwas gesehen. Die Mauern schienen aus Schlamm und Stroh zu bestehen, und das Dach war aus gelbem Reet. Jenna musste sich den Hals verrenken, um den Bau besser sehen zu können. Wenn sie genug Kraft gehabt hätte, würde sie mit den Fäusten auf den Rücken des Mannes schlagen, bis er sie wieder auf ihre Füße stellte.

»Iona«, flüsterte Cailla. »Iona, komm schnell an deine Hintertür.« Cailla drückte gegen die knarrende Tür aus Weidenholz. »Ich verstehe das nicht«, sagte sie. »Iona sollte da sein. Sie sollte auf uns beide warten.«

Brogan verzog das Gesicht und wusste, dass Cailla wütend sein würde, wenn sie erfuhr, dass er bereits den Fruchtbarkeitsritus ohne sie zelebriert hatte. Aber wenn es nach seinem Willen ging, konnten sie das später noch mal gemeinsam nachholen. Gemeinsam würden die beiden Frauen seine Männlichkeit herausfordern. Sein Mund verzog sich zu einem freudigen Grinsen.

Sie betraten das kühle, dunkle Rundhaus und brauchten eine Weile, bis sich ihre Augen an das trübe Licht gewöhnt hatten. In der Mitte flackerte noch ein kleines Feuer.

»Iona!«, rief Brogan. Neben dem Feuer regte sich etwas in den Fellen. »Wach auf, Iona. Wir haben dir ein Geschenk gebracht.« Brogans Stimme klang laut und tief und ließ die Schlammfundamente der Hütte erzittern. Seine weißen Zähne blitzten im Feuerschein. Er hielt die Frau immer noch über einer Schulter fest. Jenna hatte sich inzwischen entspannt, deshalb zögerte Brogan noch, sie auf den Boden zu stellen.

Er liebte das Gefühl der schlanken Frau so fest an seinem Körper. Es war gerade so, als hätte er ein seltenes Tier gefangen, das er nun zähmen könnte.

»Wer ist da?« Ionas Stimme klang dünn und müde. Sie kam unter den Fellen heraus und trug nichts als eine Untertunika. Ihr gewöhnlich geflochtenes Haar war verzottelt und hing ihr über den Schultern. »Brogan, bist du wieder da?« Ein Lächeln bildete sich auf den sonst ausdruckslosen Zügen. Sie streckte sich und zwang ihre Augen auf.

»Wieder?«, fragte Cailla leise, aber Brogan ignorierte sie, und unter diesen Umständen beharrte Cailla auch nicht auf einer Antwort. Es war möglich, dass Brogan während des schrecklichen Unwetters – das ihnen die Göttin gebracht hatte – in den Schutz des Rundhauses geflohen war.

»Ich habe dir ein Geschenk mitgebracht«, verkündete Brogan in einer Stimme, die den ganzen Clan hätte erreichen können, woran Brogan vorerst noch nicht interessiert war. »Eine Göttin«, erklärte Brogan und ließ Jenna von seiner Schulter auf den Haufen der Felle und Pelze sinken. Sie lag da wie ein verwirrtes Tier, krümmte sich wegen des Knöchels vor Schmerzen, sah vom Rauch geschwärzt aus und hatte nichts von dem, wie man sich eine Göttin vorstellte.

Iona machte kleine Schritte um Brogans Geschenk herum. »Sie sieht tatsächlich anders aus als wir«, stellte sie fest. »Aber bist du sicher, dass sie eine Göttin ist? Oder ist sie ein

Kurier eines anderen Clans oder vielleicht eine Adelsfrau, die von ihrem Clan ausgestoßen wurde?«

»Sie ist wahrhaft eine Göttin«, beharrte Cailla. »Iona, ich war es, die gesehen hat, wie sie in einem gewaltigen Feuerball vom Himmel gefallen ist. Sie hat auf einem großen feurigen Ungetüm gesessen. Dieses Monster schläft noch auf dem heiligen Hügel. Sie aber ist unsere Göttin des Feuers.«

Cailla lief zu Iona, die immer so weise und liebenswert war, und legte den Kopf auf die Schulter der Freundin. »Unsere Vereinigung wurde von der feurigen Bestie unterbrochen. Wir wären sonst früher zu dir gekommen, aber ich fürchte, wir müssen den Fruchtbarkeitsritus verschieben.« Cailla blickte zu Jenna, der Ursache der Verschiebung. Jenna wand sich auf den Fellen und stöhnte leise.

»Sie ist müde von der Reise«, meinte Iona. Dann wandte sie sich an Cailla. »Nichts kann das Ritual stören. Laymar wird dafür sorgen, dass die Vereinigung eurer Hände durchgeführt wird, und dann werden wir nicht nur das feiern, sondern auch noch die Ankunft der Göttin. Es ist ein doppelter Beltane in diesem Jahr.«

Iona hielt Cailla an den Schultern fest, dann betrachtete sie die Freundin auf Armeslänge. »Außerdem sehe ich, dass du mit der Reise in die Fruchtbarkeit schon begonnen hast.« Iona lächelte und strich mit den Fingern über das gewebte Tuch von Caillas Tunika, wobei sie auf den Spitzen ihrer Brüste eine Weile verharrten. »Deine Wangen sind so gerötet, als hättest du dich einem Mann schon angeboten.«

»Ja, aber befriedigt hat sie ihn nicht«, sagte Brogan und unterbrach die Frauen. Er hatte nichts gegen die Nähe der beiden Frauen, aber dass er davon ausgeschlossen war, würde er nicht zulassen. »Zuerst müssen wir uns um die Göttin kümmern. Iona, du musst herausfinden, was sie braucht.

Cailla, du wirst ihr dabei helfen. Ich werde sie bewachen, während ihr arbeitet, und dann muss Laymar davon erfahren. Für den heutigen Abend brauchen wir noch viele Vorbereitungen.«

Jenna schlug plötzlich die Augen auf und setzte sich. »Wo bin ich?«, fragte sie. Den Absturz schien sie vergessen zu haben. »Bin ich schon in Schottland? Habe ich es noch bis zum Schloss geschafft?«

»Sie spricht uns nicht vertraute Worte«, bemerkte Iona. Mit einer langen Zange holte sie ein glühendes Eisen aus dem Feuer, dann schüttete sie kochendes Wasser aus einem metallenen Kessel in einen Tontopf.

Sie kauerte sich neben die verwirrte Göttin, öffnete einen Lederbeutel mit getrockneten Kräutern und gab sie in den Tontopf. Noch bevor sie eingezogen waren, roch es im Rundhaus wie auf dem Waldboden nach einem warmen Regen.

Dann nahm sie ein sauberes Tuch, tränkte es mit der aromatischen Mixtur und wusch Jennas Gesicht. Der Rauch und der Schmutz schmolzen dahin und entblößten die blasse makellose Haut der Göttin.

»Mit einer so hellen Haut muss man sie verehren«, sagte Iona. »Und wenn ich ihre Haare gewaschen habe, werden sie leuchten wie glühende Kohlen.« Iona strich über Jennas kastanienfarbene Strähnen und versuchte, die Kleidung zu öffnen, damit sie den ganzen Körper mit dem Tuch abreiben könnte.

»Was für sonderbare Kleidung«, murmelte Iona und sah, dass Jenna nicht mehr so teilnahmslos dasaß und sich die fremde Umgebung ansah. Iona zupfte und zog und drehte an den Knöpfen einer am Morgen schneeweißen Bluse.

»He!« Jenna schlug Ionas Hand von ihrer Brust weg. »Was soll das denn?«

»Ich möchte dich ausziehen«, sagte Iona süß. »Wir heißen dich in unserem Clan willkommen, und wenn ich dich gewaschen habe, holen wir Laymar, unseren Druiden. Er wird mit dir auf eine Weise sprechen, die wir nicht verstehen.«

»Wie ich schon zu diesem Burschen sagte« – Jenna zeigte auf Brogan, der neben der Tür stand, eine Hand auf dem Schwert –, »brauche ich nur ein Telefon und eine Information über meine geographische Lage. Der Name des nächsten Dorfes würde mir schon reichen.«

»Iona«, sagte Cailla. »Wir müssen auf Laymar warten, der uns diese seltsame Sprache übersetzt. Nur einer mit seinem Wissen wird wenigstens eine Ahnung von dem haben, was unsere Göttin meint.«

»Göttin?« Jenna lachte. »Himmel, wo bin ich nur gelandet?« Sie streckte sich und wollte aufstehen, aber dann fiel sie zurück auf die Felle. »Jetzt begreife ich«, sagte sie grinsend. »Das ist eine Folge von ›Verstehen Sie Spaß?‹ oder so was. Oh, Mann!« Sie drehte sich in der Hütte um, aber sie sah nichts. »Wo sind denn die Kameras? Oder ist es eine dieser Reality Shows? Ihr müsst ein halbes Jahr wie die Bauern vor tausend Jahren leben, bringt euch beinahe gegenseitig um, und der Mann, der bis zuletzt übrig bleibt, kassiert zwanzigtausend Pfund und einen Vertrag für seine eigene Show auf irgendeinem obskuren Sky Channel. Na, habe ich ins Schwarze getroffen?«

Sie versuchte wieder zu stehen und ignorierte das Schwindelgefühl und die Beule auf ihrem Kopf, die sich in ihren Schädel biss. »Himmel, ich könnte eine Tasse Tee gebrauchen. Nein, lieber einen doppelten Whisky.«

Zitternd sah sich Jenna im Rundhaus um und betrachtete die fremdartigen Gegenstände. »Sie haben sich verdammt angestrengt, dass alles sehr realistisch aussieht, was? Überträgt Channel 4 diese Show?«

Sie strich mit einer Hand über einen krude zusammengebauten Webstuhl, auf dem ein Stück Stoff mit Karomustern lag. An einer Wand standen mehrere Körbe mit Schafswolle, und abgesehen von der Feuerstelle in der Mitte gab es in dem Rundbau sonst nur noch Felle, Pelze, Tuche und getrocknete Blumen und Kräuter, die vom Schilfdach herunterhingen.

»Trink das.« Iona reichte ihr einen Tonbecher, in den sie eine andere Kräutermischung gefüllt hatte. Jenna war sehr durstig und war dankbar für das Getränk.

»Das hat mir gut getan. Müsst ihr auch essen, wie man früher gegessen hat? Überkommt euch denn nicht manchmal der Heißhunger nach dem Inder von der Straßenecke? Also, ich würde meinen Chinesen vermissen. Und was ist mit Zigaretten und einer Flasche Wein?«

Der Raum schien sich zu drehen, und Jenna sah die Hütte in den schönsten Farben vor sich. Sie drehte sich wie ein außer Kontrolle geratenes Karussell. »Oh ...«, keuchte sie, bevor sie in starke Arme fiel – es waren die starken Arme des Barbaren, der sie wieder auf die Felle legte.

Während die Wirklichkeit zu Träumen wurde, nahm Jenna wahr, dass sich jemand an ihrer Brust und auf dem Bauch zu schaffen machte. Sie hörte auch Stimmen über sich, bevor sie kühle Luft auf ihrer Haut spürte.

Jemand wusch ihre Brüste und über ihren Bauch, dann rauschte es in ihren Ohren, als befände sie sich unter Wasser. Jemand zog an ihren Beinen, dann wieder gedämpfte Stimmen, Wasser auf den Beinen und zwischen den Beinen. Jenna fiel in eine glückliche Ohnmacht, die ihr wie ein Schlaf von tausend Jahren vorkam und in der sie die erregendsten Träume erlebte, die sie je gehabt hatte.

Viertes Kapitel

Vandenbrink Holdings Ltd. war eine jener Firmen, von denen niemand so genau wusste, womit sie sich eigentlich beschäftigte – nicht einmal die Angestellten.

Rachel, persönliche Assistentin des erfolgreichen und respektierten Bosses Hugh Vandenbrink, hatte allerdings eine sehr genau Stellenbeschreibung. In diesem Moment, um zwanzig Minuten nach vier an diesem herrlichen Nachmittag im Mai, balancierte sie ihren Po auf Hugh Vandenbrinks Schreibtisch. Sie hatte die Beine gespreizt, den Rock hoch gezogen und den Slip schon abgestreift. Sie hatte genaue Anweisungen erhalten, wie sie die Füße mit den scharlachroten Stilettos zu platzieren hatte.

»Du musst lächeln«, sagte Hugh laut. Ihm war es egal, wer ihn hörte oder wer ahnte, was in seinem Büro gerade ablief. Er richtete sein Handy zwischen Rachels Schenkel und drückte ab. »Täglich ein neuer Teil von dir als Bildschirmschoner. Steck deinen Finger rein, dann kann ich noch ein Foto schießen.«

»Ja, Sir«, antwortete Rachel. In einer Stunde würde sie in der U-Bahn sitzen und nach Hause fahren. »Du hast aber wieder Ideen heute.«

»Langsam rein und langsam raus«, befahl Hugh.

Rachel führte also nicht nur den Terminkalender, nahm Memos auf, organisierte Veranstaltungen, kümmerte sich um alle Belange von Hughs persönlichem Leben – dazu gehörte auch, dass sie seine Unterwäsche kaufte, Kondome und Deos –, in Rachels Stellenbeschreibung stand auch der Punkt ›Sex mit dem Boss‹, wann immer ihm danach zumute war.

Sie hatte den Vertrag unterschrieben. Schon beim Bewerbungsgespräch vor fast einem Jahr hatte sie sich ausziehen und Fragen im nackten Zustand beantworten müssen. Dann war sie in die engere Auswahl genommen worden, und beim dritten Termin, als sie verschwitzt, außer Atem und nackt auf dem Teppich lag, hatte Hugh ihr mitgeteilt, dass er sich für sie entschieden hätte.

»Oh, verdammt«, fauchte er und klappte das Handy zu. Er nahm einen Packen Papiere und breitete sie auf seinem Schreibtisch aus.

»Kann ich irgendwas tun?« Rachel knöpfte ihre Bluse auf und ließ sie von den Schultern gleiten. Ihre Brüste steckten in einem cremefarbigen Spitzen-BH, und die Körbchen konnten die vollen Halbkugeln kaum halten. Sie wusste, was Hugh gern sah. Es waren solche Details – der Hauch von Hughs Lieblingsparfum zwischen ihren Schenkeln, die Körperlotion, die ihre Haut unter seinen Fingern schmelzen ließ –, die ihr jeden Monat einen saftigen Bonus eintrugen. »Soll ich jemanden anrufen?« Sie sah, dass er ganze Kolumnen voller Zahlen überflog.

»Hol mir Bob von Wilmot und Bailey an den Apparat, und frage ihn, was zum Teufel schiefgelaufen ist. Besser noch, stell ihn zu mir durch, dann werde ich ihn fragen.«

»Ja, Sir«, antwortete Rachel, und ohne ihre provozierende Position aufzugeben, langte sie nach dem Telefon und wählte die Nummer. »Hugh Vandenbrink möchte Bob Michaels sprechen, bitte.« Eine Pause. »Es ist mir egal, wer bei ihm ist. Es ist sehr dringend. Was? Ich weiß nicht, warum es dringend ist, aber weil Mr. Vandenbrink das gesagt hat, muss es sehr dringend sein.« Rachel verzog das Gesicht und schaute ihren Boss an. »Ich danke Ihnen«, sagte sie dann.

Hugh zündete sich eine Zigarette an, richtete die Beule in seiner Anzugshose und gierte unter Rachels Rock. Himmel, war sie köstlich. Dann lachte er vor sich hin, sog den Rauch in seine Lungen und dachte, er sollte duschen, bevor er Rachel nahm. Erst vor einer Stunde hatte er Mels Wohnung verlassen.

»Hier«, sagte Rachel und reichte ihm den Hörer.

»Bob? Ja, gut. Was, zum Teufel, ist passiert? In den letzten Tagen war ich von anderen Geschäften abgelenkt, und du meldest dich nicht mehr. Habe ich das Ding? Gehört es mir?« Hugh atmete tief ein, stakste ans Fenster und schaute auf Rachel, die sich noch weiter mit dem Finger erforschte. Dann blaffte er in den Hörer: »Gehört das verdammte Ding mir?«

Rachel duckte sich, als die Explosion kam. Sie zog ihre Beine auf den Schreibtisch und bedeckte ihren Kopf mit beiden Händen. Sie hatte bisher keine Angst vor ihrem Boss gehabt, aber dies war wahrscheinlich der richtige Augenblick, um ihn in seinem Jähzorn nicht zu stören.

»Was?« Hugh brüllte in einer solchen Lautstärke, dass Rachel glaubte, die Fensterscheiben in der achten Etage des Bürogebäudes würden explodieren. »Nein? Nein? Du sagst mir, wir haben verloren?« Hugh hörte einen Moment auf zu schreien und drückte seine halb gerauchte Zigarette aus. Dann zündete er sich eine neue an, stellte sich in die Mitte seines Büros und fragte relativ ruhig: »Wie viel?« Dann senkte er den Kopf, und er begann schwer zu atmen. »Eins Komma zwei? Du sagst mir, ich hätte das Ding, das ich mehr als alles andere in der Welt haben wollte, wegen lumpiger eins Komma zwei nicht bekommen?« Wieder eine Pause. »Klar habe ich von einem Limit gesprochen, aber du musst doch heraushören, ob ich Limit sage oder Limit. Bei dem einen Limit ist Ende, und beim anderen ist noch Spiel, verstehst du?« Er schrie wieder. »Welcher Wichser hat sich also meine Statue unter den Arm gesteckt?«

Rachel, die sich wieder gelockert hatte, fand, es war an der Zeit, ihren gestressten Boss abzulenken, deshalb sah sie es als ihre Aufgabe an, seine Hose auszuziehen und die Erektion freizulegen. Der rigide Schaft, an den sie gewohnt war, wies bestenfalls noch die Hälfte seines sonstigen Umfangs auf.

»Mhm«, sagte sie und schaute zu Hugh auf, aber der ignorierte sie. »Du kannst in meinem Mund wieder wachsen, Liebling.« Sie legte den weichen Kopf auf die Zunge und saugte ihn tief in den Schlund.

»Was soll das heißen, es ist keine Statue?«, schrie Hugh ins Telefon. »Natürlich ist es eine verdammte Statue. Eine nackte Frau mit großen Titten und weit gespreizten Beinen. Und ich will ... sie haben. Also bringe sie mir zurück, sonst findet sich dein erbärmlicher Arsch in der Gosse wieder, und ich vernichte dein lausiges Auktionshaus mit einem einzigen Telefonanruf.« Er warf das Telefon quer durchs Büro und wandte sich Rachel zu. »Was würde ich ohne dich anfangen, Babe?« Und er stieß seine Hüften gegen ihr Gesicht.

»Dann wärst du die ganze Zeit frustriert und wütend und nicht nur ab und zu wie jetzt«, sagte sie, nachdem sie ihn kurz aus dem Mund flutschen ließ. »Erzähl mir, was geschehen ist, Liebling. Dann kann ich versuchen, dass es dir wieder besser geht.«

»Ich habe sie verloren, Rachel.« Es war seltsam, aber Hugh klang gedämpft. So hatte Rachel ihn noch nie gehört. »Ein anonymer Bieter hat mich und meinen unbrauchbaren Mann ausgebootet. Er hat sich als unfähig erwiesen, dieser Bob. Ich hätte jeden Preis für diese Statue bezahlt. Es sollte ...« Hugh brach ab und legte eine Hand auf Rachels weiche Haare. »Es sollte ein Hochzeitsgeschenk für Jenna sein.«

»Können wir nicht eine ähnliche finden?«

Hugh lachte. »Wenn du jedem Archäologen in der Welt eine Schaufel in die Hand drückst und sie vierundzwanzig Stunden, sieben Tage die Woche graben lässt, und das drei Generationen lang – trotzdem würdest du nicht wieder eine solche Statue finden. Sie ist zweieinhalbtausend Jahre alt. Ein keltisches Fruchtbarkeitssymbol, geschnitzt aus einem Stein.« Er senkte den Kopf. »Und ich wollte sie unbedingt haben.«

»Warum legst du dem neuen Besitzer nicht ein Angebot vor, dem er nicht widerstehen kann? Jeder hat einen Preis, nicht wahr?« Rachel dachte an ihre eigene Position, an die sexuellen Extras, die zu ihrem Job als Hughs Privatassistentin gehörten. Sie war darauf nur eingegangen, weil sie dreimal mehr verdiente als ihre Freundinnen.

Hugh lächelte. »Du hast Recht. Verdammt, ja, ich werde ihm ein Angebot vorlegen. Bob hat mir nichts über den Bieter sagen können, außer, dass er aus Schottland kommt, und irgendeinen Unsinn, dass er das Kunstwerk zurück an seine rechtmäßige Stätte bringen will. Aber ich kann mehr über den Kerl herausfinden. Ich werde ihm ein Angebot machen, dass ihm das Gehirn wegsegelt. Er wird mir die Statue schon in die Hand drücken, bevor ich mein Scheckbuch gezogen habe.« Hugh drückte seinen Mund auf Rachels. »Du hast ja so Recht, dass jeder Mensch seinen Preis hat, meine Liebe.«

Das Paar küsste sich mehrere Minuten lang. Rachel war erleichtert, dass Hugh an ihrem Schenkel wieder hart wurde. Die alberne Auktion hatte ihm nicht den Willen genommen, das zu beenden, was sie begonnen hatten.

Hugh hielt Rachels willfährigen Körper fest. Ein Arm umschlang ihren schlanken Rücken, als er den Kopf beugte und an ihre Brüste drückte.

»Zieh das aus«, sagte er ungeduldig. Er wollte gerade in das Tal zwischen Rachels Brüsten tauchen, aber dann hielt er inne, und ein seltsamer Ausdruck legte sich über sein Gesicht. »Ist Jenna nicht nach Schottland oder so geflogen? Oh, verdammt, sie hätte mich mitnehmen können. Jetzt ist sie weg, und ich muss einem anderen vertrauen, mich da obenhin zu fliegen.«

Rachel seufzte und schlang die Finger um Hughs Erektion. »Es gibt viele Flüge zu allen schottischen Flughäfen. Ich brauche nur kurz anzurufen, dann hast du deinen Flug. Sobald wir das hier hinter uns haben.« Sie massierte die seidige Eichel und wollte ihn wieder küssen, aber er wich zurück.

»In welche Stadt ist sie geflogen?«

»Ich habe keine Ahnung, Hugh. Du solltest deiner zukünftigen Frau mehr Beachtung schenken.« Rachel – obwohl sie Jenna nur einmal getroffen hatte, hielt sie sie für eine angenehme Person, vielleicht ein bisschen zu angenehm für einen Mann wie Hugh Vandenbrink – wollte nicht über seine Verlobte reden, solange sie seinen Schwanz in der Hand hielt. Kalt und eisig stand nicht in ihrer Jobbeschreibung, und schließlich war sie auch nur ein Mensch. Ihr gefiel nicht das Ziehen ihres Herzmuskels, als sie an Jenna dachte, als hätte die Frau ihr ein schlechtes Gewissen eingestickt.

»Glasgow oder Aberdeen?«, murmelte Hugh. »Oder Edinburgh?« Er drückte einen gedankenlosen Kuss auf Rachels Stirn, nahm ihre Hand und zog sie weg. Er bückte sich nach dem Telefonhörer, den er eben wütend durchs Büro geschleudert hatte, und wählte Jennas Handy. »Sie müsste inzwischen schon gelandet sein.« Ihm fiel ein, dass Mel und er über Jenna gesprochen hatten, aber sie hatten sie nicht erreicht.

»Du hast gesagt, dass sie das Wochenende da verbringt. Wen trifft sie in Schottland? Weißt du überhaupt, warum sie da ist?« Rachel bemühte sich, nicht ungeduldig zu klingen. Es war ihr Job, Hughs Leben zu entwirren.

»Ich weiß nicht, wer ihr Kunde ist, aber ich erinnere mich, dass sie von einer Lieferung sprach. Gewöhnlich fliegt sie Geschäftsleute durch Europa, und ich erinnere mich auch, dass sie sich gefragt hat, warum der Kunde keinen Kurier gebucht hat. Es gefiel ihr nicht, dass sie als Frachtflugzeug quasi missbraucht wurde. Ich glaube, sie hat sich mehr Sorgen um ihr kostbares Flugzeug gemacht als um ...«

»Aber wohin ist sie geflogen, Hugh?« Rachel zog ihren zerknitterten Rock aus und enthüllte ihre wohlgeformten Beine in der Hoffnung, dass Hugh noch einmal zu dem zurückfand, was eigentlich geplant war. Zuerst waren seine grabschenden Bewegungen eher lästig gewesen, weil ihr Schreibtisch voller Arbeit war, aber nun hatte er sie aufgegeilt, und sie wollte, dass er sie nahm.

Hugh dachte nach und hob dann die Schultern. Er begriff plötzlich, dass seine zukünftige Frau alles Mögliche anstellen konnte, und er würde es nicht wissen. Dieser Gedanke machte ihn verrückt. »Ich habe keine Ahnung, wo sie ist, aber erste Priorität hat der Dieb, der meine Statue gestohlen hat.«

»Deine erste Priorität sollte das hier haben«, sagte Rachel, legte sich auf dem Ledersofa zurück und spreizte ihre Beine. Was Hugh sah, war so einladend, dass er sich ungeschickt den Rest seines Anzugs auszog, seine Erektion pumpte und direkt vor Rachels Gesicht hielt. Im nächsten Augenblick hatte er seinen Schaft in ihr versenkt.

Rachel stieß ein Wimmern aus, als er sie ausfüllte. Sie zog ihn noch tiefer in sich hinein, indem sie ihre Beine um seinen Rücken schlang. Sie ließ sich tiefer ins Sofa sinken und konsumierte ihren Boss so gierig es ging.

»Du ... könntest ... mit mir kommen«, sagte Hugh außer Atem. An seinem Hals traten die Adern dick hervor.

»Du weißt doch, dass wir immer zusammen kommen, Hugh«, kicherte Rachel in sein Ohr.

»Ich meine nach Schottland.« Hugh barg den Kopf in Rachels Halsbeuge, während er sich immer schneller dem Orgasmus näherte. Als Rachel den Mund öffnete, um zu antworten, drückte er eine Hand auf ihre Lippen. Was immer sie sagen wollte, konnte warten.

Er war mit seinen Gedanken beschäftigt, die sich um antike Fruchtbarkeitsstatuen rankten und um die Frage, was Jenna in Schottland zu suchen hatte.

Plötzlich hörte Rachel auf, sich zu bewegen, und ihr ganzer Körper wurde hart wie Stahl. Ihre Lippen wurden dünn, der Hals wurde länger, und ihr Rücken verkrümmte sich. Ein gewaltiger Orgasmus kündigte sich an. Sie wollte, dass der Höhepunkt ewig dauerte, aber jetzt brauchte sie ihre ganze Kraft, um sich zurückzuhalten.

»Warte, warte«, keuchte er, denn er mochte es nicht, wenn eine Frau vor ihm den Orgasmus erlebte. Den größten Kick empfand er beim gemeinsamen Höhepunkt – darum ging es doch bei dieser Disziplin, wie Hugh immer sagte. Wenn Rachel oder eine andere Frau an seinem Körper Befriedigung fand, hatte er nichts dagegen, aber das war nicht sein Ziel, sondern ein Nebenprodukt. Wenn er allerdings die postkoitalen Kommentare der Frauen hörte, konnte Hugh behaupten, dass er ihnen eine Menge Gutes zuteilwerden ließ.

Hugh rammte weiter in sie hinein und hörte auch nicht auf, als er spürte, wie sich die Hitze in seinen Lenden sammelte.

»Ich komme«, sagte er gepresst, damit Rachel sich nun auf ihren eigenen Orgasmus einlassen konnte.

In den nächsten Sekunden gab es für Hugh und Rachel nichts, was wichtiger war. Sie waren beide nicht ineinander verliebt, würden es wohl auch nie sein, aber trotzdem kulminierten ihre Körper in einem gewaltigen, verzehrenden Orgasmus.

»Oh, Mann.« Hugh sackte zusammen und fühlte, wie sein Samen eine Pfütze in Rachels Vulva bildete. Einen Moment lang glaubte er, Rachel wäre Mel, nein, Jenna, nein, die andere Frau aus dem Club. Nun, wer auch immer ... sein Penis wurde in ihrer Pussy ertränkt, und sein Schweiß klebte auf ihren Brüsten.

»Oh, ja, es war wunderbar«, ächzte Rachel. Sie küsste Hughs Schulter, aber er wich zurück, als hätte sie ihn mit einer Nadel gestochen.

»Du kommst mit mir. Nach Schottland«, fügte er hinzu.

Rachel runzelte die Stirn. »Wirklich?« Stellenbeschreibung, Paragraph zwei: Lass alles fallen, wenn der Boss dich ruft.

»Was erwartest du denn von mir? Soll ich auf Sex verzichten, während ich unterwegs bin?« Hugh rutschte von ihr und zog Shorts und Hose an. »Wenn ich wüsste, wo in Schottland meine Verlobte wäre, würde ich sie herbeizaubern. Aber sie geht nicht an ihr Handy. Dabei ist sie noch das geringste meiner Probleme.« Er zündete sich wieder eine Zigarette an. »Rachel, hol mir Bob ans Telefon, und sage ihm, dass ich alle Informationen über den Käufer haben will. Jetzt sofort.«

»Ja, Sir«, sagte Rachel.

Es ging ihr deutlich besser. Ihr Körper summte und

brummte, und sie konnte es kaum erwarten, dass Hugh beim nächsten Mal ihren Job noch ein bisschen anspruchsvoller gestaltete. Einmal hatte er sie mit nach Hause genommen, damit sie ihn übers Wochenende verwöhnen konnte; eine spannende Erfahrung und eine Gelegenheit, die Vielzahl seiner Spielzeugsammlung auszuprobieren.

Wieso Jenna die Liaison noch nicht bemerkt hatte, wusste Rachel nicht, aber richtig begreifen konnte sie das nicht. Ihre Finger flogen über die Tastatur. Sie trug immer noch ihre Strümpfe und die Schuhe mit den hohen Absätzen.

»Hallo. Bob Michaels, bitte.« Rachel schob ihre blonden Haare zurück, während sie wartete.

Hugh warf einen bewundernden Blick auf ihren Körper. Es sah so aus, als ginge sie regelmäßig ins Fitness Center. Er hatte vor einem Jahr eine gute Entscheidung getroffen, denn abgesehen von ihrer sexuellen Begeisterung war Rachel eine gute Privatassistentin. Sie hatte ihn schon aus einer Reihe von schwierigen Problemen gerettet. Ja, Rachel war ein kostbares Juwel, das sich zu bewahren lohnte.

Zehn Minuten später hatte Rachel mehr Einzelheiten über den Mann mit der Statue herausgefunden.

»Euan Douglas«, wiederholte Hugh den Namen, mit dem Bob herausgerückt war. »Nun, Mr. Douglas wird bald Besuch erhalten«, rief er triumphierend. »Pack deine Sachen, Rachel. Wir besuchen ihn auf Carrickvaig Castle und machen ihm ein Angebot, das ihm den Kilt ins Gesicht blasen wird.«

»Oh, wie aufregend«, rief Rachel. »Wann geht's los?«

»Buch uns auf den ersten Flug morgen früh, selbst wenn du die Fluggesellschaft kaufen musst, um mitzufliegen.« Hugh knöpfte sein Hemd zu. »Und der Chauffeur soll vorfahren. Ich will nach Hause.«

Rachel salutierte lustig und blieb nackt, während sie ihren

Aufgaben nachging. Einen Boss wie Hugh zu haben, war wahnsinnig aufregend; freiwillig würde sie ihren Job nie aufgeben. Er gab ihr einen Kuss auf die Wange und warf sein Jackett über die Schultern.

»Spätestens zu Mittag will ich vor Euan Douglas stehen und ihm ein Angebot machen, dass ihm Hören und Sehen vergeht.« Mit einem Lächeln, von dem Rachel wusste, dass es wilde Entschlossenheit verriet, ging er aus der Tür.

Nachdem Hugh das Haus verlassen hatte – sie sollte ihm später die Einzelheiten über den Flug mitteilen –, fragte sich Rachel, ob sie auch nach dem Wochenende bei Vandenbrink Holdings arbeiten würde. Jede Fluggesellschaft, die sie anrief, war ausgebucht, oder der Flug war auf den Abend verschoben worden. Das war Hugh zu spät. Rachel konnte schon die geschwollenen Adern im geröteten Gesicht sehen, und sein Mund saugte zischend die Luft ein wie ein Staubsauger.

Rachel rief mehrere Chartergesellschaften an. Bei denen standen die Chancen noch schlechter. Was war in der Flugwelt los? Waren alle Piloten krank und alle Flieger in Wartung? Weil sie um ihren Job bangte, zog sich Rachel an und lief zum London City Airport, um dort um Barmherzigkeit zu betteln. Nur zwei Sitze nach Dundee. Dafür würde sie auch Sex mit dem Ticketverkäufer haben, ganz egal, ob Mann oder Frau.

Eine Stunde später saß sie in einem Café und starrte verzweifelt auf ihren lauwarmen Cappuccino. Nichts, *nada, nothing, zilch.* Rachel hatte versagt, und sie war sicher, dass Hugh sie rauswerfen würde. Was sie am meisten traurig stimmte, war weniger der Gedanke, den Job bei Vandenbrink Holdings zu verlieren, so beeindruckend der auch war, sondern vielmehr die Erkenntnis, dass Hugh sie nie wieder zwingen würde, sich vor ihm auszuziehen und ausgestreckt über seinen Schreibtisch zu legen.

Die Aufregungen von einer Minute zur anderen, die Unvorhersehbarkeiten ihres Jobs, Mr. Vandenbrinks unersättlicher sexueller Appetit, dies alles garantierte totale Befriedigung mit ihrer Arbeit. Sie würde nie wieder eine solche Position finden. Deshalb musste sie zwei Plätze nach Dundee auftreiben, und wenn sie ein Flugzeug stehlen und es selbst fliegen musste.

»Oh, Entschuldigung ...« Irgendein Idiot fiel über ein Bein von Rachels Stuhl und stieß gegen die Kaffeetasse in ihrer Hand. Der Rest des Cappuccinos besprenkelte ihre Bluse.

»Nun passen Sie doch auf, verdammt«, zischte Rachel und tupfte mit einer Serviette über ihre Brust. Sie starrte ihn wütend an und wollte ihm gerade ein paar beleidigende Obszönitäten an den Kopf werfen, als ihr auffiel, dass der hoch aufgeschossene und überraschend gut aussehende Mann eine dunkle Brille trug sowie eine schwarze Uniform, an deren Jackett kleine goldene Sterne an den Manschetten leuchteten, und auch die Mütze war mit Sternen verziert. Dazu hatte er einen der typischen Pilotenkoffer dabei. Rachel ahnte, dass ihr Schutzengel ihr einen eigenen Flugkapitän geschickt hatte.

»Lassen Sie mich Ihnen noch so einen Kaffee kaufen. Was war es, ein Cappuccino?« Der Mann lächelte breit. Es war, als ginge in seinem Gesicht die Sonne auf. Er stellte seinen Koffer auf den Stuhl neben Rachel. »Wirklich, ich bestehe darauf«, fuhr er fort, obwohl Rachel gar nicht abgelehnt hatte.

Kurz darauf trat er mit zwei Tassen zurück an den Tisch, und Rachel konnte nur an seinen Lippen hängen, als er sich setzte und vorstellte.

»Ich bin Mark Maloney und fühle mich schrecklich, weil

ich Ihre schöne Bluse ruiniert habe. Wenn Sie mir Ihre Adresse geben, lasse ich sie reinigen und schicke sie Ihnen zurück.«

Rachel war sprachlos, aber als ihr Gehirn wieder Worte bilden konnte, kam es ihr so vor, als würden sie auf ihrer Zunge gebacken. »Sie … wollen meine Bluse?« Sie wäre nicht einmal von sich überrascht gewesen, wenn sie die Bluse ausgezogen und ihm gereicht hätte. An solche Situationen war sie gewöhnt. Dieser Mann, der Pilot, hatte sich an sie geworfen, leistete ihr beim Kaffee Gesellschaft und wollte, dass sie die Bluse auszog. Jemand musste sie mal kräftig kneifen.

Stattdessen fragte sie: »Sind Sie Pilot?« Sie hörte sich an, als wäre sie drei Jahre alt.

»Nein, ich bin Priester.«

Rachel lachte. »Und ich bin Astronautin.« Angetan von seinem Humor und seinem Selbstvertrauen, streckte sie die Hand aus. »Rachel Harte. Ich bin Privatassistentin, aber wahrscheinlich die längste Zeit gewesen.«

»Ich bin wirklich Priester.« Mark zog die Mütze aus, als erwartete er, dass darunter der Heiligenschein sichtbar wurde. »Ich bin verkleidet.« Er lächelte.

»Sie sind also kein Pilot?«

»Nein.«

»Und warum …?«

»Weil ich mal einer war.«

Rachel stutzte. Sie war nicht dumm. Auf dem Abschlusszeugnis hatte sie drei Einser gehabt, und später hatte sie auch noch die Sekretärinnenschule besucht. »Sie sind ein Priester, der mal Pilot war, und jetzt hängen Sie auf Flughäfen herum, kleiden sich wie ein Pilot und behaupten, ein Priester zu sein.«

»Und ich remple schöne Privatassistentinnen an und verwirre sie.« Mark zog sein Jackett aus und legte seine dunkle Brille ab. Jetzt war er ein attraktiver Mann in einem weißen Hemd und mit schwarzer Hose.

Rachels Herz raste vor Enttäuschung. Wie dumm von ihr zu glauben, dass jemand ihre Gebete erhört hatte. Außerdem glaubte sie sowieso nicht an solche Dinge.

»Nun gut …« Rachel legte den Kopf schief und sah den Mann aus verengten Augen an. Sie begriff es immer noch nicht. »Sie sehen so aus, als hätten Sie gerade eine Maschine geflogen oder als würden Sie bald wieder in die Pilotenkanzel klettern. Aber Sie sagen …« Sie brach ab, verzog das Gesicht und wünschte, ihre Tasse enthielte etwas Stärkeres als Kaffee.

Mark Maloney, Pilot oder Priester, knöpfte sein Hemd auf, und ein paar Sekunden später war darunter ein schwarzes Gewand mit vielen kleinen Knöpfen zu sehen. »Vergessen wir, wer ich bin«, sagte er lächelnd.

Rachel schaute fasziniert zu, wie der ungewöhnliche Fremde seine Tasche öffnete, etwas Weißes herausnahm und um seinen Hals legte.

»Sie sind wirklich ein Priester«, sagte sie, als wäre sie einem Alien begegnet. »Zugenäht und arschgefickt«, fluchte sie, weil ihr klar wurde, dass sie immer noch keine Chance hatte, nach Dundee zu fliegen. Dann presste sie eine Hand vor den Mund. »Oh, Gott, das tut mir leid.« Dann: »Nein, ohne Gott. Ich meine nur, dass es mir leidtut. Wirklich.«

Neben ihr saß allem Anschein nach ein Priester. Er hatte sich von ihrem rettenden Piloten zu einem Mann verwandelt, der vielleicht ihre Seele retten konnte, wenn Hugh sie in Stücke gerissen hatte.

»Seien Sie still, Rachel Harte«, sagte Mark Maloney sanft. »Hören Sie mir gut zu, was ich Ihnen erkläre.«

In Rachels Magen flatterte es, als er mit einem Finger unter ihr Kinn griff.

»Mein Name ist Mark Maloney. Früher war ich Captain Maloney, als ich für British Airways flog. Vor fünf Jahren wollte ich Priester werden. Jetzt nennt man mich Father Maloney. Haben Sie das bis hierhin begriffen?«

Rachel nickte. Er hielt ihr Kinn immer noch in der Hand, eine fürsorgliche Geste von seiner Seite, aber der Auslöser schamloser Lust bei Rachel. Der Mann war, selbst in dieser geistlichen Kluft, ein schöner und beunruhigender Mann.

»Aber von Zeit zu Zeit fliege ich noch. Manchmal nur aus Freude und manchmal, um Freunden von früher aus einer Not zu helfen. Ich habe meine Lizenz behalten, und ein oder zwei Mal im Monat übernehme ich Jobs für Charter- oder Frachtunternehmen. Aber ich würde nie wieder einen Vollzeitjob daraus machen. Gott hält mich auf Trab.«

»Ach? Wieso denn?«

»Deshalb auch den raschen Uniformwechsel, der allerdings sonst auf der Männertoilette über die Bühne geht und nicht vor den Augen einer verwirrten jungen Frau.«

Flirtete er?, fragte sich Rachel. Flirtete ein Priester mit ihr? Ihr Atem ging schneller.

»Sie müssen also jetzt zur Kirche?« Sie wollte, dass er bei ihr blieb. Damit sie ihn fragen konnte.

»In fünfundvierzig Minuten beginnt die Beichte.«

Rachel hielt die Luft an und versuchte, nicht in Mark Maloneys Augen zu ertrinken. »Darf ich auch etwas beichten?«

Er lachte und schaute auf seine Uhr. »Wenn Sie schnell genug sind.« Er nahm einen Schluck Kaffee.

Rachel wäre fast ohnmächtig geworden, als seine Augen sich beim Lächeln mandelförmig verengten. Er hatte was Faszinierendes an sich, das ganze Gesicht und auch, wie ihm die Haare in die Stirn fielen. Eine besondere Aura umgab ihn, und trotz ihrer Not, zwei Flüge nach Dundee zu buchen, wurde Rachel von ihm angezogen wie Eisen von einem Magnet.

»Es ist wegen meines Chefs«, begann sie. Sie schluckte, aber ihr Mund war trocken. »Ich hatte Sex mit ihm.« Was hatte sie gerade gesagt?

»Ich verstehe«, sagte Mark gedehnt. »Und ist das eine gute Sache, oder müssen Sie es sich von der Seele reden?«

»Oh, nein, es ist eine gute Sache. Wir treiben es die ganze Zeit.« Rachel hatte sich ein wenig erholt, obwohl ihr Blick immer noch von den Augen des Priesters angezogen wurde. »Das Problem ist Dundee. Wenn mir diese Organisation nicht gelingt, wird es wohl keinen Sex mehr geben. Wegen der Statue. Und wegen Euan Wieheißterauchnoch im Schloss. Hughs Verlobte Jenna ist nicht aufzutreiben, und er traut ihr offenbar nicht über den Weg. Dabei ist er dreimal am Tag mit mir zugange und auch noch mit anderen Frauen. Er hat einen prächtigen ...«

»Rachel, nach meiner fachkundigen Meinung brauchen Sie keinen Priester, sondern einen Psychiater.«

»Nein!«, platzte es aus Rachel heraus. Das Gespräch ging in die falsche Richtung. »Verstehen Sie denn nicht? Wir brauchen einen Piloten! Wir müssen morgen Mittag in Dundee sein!«

»Ah, natürlich. Und warum erzählen Sie mir das?«

»Weil ich einen Piloten brauche. Alle Flüge sind ausgebucht, oder sie fliegen zur falschen Zeit, und wenn ich nicht genau das tue, was Hugh mir sagt, wird er mich feuern und ...«

»He, nun aber langsam. Es gibt ein Gesetz gegen unfaire Entlassungen.«

»Aber nicht, wenn wir von Hugh Vandenbrink sprechen.«

Mark schwieg einen Moment. »*Der* Hugh Vandenbrink?«

Rachel nickte ernst. »Er könnte mein Leben mit einem einzigen Telefonanruf zerstören.«

»Ich glaube nicht, dass er das kann, Rachel. Der Mann hat kein Recht, Sie unter diesen emotionalen Druck zu setzen. Aber ich sehe jetzt Ihr Dilemma.« Er trank seine Tasse leer. »Was haben Sie sich davon versprochen, hier im Café zu sitzen?«

»Ich habe gebetet, dass ein Priester-Pilot vorbeikommt und mich rettet.« Rachel plusterte ihre Haare auf und wünschte, sie hätte sich geduscht nach dem Sex mit Hugh. Sie musste befürchten, dass Mark ihren Geruch wahrnahm. Sie weitete die Augen und zog einen Schmollmund. »Und Gott hatte ein Einsehen und hat – Halleluja – Sie geschickt.« Sie stützte das Kinn auf die gekreuzten Hände. Schade, dass sie nicht das kleine goldene Kreuz trug, das Hugh ihr letztes Jahr zu Weihnachten geschenkt hatte.

»Morgen habe ich meinen freien Tag«, sagte Mark, erhob sich und griff nach seinem Koffer.

»Aber das ist doch ideal. Sie können uns nach Dundee fliegen. Hugh wird Ihnen den fünffachen Preis zahlen.«

»Was ich meinte: Morgen ist mein Ruhetag. Dann ist ausruhen und entspannen angesagt. Aber ich wünsche Ihnen, dass Sie bald nach Dundee gelangen und Ihren Job behalten. Auf Wiedersehen, Miss Harte.« Er lächelte und ging davon.

Rachel schrie.

Sie hatte noch nie in der Öffentlichkeit geschrien. In einem Anfall absoluter Albernheit riss sie sich die Bluse auf, zerzauste ihre Haare und begann zu wimmern, zu zetern und laut zu schreien.

»Jemand muss diesen Priester aufhalten! Seht nur, was er mit mir gemacht hat!«

Offenbar hatte sie keinen Tumult ausgelöst, bestenfalls ein kurzes Spektakel, das nicht lange anhielt. Niemand, so schien es, wollte etwas mit einer kreischenden Frau zu tun haben, die gerade von einem Priester belästigt worden war.

Niemand – bis auf den Priester.

Mark Maloney verharrte schon bei ihrem ersten lauten Schrei mitten im Schritt, zog den Kopf ein, drehte sich um und ging zu der hysterischen Rachel zurück.

»Sie gewinnen«, sagte er und versuchte, das Grinsen zu vertuschen, das seinen Mund verzog. »Ich habe Zugang zu einer sechssitzigen Maschine, aber das wird Sie etwas kosten. Wir starten um zehn Uhr, also treffen Sie und Ihr Boss sich morgen hier um neun Uhr dreißig. Sie brauchen Ihre Reisepässe. An Bord gibt es keine Verpflegung, und ich spiele auch kein Video ab. Außerdem erwarte ich die Zahlung im Voraus.«

»Ach, ein Priester-Pilot, der sein Einkommen an der Steuer vorbei einfährt?«, fragte Rachel spöttisch.

»Das Geld, das ich durch mein Fliegen verdiene, geht an Kirchenstiftungen. Unsere Bücher können zu jeder Zeit eingesehen werden. In unserer Kirche regnet es durch.« Er griff in seine Tasche und reichte Rachel eine Karte. »Bei irgendwelchen Problemen rufen Sie mich an.« Wieder drehte er sich um, und diesmal ließ Rachel ihn entkommen.

Rachel riss die Augen auf und saugte tief die Luft ein. War das wirklich gerade passiert? Hatte sie einen Flug nach Dundee mit ihrem Priesterpiloten ausgehandelt? Und hatte sie ihn durch ihre Schreie erpresst?

Sie sah an sich hinunter. Neben den Flecken vom Kaffee sah sie, dass ihre Bluse tatsächlich weit offen stand und ihre Brüste entblößte.

Fünftes Kapitel

Sie hatte nur mal ein Wochenende für sich haben wollen. Die Einladung ins Carrickvaig Castle und ein paar Tage weg von ihrem Schürzenjäger-Verlobten waren genau das, was sie brauchte, um Kraft zu haben, die nächste Woche zu überstehen und zu entscheiden, wie sie den Rest ihres Lebens verbringen wollte. Aber in den letzten paar Stunden hatten sich ihre Sorgen noch verdoppelt, nein, vervierfacht, und sie begann sich wie ein Opfer in einem Horrorfilm zu fühlen oder wenigstens das Opfer eines umständlich aufgebauten Witzes.

Hugh, fand sie, war der einzige Mensch mit genügend Kontakten und mit genug Geld, um so eine Schau abzuziehen. Also, wenn er etwas damit zu tun hatte, dann sammelte er bei Jenna keine Punkte. Wenn sie wieder zu Hause war, würde sie seine Eingeweide um einen Propeller wickeln.

»Muss ich das wirklich tragen?«, fragte Jenna. Sie fühlte sich immer noch schwindlig, und obwohl sie den barbarischen Kerl im Moment nicht sah, so fühlte sie sich auch in der Gesellschaft der beiden ungewöhnlichen Frauen recht unbehaglich. Sie brauchte ein Telefon. »Kann mich nicht jemand endlich in ein Dorf bringen oder zur Post oder zum Pub? Irgendetwas muss es doch hier geben.«

»Sch«, sagte Iona. »Deine lange Reise aus der anderen Welt hat sogar eine Göttin ermattet. Spar dir deine Kraft für das Festival. Alle unsere Leute werden dich sehen und anfassen wollen. Noch weiß niemand von deiner Ankunft, deshalb sagt Brogan ihnen Bescheid, dass es ein Doppelfest geben wird – sein Heiratsversprechen mit Cailla und deine Ankunft in unserem Clan.«

»Ich will doch nur sagen …«

»Laymar hat mit den Vorbereitungen begonnen.« Die knarrende Weidentür wurde aufgestoßen, dann stand Brogan in der Tür.

Jenna keuchte. Der Barbar sah noch barbarischer aus. Er trug nichts an seinem Oberkörper und eine weite Hose darunter. Auf der sonnengebräunten Haut des Mannes waren schreckliche und Furcht erregende Dinge mit einer schieferblauen Farbe gemalt. Stirn und Wangen waren bemalt und gaben ihm ein dämonisches Aussehen, und seine dunklen Augen leuchteten teuflisch. Brust und Schultern waren mit Kampf- oder Mordszenen belegt, wobei der Maler einen primitiven Strich bevorzugte. In der Bauchmitte war eine weibliche Gestalt zu sehen, die von einem viel zu großen Penis missbraucht wurde. Neben der Frau gab es eine Strichzeichnung von Jennas Flugzeug.

»Komm herein, Brogan, bevor jemand von draußen unsere Göttin sieht.« Iona zog ihn ins Innere.

»Cailla, unsere Zeremonie der vereinten Hände wird in Anwesenheit der Göttin des Feuers wiederholt.« Brogan fiel vor seiner zukünftigen Frau auf die Knie. »Laymar sagt, dass die Ankunft der Göttin in einem feurigen Streitwagen unsere Verbindung so stark macht, dass sie bis in die Ewigkeit dauern wird. Wir sind wahrhaft füreinander bestimmt, meine Liebste.«

»Ich störe euer Spiel ja nur ungern, aber bitte, kann mir jemand ein Telefon besorgen? Mein Knöchel schmerzt und …« Jenna wollte so schnell wie möglich aus diesem Bau.

»Du hast noch Schmerzen? Dann setze dich hin, und ich

bereite einen Brei aus Kräutern zu, der deine Schmerzen lindern wird.« Iona begab sich sofort an die Arbeit, und als der Brei aus getrockneten Blumen und Kräutern fertig war, gab sie ihn in ein Tuch und band das Tuch um Jennas geschwollenen Knöchel.

»Was ist das?«, fragte Jenna. »Es fühlt sich gut an.«

Iona lächelte, und tatsächlich fühlte sich Jenna plötzlich viel besser, und eine Art innerer Friede überkam sie, dazu auch noch das Gefühl, gar nicht so weit weg von dem Ort zu sein, an den sie sowieso wollte.

»Es ist ein Gebräu aus Mädesüß, Weide und Salbei. Es beruhigt dich und lindert deinen Schmerz.«

Iona strich mit einer Hand über Jennas Bein, liebevoll und unschuldig, aber mit einer Kraft, die Jenna am ganzen Körper spürte. Ihre Augen weiteten sich bei der Berührung, die sie sich noch ganz lange wünschte, und ein Gefühl der Ruhe grub sich in ihre Gedanken ein.

»Ich bin eine Heilerin«, fügte Iona hinzu. »Laymar schickt jeden im Clan, der krank ist, zu mir, und ich helfe ihm, gesund zu werden.«

»Clan? Druide?«

»Ja, wir sind der Dunlayth Clan. Brogan ist unser Anführer, und Cailla wird bald seine Frau sein.« Iona lächelte und zog das Tuch der orangefarbenen Tunika, das Jenna trug, über ihre Beine. »Laymar ist unser Druide, unser Priester.«

»Priester«, flüsterte Jenna und dachte an Vic. Wenn sie ein Telefon hätte, war er der Mann, den sie anrufen würde. Vic würde wissen, was zu tun war.

Aber Jenna konnte nicht weiter darüber nachdenken. Brogan war plötzlich neben ihr und strahlte sie an. Es wurde Zeit, dass er dem Clan seinen Preis zeigte. Jenna meinte schon ein Stimmengewirr vor der Hütte zu hören. Im nächsten Moment schwang der Barbar sie schon das zweite Mal an diesem Tag über seine Schulter.

»He«, quiekte sie, »lass mich runter, du brutaler Kerl. Ich werde dafür sorgen, dass Hugh dir eine Klage an den Hals hängt, dass dir die Tränen kommen.« Dann wurde ihr bewusst, dass sie in solchen Situationen immer auf Hugh zurückgriff. Warum? Fühlte sie sich nicht stark genug?

Einer plötzlichen Eingebung folgend, trommelte sie mit den Fäusten auf den bemalten Brustkorb, und als der Mann keine Miene verzog, zog sie ihm an den Haaren und biss in Brogans Nacken.

»Ich sagte, du sollst mich runterlassen, du Klotz von einem Kerl …« Aber Jennas Protest ging unter in wilden Schreien, fröhlichen Gesängen, lauten Trommelschlägen und schmetternden Hörnerklängen. Sie hatte keine Chance, gehört zu werden.

Sie wurde, mit dem Kopf nach unten, durch die johlende Menge getragen, und sie konnte nur die vielen Füße sehen, die in derben Sandalen oder Mokassins steckten. Aber an den schlanken Fesseln erkannte sie, dass Iona und Cailla direkt hinter ihr waren. Irgendwie war das tröstlich für sie, denn Jenna fürchtete immer noch um ihre Sicherheit.

Was war, wenn sie auf einen bisher unentdeckten Stamm gestoßen war, der sich aus welchen Gründen auch immer der Zivilisation widersetzte? Gut möglich, dass es in einer Distanz von zehn oder zwölf Meilen eine größere Stadt gab, doch in diesem Waldstück lebten Menschen, die von der modernen Zeit nichts wissen wollten.

Das ist doch albern, widersprach sie sich, Reporter hätten diesen Clan längst entdeckt und eine Reportage in jedes TV-Programm gehoben, und jede Zeitung hätte über das

Phänomen berichtet. Nein, es konnte sich nur um ein verrücktes Rollenspiel handeln, in das sie geraten war.

Jenna fühlte eine sanfte Hand, die über ihren Rücken lief, und sie wusste sofort, dass es Ionas Hand war, denn ihre Wärme durchdrang sie. Und wenn es kein Rollenspiel ist, dann habe ich einen gewaltigen Schlag auf den Kopf bekommen, und ich liege im Krankenhaus und habe einen Albtraum nach dem anderen, dachte Jenna.

Plötzlich wurde sie auf eine Plattform gestellt, und als die Haare nicht mehr vor ihrem Gesicht hingen und ihre Sicht nicht mehr auf dem Kopf stand, weiteten sich ihre Augen.

Jenna Bright, Pilotin und bald eine verheiratete Frau, die sich nach einem ruhigen Leben sehnte, sah in die Gesichter von zweihundert anderen Wilden oder Barbaren oder wie immer man sie nennen sollte. Alle Männer waren bemalt wie Brogan und sangen und stampften und klatschten ausgelassen. Sie bliesen ins Horn und …

»Frieden!«, rief Brogan in einer Stimme, die das Chaos sofort dämpfte. Die Menge zischte und brodelte noch, aber dann verstummte sie. »Heute ist ein heiliger Tag. Wir feiern nicht nur das Feuer-Festival von Beltane, sondern auch die Vereinigung von Cailla und mir.«

Übermütiges Johlen, das aber erstarb, als Brogan einen Arm hob. Sein Gesicht glühte orangefarben in der untergehenden Sonne. »Und heute haben wir ein Geschenk des Himmels erhalten. Die Götter haben uns ihre Feuergöttin geschickt und uns ein Zeichen der Kraft und der Macht und der fortwährenden Fruchtbarkeit unseres Clans gegeben.«

Jubel brandete auf, und diesmal ließ Brogan ihn zu. Er drehte sich um und sprach leise mit Iona.

»Fruchtbarkeit«, murmelte Jenna durch aufeinandergepresste Lippen, »damit habe ich absolut nichts zu tun. Und

Feuergöttin? Himmel, was ist nur in diese Leute gefahren?«

Sie versuchte zu schreien, aber es drang nichts aus ihrer Kehle. Hände griffen nach ihr und wickelten sie aus dem kratzenden Wolltuch, das man ihr um den Körper geschlungen hatte. Sie wusste nicht mehr, wie sie an den Umhang geraten war. Der Singsang und die begleitenden Horne wurden lauter und hektischer, und die Menge drängte sich immer mehr auf die schwankende Plattform zu.

Nach wenigen Augenblicken fand sich Jenna völlig nackt vor diesen verrückten Fremden, und Brogan – stolz wie ein Magier, der gerade eine Taube aus dem Zylinder gezaubert hatte – präsentierte dem Clan, was er gefunden hatte. Jenna zitterte am ganzen Körper.

»Unsere Göttin des Feuers!«, rief er, die Arme zu Jenna ausgestreckt, und wieder setzte das Stampfen und Klatschen und Trommeln im dunkler werdenden Wald ein.

Jennas Herz, das sowieso schon raste, überschlug sich plötzlich, als Brogan zu ihr schritt und ihre nackten Brüste umfasste. Sie wollte nach ihrem Umhang greifen, der auf dem Boden lag, aber Brogan hielt sie fest im Griff.

»Was erlaubst du dir da, du verdammter Wichser? Halt gefälligst deine Finger bei dir!« Diesmal ließ sie zu, dass sie an Hughs Anwälte dachte, die dafür sorgen würden, dass die Organisatoren dieses Spiels im Gefängnis landeten. »Du wirst dich noch heute Abend in einer Zelle finden, wenn du nicht …«

Aber Jenna konnte nicht mehr weiter sprechen, da jemand ihr von hinten einen Knebel in den Mund steckte. Sie wehrte sich so gut es ging und fragte sich, warum sie ihre Göttin so schlecht behandelten, aber ihre fliegenden Arme führten nur dazu, dass sie ihr auf den Rücken gebunden wurden. Ihr

Jammern ging in dem dämonischen Lärm der Menge unter. Offenbar war es bei dem verdammten Clan üblich, verehrten Gästen mit Feindseligkeit zu begegnen.

»Um die Fruchtbarkeit meiner Vereinigung mit Cailla zu besiegeln, werde ich mich mit unserer Göttin salben und das nehmen, was sie uns gebracht hat.« Brogan schrie das der Menge zu, und gleichzeitig schien er Jenna mitteilen zu wollen, was sie zu erwarten hatte.

Sie holte mit dem gesunden Fuß aus und trat zu, aber da stand niemand, den sie hätte treffen können. Sie wünschte, sie hätte den Karateunterricht weiter genommen. Dieser eine Tritt, hoffte sie, könnte eine Warnung für Brogan sein.

Ihre Stimme quiekte piepsig durch den Knebel, den sie kaute und später auszuspucken hoffte.

Iona kam ihr zu Hilfe. »Sie scheint sich vor ihrem neuen Zuhause zu fürchten«, raunte sie Brogan zu. »Gehe sanft mit ihr um. Wollen wir, dass sie geht, weil du sie zu grob behandelt hast?« Dann wandte sie sich an Jenna. »Frieden, Feuergöttin. Du bist uns aus bestimmtem Grund geschickt worden und musst nun deine Pflicht erfüllen. Wir sind dankbar für deine Anwesenheit und ehren deine Macht.«

Jenna warf den Kopf von einer Seite auf die andere. Sie konnte ihre Beine nicht mehr bewegen, weil zwei männliche Mitglieder des Clans ihre Knöchel festhielten. Ihre Füße standen weit auseinander, und sie spürte den frischen Abendwind zwischen den Schenkeln. Das erinnerte sie an Hugh, wenn er mit einem Seidentuch über ihre Haut glitt. In ihren Gedanken schrie sie nach ihm, in ihrem Herzen stieß sie ihn von sich.

Plötzlich spürte Jenna warmen Atem zwischen den Beinen. Zuerst bemerkte sie die Irritation von Haaren auf ihren Beinen. Der Schweiß brach in ihrem Gesicht aus, dann senkte sie langsam den Kopf, den sie trotzig in den Nacken geworfen hatte, und nun sah sie zu ihrem Entsetzen, wie Brogan vor ihr kniete und sich mit dem Gesicht ihrem entblößten Geschlecht näherte.

Sie zappelte und wand sich, sodass ihre Brüste hüpften und die Haare vor ihr Gesicht flogen. Sie hasste, was ihr da widerfuhr. Sie hasste den bärtigen Kerl, der sie seit Stunden gefangen hielt, sie hasste dieses ganze verdammte dörfliche Experiment, und sie hasste die dummen, primitiven Bewohner.

Aber am meisten hasste sie, während ihre Gedanken hin und her geworfen wurden wie die Saratoga bei ihrem Absturz, hasste sie … die warme, weiche, kitzelnde Sensation von Brogans Zunge … die langsam schleckte, eindrang, forschte … sie hasste … nein, das war kein Hass mehr … Brogans Zunge leckte sie schwindlig, vor und zurück, und unwillkürlich ruckten ihre Hüften mit, vor und zurück …

»Oh«, entfuhr es ihr, aber der Knebel ließ den Ausruf nicht durch. Jenna konnte nicht verhindern, dass ihre Hüften wogten wie die Hügel, die das Tal umgaben.

Brogan wusste, dass ihr Stöhnen ihre Lust signalisierte, und zusammen mit der reflexartigen Reaktion ihrer Hüften verriet es ihm, dass er die Feuergöttin erfreute.

Nach einem weiteren Atemzug war es vorbei, und Jenna wurde zurückgelassen mit der Erinnerung auf ihrer Haut und der kühlen Brise auf ihrem verwirrten Körper. Sie war mehr denn je davon überzeugt, dass sie jeden Moment im Krankenhaus aufwachen würde, mit einer Infusion und einer schweren Kopfverletzung, die für ihren Zustand verantwortlich war.

Brogan erhob sich und wischte sich mit dem Unterarm über den Mund. Ein breites Grinsen lag auf seinem Gesicht.

»Kommt«, rief er der gebannten Menge zu. »Ihr seid dran, die Köstlichkeit zu genießen, die uns geschickt worden ist.«

Jenna dachte, ihr würden die Augen aus dem Kopf fallen, als sie begriff, wozu Brogan den Clan aufforderte. Ein paar Momente der Lust, die ihre anfängliche Furcht vertrieb, waren nichts im Vergleich zu dem, was sie nun alles aushalten sollte. Hatte Brogan die Menge tatsächlich eingeladen, sich anzustellen und abzuwarten, bis jeder an der Reihe war?

Sie erschauerte, als sie sich vorstellte, dass jedes einzelne Clanmitglied sich an ihr vergreifen konnte.

»Iona, sieh zu, dass sie sich ruhig verhält«, raunte Brogan und trat wieder auf die Plattform, auf der Jenna noch gefesselt und geknebelt lag, von zwei Männern festgehalten, die nicht weniger Furcht erregend aussahen als Brogan.

Es war nicht so, dass der Clan in Aufruhr geriet, um die besten Plätze auf der Plattform zu ergattern. Vielmehr bewegten sich die Männer mit Respekt und Bewunderung auf die Göttin des Feuers zu. Alle wollten sich dem Wesen nähern, das vom Himmel gefallen war.

Flüchtig schoss es Jenna durch den Kopf, dass die Menschen wirklich glaubten, sie wäre eine Göttin. Und plötzlich hielt sie es auch für möglich, dass es sich bei diesen Menschen um einen Clan aus grauer Vorzeit handelte. Wenn sie nicht gefesselt wäre und von den beiden Kerlen nicht festgehalten würde, hätte sie sich bei diesem Gedanken schlapp gelacht.

Prähistorische Krieger? Göttin vom Himmel? Das klang eher nach einem Scherz von Hugh.

Als die Forderungen an ihren Körper sich in der Form von hunderten hungrigen Augen näherten, versteifte sich Jenna. Jeder Muskel ihres Körpers zog sich voller Angst zusammen, und auf ihrer Haut brach Schweiß aus. Zwischen ihren Brüsten sammelten sich die Schweißtropfen.

»Argh, grhh …«, stöhnte sie gegen den Knebel. Kurz traf sich ihr Blick mit Brogans, als er die ersten Männer auf die Plattform führte. Wenn sie es nicht besser gewusst hätte, wäre sie nicht überrascht gewesen, wenn er eine Wiedergeburt von Hugh gewesen wäre.

Dieser Gedanke brachte sie zu ihrem großen privaten Problem zurück – ihr Verlobter hatte was mit Mel, ihrer besten Freundin. Plötzlich kam ihr Rache süß vor, und ihr Körper bebte vor freudiger Erwartung: Was jetzt hier geschah, war die Vergeltung für den gemeinen Betrug mit Mel.

Brogan schob den ersten Mann auf Jenna zu. Ein junger, hagerer Mann mit zerzausten Haaren und einer karierten Tunika näherte sich und kniete sich vor Jenna nieder. Seine Augen waren weit aufgerissen, und um die dünnen Lippen zuckte es, als er den Körper der Göttin anstarrte.

Jenna wand sich und stieß mit dem Schoß vor und zurück, während der junge Mann eifrig seine Zunge zwischen ihren Schenkeln spielen ließ. Die Männer, die Jennas Knöchel festhielten, bemühten sich weiter, dass sie in dieser Position verharrte, während Iona und Cailla versuchten, Jenna mit zarten Streicheleien zu besänftigen.

»Das muss ihr erstes Mal im Land der Sterblichen sein«, dachte Cailla laut. Sie fand, dass die Göttin schön und selbstlos war, und wunderte sich darüber, dass sie ihren Körper auf diese Weise zur Verfügung stellte.

»Du brauchst keine Angst zu haben«, raunte Iona in Jennas Ohr.

Jenna schrie auf und stöhnte, als der junge Mann von ihrem Körper weggezogen werden musste. Iona streichelte über ihre Brüste.

»Dies geschieht dir zu Ehren, aber auch uns zu Ehren«, erklärte Iona. Lächelnd legte sie ein Tuch über Jennas Stirn. »Später werde ich dich baden und speisen. Danach kannst du entscheiden, bei welchem Mann du leben willst.«

Wo ich leben will? Jenna überlegte, ob diese Nachricht sie in Panik versetzen sollte, oder ob sie sich auf den nächsten Mann konzentrieren sollte, der mit seiner Zunge schon im Einsatz war. Im Augenblick danach traf die Zunge auf die Klitoris, auch wenn deutlich wurde, dass er eine Frau da unten noch nie gesehen oder gar erforscht hatte. Sie fühlte seinen heißen Atem auf ihrem Schamberg, dann drang er etwas ungeschickt in ihre Höhle ein, die immer nasser wurde. Für einen Moment verließ er die Region und hob den Kopf, um Jennas Blick zu treffen.

»Aargh mwrah«, kreischte sie, was eigentlich heißen sollte: Hör endlich auf, du grober Klotz. Aber als er dann von ihr weggezogen wurde, fühlte Jenna ein ärgerliches Prickeln in ihrer Pussy, und instinktiv ruckte sie wieder die Hüften vor, bereit für den, der jetzt an der Reihe war.

Zwei Seelen schlugen in ihrer Brust: Sie wurde gegen ihren Willen festgehalten, und einer nach dem anderen kniete sich vor sie und schmeckte sie, und es sträubte sich alles in ihr, bevor sie sich selbst gegenüber zugab, dass sie zunehmend mehr Lustgefühle dabei empfand.

Ihr gesunder Menschenverstand schrie: »Hau ab und lass mich in Frieden«, aber ihr Körper hungerte nach mehr. Wo sie sich befand und wie sie nach Hause kommen sollte, spielte in ihren Gedanken keine Rolle mehr. Irgendwann würde sie schon nach Hause finden ...

»Aaah«, wimmerte sie, als ein weiterer Mund sich an ihr festsaugte. Jenna spürte, wie ihr Körper unter dem Gewicht seiner Lust zu schmelzen begann, als ein Mund nach dem anderen Besitz von ihr ergriff. Die Clanmitglieder zeigten dem Körper ihre Verehrung, und trotz ihrer anfänglichen Furcht hatte sie nun das Gefühl, im Himmel zu sein.

Jennas Gedanken kochten wie ein Topf mit heißem Sirup. Sie hatte die Augen geschlossen, und so hörte sie Brogan, der die hungrige Meute einteilte, die Trommelschläge und das fröhliche Hörnerblasen.

Inzwischen war die Nacht hereingebrochen, und sie hatten ein großes Feuer gemacht, dessen Schein bis zur Plattform leuchtete. Die Umstehenden konnten das Keuchen und Stöhnen des Mannes hören, der gerade die Göttin verehrte. Jenna fühlte die Hitze des Feuers auf der linken Seite des Körpers, während ihre rechte Seite dem dunklen Wald zugewandt war und fröstelte.

»Ihr seid wahrhaftig ein Geschenk der Götter«, sagte einer der Männer, als er sich rückwärts zum Rand der Plattform begab, damit er Jenna noch lange anschauen konnte. Seine Lippen glänzten von Jennas Säften.

»Wir werden Euch für immer verehren«, sagte ein anderer Mann, wobei er Jennas Körper anstarrte, der sich fast in einer Art Trance befand. Er bewegte sich im Takt der Trommeln.

Ihr ganzes Leben schien an ihr vorbeizurasen; ein Bild aus der Vergangenheit löste das andere ab. Sie geriet dem Orgasmus immer näher, und wenn wieder ein neuer Mann vor ihr kniete, riskierte sie einen Blick. Aber in der Dunkelheit konnte sie nicht wirklich die Gesichtszüge der Männer erkennen. Die Mitglieder des Clans, die sie schon geschmeckt hatten, tanzten fröhlich ums Feuer.

Jenna sah, dass nur noch ein gutes Dutzend Männer in der Schlange stand. Wie lange befand sie sich schon auf dieser Plattform? Wie viele Männer hatten sie mit ihrer Zunge bedient? Ihr erster Orgasmus kam, als ein älterer Mann ihre

Labien teilte und den kleinen Hügel der Klitoris der Abendbrise aussetzte. Geschickt bescherte er ihr eine Serie heftiger Zuckungen, die sie derart erregten, dass sie nie wieder nach Hause gehen wollte. Wo auch immer sie war – sie wollte bleiben.

»Beeile dich«, rief Brogan dem Nächsten zu.

Ein scheuer junger Krieger kroch auf Jenna zu und kniete sich vor sie. Ganz zart berühren seine Lippen ihre Labien. Wenn Jenna die Hände frei gehabt hätte, würde sie sein Gesicht fester gegen ihr Geschlecht gedrückt haben, aber so bereiteten die federleichten Küsse sie nur auf den nächsten Mann vor, der seine lange Zunge hart in sie hineintrieb, und wieder erlebte Jenna einen köstlichen Orgasmus.

»Aaarrh«, kreischte Jenna, als der Höhepunkt gar nicht enden wollte. Tatsächlich erwies es sich, dass die letzten Mitglieder des Clans ihr einen Orgasmus nach dem anderen verschafften. Noch nie zuvor hatte sie eine so ermattende, intensive Lust erlebt. Ihr Körper gehörte ihr nicht mehr, und sie wusste auch nicht, ob sie ihn zurückhaben wollte.

Was war das? Jenna spürte, wie das Band um ihren Kopf gelockert wurde, und auch ihre Hände wurden befreit. Iona und Cailla waren neben ihr und zierten sie mit farbenprächtigen Tüchern und üppig verziertem Schmuck aus Metall. Aber Jenna konnte nicht erkennen, dass die beiden Frauen etwas dabei hatten, womit sie ihre nackten Brüste und ihre Scham hätte bedecken können.

»Dieser Halsring aus Bronze ist über dem Feuer gehärtet worden.« Iona legte ihn um Jennas Hals und trat einen Schritt zurück, um ihn zu bewundern. »Er ist fast so schön wie du.«

Cailla legte einen aus Blumen und Blättern gewundenen Kranz auf Jennas Haare. »Du bist wirklich unsere Beltane-

Göttin.« Sie legte die Hände unter ihr Kinn und sah zu, wie Jenna von den zwei Männern fortgetragen wurde, die sie die ganze Zeit an den Knöcheln festgehalten hatten. Sie wurde hoch über die versammelten Clanmitglieder gestemmt und zum zentralen Dorfplatz gebracht.

Dort richtete sie sich auf und wandte sich an die Zuschauer. »Okay, Leute«, rief sie. Ihr Kinn war steif vom Knebel. »Jetzt könnt ihr mir ja sagen, was hier abläuft. Hat es was mit Hugh zu tun? Hat er euch alle hierhin verfrachtet?«

Es gab keine andere Möglichkeit. Er hatte jemanden gefunden, der ihre Piper Saratoga manipuliert hatte. Aber wie hatte er es geschafft, dass der Flieger ausgerechnet hier abstürzte? Und wie hatte er wissen können, dass sie beim Absturz nicht ums Leben kommen würde? Nein, es ergab keinen Sinn. Wer also waren diese Leute?

»Dies ist unser Druidenpriester Laymar«, sagte Brogan zu Jenna und wies auf einen hoch aufgeschossenen, hageren Mann, der vom orangefarbenen Schein des Feuers angestrahlt wurde. Er trug einen grauen Mantel mit Kapuze, sodass sein Gesicht von gespenstischen Schatten bedeckt wurde.

Jenna erschauerte. Ein Druidenpriester?

»Cailla, Brogan, stellt euch vor mich, damit eure Verbindung vollkommen wird.« Laymar zog seine Hand unter seinem Mantel hervor und hielt einen langen gewundenen Weidenstab mit metallenen Ornamenten hoch.

Das Paar trat vor den Druiden, und Brogan schob Jenna in die Mitte. Dann fiel Laymar, der einzige Mann, der Jenna noch nicht gekostet hatte, auf die Knie und gab einen Singsang von sich, der sich wie ein Gebet anhörte.

»Nun hört endlich mal auf damit«, sagte Jenna, aber sie wusste nicht mehr, was sie ihnen noch sagen sollte, und außerdem fürchtete sie sich vor den Reaktionen dieser Wilden, wenn sie zu starke Geschütze auffuhr. Im Lichtschein des Feuers glänzten viele Schwerter, und der Knöchel war noch nicht wieder geheilt, sodass sie auch nicht weglaufen konnte. »Ich bin sehr müde und würde gern nach Hause gehen«, sagte sie. »Gibt es die Möglichkeit eines Telefonanrufs? Teufel, selbst Gefangenen erlaubt man ein Telefongespräch.«

Tränen rannen ihr über die Wangen, aber das bemerkte niemand. Es hörte auch keiner zu. Die Menge war gebannt vom ungewöhnlichen Ritual, das Laymar vorführte. Er sang in einer anderen Sprache, und nur manchmal fielen die Zuschauer in den Singsang ein.

»Brogan und Cailla, fasst euch an den Händen an.« Dabei schlossen sie Jenna ein. Ihre Augen weiteten sich, und ihre Haut kribbelte, als sie die Nähe der beiden an ihrem nackten Körper fühlte. Die dekorativen Stoffstreifen bedeckten keine entscheidenden Stellen.

Laymar fuhr fort: »Wie das Feuer zu Beltane glüht, so soll es durch die Tage eurer Verbindung glühen ...« In diesem Moment sah Jenna, wie Iona ein kleineres Feuer neben dem großen entzündete, und dann wurden Haustiere um das kleine Feuer geführt.

»Vier Jahreszeiten lang ist eure Vereinigung heilig, und danach ist sie auf ewig gesichert. Mit dem Segen unserer Feuergöttin und der Kraft von Erde, Luft, Feuer und Wasser vereinigt euch.«

Laymar band einen gefärbten Stoffstreifen um die Handgelenke des Paars, dann traten drei Frauen in wundersamen Kostümen heran und banden ebenfalls Stoffstreifen um die Gelenke der beiden.

Die erste Frau war in braunes Tuch gewandet, das sie um die Hüften geschlungen hatte, während der Rest des Körpers – mit Schlamm verschmiert – nackt blieb. Ihre braunen Haare hingen ihr mit Blättern und Zweigen in Strähnen vom Kopf, und um den Hals trug sie eine Girlande aus Frühlingsblumen.

Die zweite Frau, blond und viel größer als die erste, trat an Cailla und Brogan heran und trug nichts außer der schiefergrauen Farbe, wie auch Brogan sie auf der Haut trug. Sie betonte die Brüste und den Bauch.

In den Haaren waren blaue Blumen eingeflochten, und in ihren Augen glitzerten Tränen. Sie band den Stoffstreifen um die Gelenke der beiden, dann verbeugte sie sich tief vor Jenna, ehe sie sich zurückzog und im Rhythmus der Trommeln und Hörner zu tanzen begann.

Schließlich war der Körper der dritten Frau in ein weißes Tuch gehüllt. Sie legte ein Stück des Tuchs über die Handgelenke. Durch das hauchdünne Gewebe konnte Jenna die Umrisse der Brüste dieser Frau sehen. Alles an ihr schien sauber und pur zu sein, so rein wie die ungewöhnlich klare Luft, die Jenna durch die Nase einsaugte.

»Erde und Wasser und Luft und Feuer werden eure Verbindung bestätigen.« Laymars Stimme trug weit durch die Nacht. Er reichte Jenna einen Streifen des orangefarbenen Tuchs, das sie dem Paar um die Handgelenke wickeln sollte.

»Genau wie die anderen es getan haben?«, fragte sie. Laymar nickte. Tu es einfach, dachte sie und war überzeugt, jeden Moment im Krankenhaus aufzuwachen. Oder Hugh würde hinter der erstbesten Eiche hervorlugen.

Verknüpfe sie mit dem Schal, dann werden sie dir vielleicht ein Telefon geben.

Jennas Finger zitterten, als sie den Stoff verknotete. Seit ihr Flugzeug abgestürzt war, hatte sich eine Menge verändert. Kein Wunder, dass ihr Gehirn durchdrehte. Sie sah die Stammesleute vor sich, sie hörte die Trommelschläge und spürte die Hitze der Flammen im Rücken.

Sie konnte ihre eigene Angst schmecken und schüttelte sich, weil sie nicht glauben konnte, was sie sah, aber ihr Gehirn konnte ihr offenbar keine Informationen liefern, die ihr eine plausible Erklärung hätten abgeben können.

»Wo bin ich?«, jammerte sie und brachte damit alles zum Stillstand. Die Trommeln, das Tanzen, die Tiere, sogar die Nacht selbst – nichts mehr rührte sich, als Jennas Worte von den Bäumen zurückgeworfen wurden.

»Bitte, sagt mir, wo ich bin.« Ihre Stimme klang jetzt ruhiger, und alle hörten zu.

Laymar gab der Menge durch ein Nicken zu verstehen, dass sie weiter singen und tanzen sollte. Er nahm Jennas zitternde Hand und führte sie beiseite.

»Wir sind das Dunlayth Volk. Wir sind der gefürchtetste Clan im ganzen Land, aber wir sind friedlich, solange wir nicht angegriffen werden. Lass dir versichern, dass du bei uns in Sicherheit bist.«

»Aber bin ich in Schottland, oder habe ich es nicht so weit geschafft? Begreift doch – mein Flugzeug ist abgestürzt, und ich muss die Behörden informieren Meine Freunde müssen Bescheid wissen. Was ist denn los mit diesen Leuten hier? Warum verstehen sie mich nicht?«

Jenna kämpfte gegen die Tränen an, und Laymar hüllte sie in seinen Wollmantel.

»Unser Land liegt im Norden. Wenn du noch ein bisschen über die Hügel gehst, wirst du das Gebiet von Cathan und seinem Clan betreten. Du kannst dich glücklich preisen, dass du zu uns geschickt worden bist und nicht zu seinen Leuten.« Laymar drückte sie an sich. Jenna konnte Rauch und Kräuter auf seiner Haut riechen.

»Wirklich?«, fragte sie ernst und ließ sich auf die prähistorische Welt ein. »Es gibt in der Nähe noch einen anderen Clan?« Sie hätte gern gewusst, ob er von einem ganzen Dorf sprach, vielleicht sogar mit Menschen, die nicht in der Eisenzeit lebten. »Kann ich die mal besuchen?«

»Es ist nicht klug, in die Hügel zu gehen. Der Clan ist nicht weit entfernt, aber auf dem Weg lauern viele Gefahren, ganz zu schweigen von dem, was Cathan und seine Leute mit dir anstellen werden.« Laymar runzelte die Stirn.

Jenna musste an das denken, was Brogan und seine Leute mit ihr angestellt hatten. Sie krümmte instinktiv den Rücken. Die Chance auf ein weiteres rituelles Schmecken und Schlecken hatte durchaus was Verlockendes an sich, obwohl sie sich das nicht eingestehen würde.

»Außerdem«, fuhr Laymar fort, »bist du zu uns geschickt worden. Eine Göttin in Gestalt einer Sterblichen wird in unserem Clan immer verehrt werden, und Brogan ist ein guter und starker Führer. Er wird sich um dich kümmern.«

Jenna sah sich im Dorf um. Es passte nichts zusammen. Wenn dies eine prähistorische Gesellschaft sein sollte, die das primitive Leben der Altvorderen nachstellte, dann wären bestimmt zahlende Zuschauer da. Was sollte sonst der Grund für ein solches Spektakel sein?

Und wenn diese Leute einen Narren am einfachen Leben der Vorfahren gefressen hatten, dann mussten sie doch so vernünftig sein, sie nach einem Flugzeugabsturz ins nächste Krankenhaus zu bringen. Aber sie schienen ja nicht mal zu wissen, was ein Flugzeug war.

Jenna konnte kaum reden. »Du bist ein richtiger Mann aus der Eisenzeit, nicht wahr?« Ihre Worte kamen zögernd und klangen in ihren eigenen Ohren völlig unglaubwürdig. Aber eine andere Erklärung hatte sie nicht gefunden.

Sie erinnerte sich an den Tornado vor dem Cockpitfenster, bevor das Flugzeug angesaugt und ausgespuckt worden war, ehe es auf den Hügel stürzte.

Und das alles bei der besten Wetterprognose, die man sich nur wünschen konnte. Und ihre Ladung in der Holzkiste … sie hatte mit ihr geflüstert, und seltsamer Rauch hatte die Kabine erfüllt. Etwas sehr Bizarres war geschehen, etwas Übernatürliches. Etwas, was sie nicht verstehen konnte.

Jenna sah sich um – das Feuer, die halb nackten Mitglieder des Clans, die Silhouetten von Brogan und Cailla, die durch die Flammen sprangen. Ganz leise wisperte sie zu sich: »Ich bin zweieinhalbtausend Jahre von zu Hause entfernt.«

Sechstes Kapitel

Hugh hatte sich darauf versteift: Er wollte Mel und Rachel zusammen sehen, wie sie sich schleckten. Solange er von einer zur anderen gehen konnte, würde er ein glücklicher Mann sein. Darauf konnte er sich in Schottland freuen, dachte er, als das Flugzeug zur Startbahn rollte.

»Was lächelst du?«, fragte Mel. Sie starrte hinunter auf die Docks, die unter ihnen immer kleiner wurden.

»Das war was Privates«, antwortete Hugh, dann malte er sich die Szene weiter aus. Vielleicht fing er mit Wein an, und später konnte er es mit schmutzigem Gerede fortsetzen. Frauen waren einfältig und viel zu sehr auf ihre Sicherheit fixiert. Wenn sie mit einem Mann wie ihm schliefen, konnte das bedeuten, dass sie für das ganze Leben saniert waren.

»Erwarte nicht, dass Euan Douglas gleich dein Geld nimmt und dir brav die Statue überreicht«, mahnte Rachel ihn. »Wenn er auf einer Versteigerung diese Summe locker macht, ist er nicht weniger in das Objekt vernarrt als du, Hugh.«

»Vielleicht kann ich euch Mädchen dazu bringen, ihm eure sexuelle Gunst noch obendrauf zu packen.« Hugh leckte sich die Lippen. »Ich sehe es direkt vor mir. Mel hockt sich über dein Gesicht, Rachel, und dieser Douglas stellt sich hinter dich und pumpt …«

»Denkst du jemals an irgendwas anderes?«, unterbrach Mel ihn, entsetzt, dass er seine lüsternen Gedanken vor den Ohren des Piloten aussprach.

»Nein«, gestand Hugh. »Sex und Geld. Was gibt es denn sonst noch?«

Mel und Rachel sahen sich an und verdrehten die Augen. Sie hatten sich erst auf dem Flughafen kennen gelernt und taxierten sich noch.

Rachel kicherte. »Also, wenn es hilft, dass du das erhältst, was du haben willst, Hugh, dann bin ich dabei.«

Sie legte den Gurt an und vergaß nicht, mit den Fingern über ihre Nippel zu streicheln. Ein Prickeln erfasste ihren Leib, das sich zielsicher zu ihrem Schoß bewegte. Genau der richtige Weg für die Pläne, die ihr Boss offenbar für später vorgesehen hatte. Seit gestern hatte er es nicht mehr gehabt, es sei denn, dass er es am frühen Morgen mit Mel getrieben hatte, bevor er mit ihr zum Flughafen gefahren war. Sie wusste, dass Hugh ein Dreimal-täglich-Mann war. Seine Gereiztheit entsprach dem Wimmern der Flugzeugmotoren, wenn er mal zu lange ohne bleiben musste.

»Wir bleiben also im Schloss?«, fragte Mel.

»Ja, das haben wir Rachel und ihrer Spürnase zu verdanken.« Hugh warf seiner Privatassistentin einen bewundernden Blick zu. »Abgesehen davon, dass Carrickvaig Castle das Zuhause des Euan Douglas ist, hat es auch einen hervorragenden Ruf als Fünf-Sterne-Hotel. An diesem Wochenende findet eine Jagdparty statt. Und weißt du was? Sie hatten nur noch eine freie Suite.« Hugh lockerte den Knoten seiner Krawatte. »Ich habe also genug Zeit, um die Gedanken von Mr. Douglas zu lesen ...« – er sah die Frauen grinsend an – »... und um die Gesellschaft von zwei wunderschönen Frauen zu genießen.«

»Ein Zimmer?«, hakte Mel nach. »Für drei Personen?«

»Wir haben die größte Suite erhalten, deshalb brauchst du dir keine Sorgen zu machen. Jeder von uns wird genug Platz haben. Aber wenn ihr euch abends beide gleichzeitig an mich kuscheln wollt, nun, da gibt es ein breites Himmelbett …«

»Nur zu Ihrer Information. Das Wetter ist auf der ganzen Strecke klar, und wir werden pünktlich in Dundee landen.« Pilot Mark Maloney, genötigter Kapitän an diesem Wochenende, sprach seine drei Passagiere über das Bordmikrophon an.

»Danke, Mark«, rief Rachel nach vorn. Es war ein kleines Flugzeug, das sie gechartert hatten, und Maloney schien ein sicherer Pilot zu sein. »Was ist mit ihm?«, fragte sie Hugh leise. »Wir können nicht erwarten, dass er sich mit einer billigen Pension in der Stadt zufrieden gibt.«

Hugh starrte auf die kantigen Schultern und die harten Linien des Pilotengesichts. Er trug eine dunkle Brille und eine schwarze Uniform. Er sah geheimnisvoll und attraktiv aus, und Hugh war sehr wohl bewusst, dass er ihrer aller Leben unter Kontrolle hatte. Mel überlegte, wie es wohl sein würde, wenn ein anderer Mann mit ihr oder Rachel schlief. Der Pilot wäre jedenfalls ein geeigneter Kandidat dafür.

»Die Suite ist wahnsinnig groß«, sagte Hugh. »Wenn ich das richtig verstanden habe, hat sich der Bursche fast den Arsch aufgerissen, um uns nach Dundee zu fliegen. Also sind wir verpflichtet, dafür zu sorgen, dass er eine gute Zeit erlebt.« Ein schiefes Grinsen breitete sich auf seinem Gesicht aus, als er sich verschiedene Arten der Belohnung ausdachte, und alle hatten mit Rachel und Mel zu tun.

Der Flug verlief ohne Zwischenfall, und vor Mittag fuhren Hugh, Rachel, Mel und Mark in einer vorbestellten Limousine zu Carrickvaig Castle. Als sie dort eintrafen, trauten sich Rachel und Mel kaum zu atmen.

»Es ist phantastisch«, quietschte Rachel.

Obwohl sich die beiden Frauen so gut wie nicht kannten, fasste Mel nach Rachels Hand.

»Großartig«, stimmte Mel zu und starrte hinauf zum beeindruckenden Turm des Schlosses. Zahlreiche Fahnen flatterten im Wind, als die Gäste von der Auffahrt in die Rezeption geführt wurden.

»Scheint, dass Douglas die Dinge hier fest im Griff hat.« Hugh schritt durch die hohe Halle, in die sein Apartment in Kensington gepasst hätte. Obwohl er mit seinen übrigen Immobilien hinter diesem Schloss nicht zurückstecken musste, war auch Hugh von Euan Douglas' Besitz beeindruckt.

»Fertig?«, fragte er Rachel, die es übernommen hatte, sie in die Suite einzuchecken.

Er lag auf dem Himmelbett, schaute auf die kostbar geschnitzten Pfosten und überlegte, wo Douglas die wertvolle Statue aufbewahren könnte. Das hieß, falls sie überhaupt schon vom Auktionshaus geliefert worden war. Himmel, wenn er dieses wunderbare Stück ersteigert hätte, wollte er es unmittelbar danach in seinem Besitz wissen.

Dann bekam er plötzlich eine Erektion, und Mel bemerkte sie. Sie teilte sich die Schubladen mit Rachel, während sie ihre Wäsche fürs Wochenende herauslegten. Beide Frauen, so schien es, hatten ähnliche Gedanken gehabt, was von ihnen an diesem Wochenende erwartet wurde. Ihre Koffer quollen über von zarten Dreiecken aus Spitze und Seide.

»Kann sich mal jemand um mich kümmern?«, fragte Hugh ungehalten. Er schaute auf die Uhr. Das würde keine große Nummer werden, dachte er. Die würde erst nach dem Essen und Trinken und dem Wein kommen, und dann sollte auch der Pilot dabei sein. Schließlich zahlte er ihm ein Vermögen. »Wo ist er überhaupt?«

»Wer?«, fragte Rachel.

»Mark der Pilot.«

Sie lächelte. »Er wollte sein eigenes Zimmer, und weil es noch ein freies Einzel gab, habe ich es für ihn gebucht. Ich dachte, das hätte er sich verdient ...«

»Ja, ja, schon gut. Verschwinde jetzt, und finde heraus, wann ich Euan Douglas treffen kann. In der Zwischenzeit wird sich Mel um mich kümmern.« Er setzte sich auf, zog sein Jackett und sein Hemd aus und war auch fast seiner Hose entstiegen, als Rachel endlich den Mund schließen konnte. Sie drückte die schwere Tür leise ins Schloss und begab sich auf die Suche nach dem Schlossbesitzer.

»Komm jetzt her und mach, dass es mir besser geht«, verlangte Hugh.

»Bist du krank?« Mel, die jetzt allein mit Hugh war, begann sich auszuziehen. Jeans und Top fielen auf den Boden, dann zögerte sie kurz, damit Hugh sie in ihrer hübschen Wäsche bewundern konnte, aber wie gewöhnlich war seine Ungeduld zu groß, sodass Mel sich nackt auszog, wie ihr Geliebter es gerne hatte. Nein, wie ihr Geliebter es verlangte. Wenn sie unter sich waren, hatte sie den strikten Befehl, stets nackt zu sein.

»Hast du von Jenna gehört?« Sie wusste, sie hätte die Frage nicht stellen dürfen.

Hugh warf sich zurück aufs Bett und seufzte. »Ich bin nackt mit einem Schwanz so groß wie dieses Schloss. Du bist nackt, und dein Arsch ist nur Zentimeter von meinem Gesicht entfernt. Und da fragst du mich nach meiner Verlobten?«

»Ich wollte nur …«

Aber Hugh brachte sie zum Schweigen, indem er ihren herzförmigen Po heranzog und mit der Zunge über ihre Scham strich. Im nächsten Moment hatte er seine zukünftige Frau vergessen, obwohl in seinem Hinterkopf etwas vage hämmerte und ihn mahnte, sich um Jenna zu sorgen.

Doch der Geschmack von Mel, der Duft ihrer samtenen Pussy und das süß-saure Prickeln, das er auf der Zunge spürte, würgten alle anderen Gedanken ab. Er glaubte sowieso, dass es nichts gab, was sich nicht von selbst richtete, und nur in den schlimmsten Fällen musste man Geld in die Hand nehmen.

»Ich könnte dich den ganzen Tag lang schlecken«, sagte er, während er Mel auf dem Bett drehte, um ihr seinen vernachlässigten Schaft vors Gesicht zu halten. Es war Stunden her, seit sich jemand um ihn gekümmert hatte. Dies war der Moment, in dem Hugh das erste Anzeichen von Unbehagen fühlte. »Ich muss mich mit irgendwas ablenken.«

Irgendwas war nicht in Ordnung, aber er wusste nicht was.

Das Gefühl hielt – jedenfalls bewusst – nicht lange an, als Mels Mund ihn umschloss. Und als Mel ihre Pussy wieder auf sein Gesicht drückte – ohne dass er das verlangt hatte! –, schoss es wie aus einer Kanone aus Hugh heraus.

Plötzlich konnte er nicht mehr atmen. Und er fühlte auch nicht mehr das warme, zarte Kauen an seinem Schaft. Mel, so schien es, saß aufrecht auf ihm und schob sich auf seinen Mund, wobei ihre Backen gegen seine Nase rutschten, was die Ursache für seine Luftnot war.

Aber es störte Hugh nicht. Zum ersten Mal – zum allerersten Mal – wurde er von einer Frau benutzt, und zu seinem Entsetzen, aber auch zu seinem Entzücken fand er heraus, dass es ihm große Lust bescherte.

»Oh!«, kreischte Mel. Vielleicht hatte sie vergessen, dass sie einen Mann unter sich hatte. »Oh, Mann!«, stöhnte sie und streckte die Arme aus, um sich an irgendwas festzuhalten. Eine Hand fand Hughs Haare, und die andere sein Kinn. Jetzt konnte sie sein Lecken besser steuern, und auf diese Weise besorgte sie sich mehrere Orgasmen.

»Hugh, das war phantastisch«, sagte sie und sackte neben ihn auf die luxuriöse Bettdecke. Sie fragte sich, wie viele Schichten von Liebessäften der kostbare Gobelinstoff im Laufe der Jahre schon aufgenommen hatte.

»War?«, fragte Hugh und strich mit einer Hand über seinen vergessenen Schaft. »Ich bin noch da. Komm, steig auf.«

»Ich soll aufsteigen? Wenn du mich haben willst, dann musst du mich nehmen.«

Mel schloss die Augen, und während Hugh sich fragte, was aus seiner willfährigen Geliebten geworden war, fragte sich Mel das auch. Während Hugh seinen heißen Körper auf ihren presste, kam sie zu dem Schluss, dass das alte Schloss eine eigenartige Wirkung auf sie ausübte. Entweder das – oder sie wollte mehr als das, was Hugh anbot.

Siebtes Kapitel

Jenna wachte auf, und widerwillig ließ sie das Sonnenlicht und die Erinnerungen des vergangenen Tages in ihr Bewusstsein. Sie wusste nicht, was schmerzlicher war – die gleißenden Strahlen, die sich ihr in den wunden Kopf bohrten, oder die Erkenntnis, dass ihr etwas Übernatürliches widerfahren war, das sie wohl nie begreifen würde.

Nun, sie brauchte nicht lange zu überlegen. Zweitausend Jahre in der Zeit zurückgeworfen zu werden war unvorstellbar schlimm, dagegen nahmen sich die Kopfschmerzen wie das Streicheln einer Feder aus.

Jenna setzte sich auf. Sie schien sich in einem Bett zu befinden, auch wenn das Bett nicht mehr als ein Strohhaufen mit ein paar Tierfellen war. Sie sah sich in der Hütte um. Durch den Rauchabzug und ein paar Ritzen in der Weidentür fiel das Tageslicht herein. Jenna entdeckte, dass noch zwei weitere Menschen in der Hütte schliefen.

Die knisternde Restglut der Feuerstelle erinnerte Jenna an das seltsame Gebräu, das sie vorm Einschlafen getrunken hatte. Das war spät gewesen, denn durch irgendeine Ritze hatte sie die orange Färbung der Morgendämmerung gesehen, ehe der Schlaf sie übermannt hatte.

»Wer immer sie sind, sie verstehen es, Feste zu feiern«, wisperte sie zu sich selbst und hielt sich den hämmernden Kopf. Sie war sicher, dass in den fremdartigen Getränken irgendeine Droge gewesen war. »Oder ich stehe nach dem Absturz noch unter Schock«, murmelte sie. Dann fiel ihr noch etwas ein, das ihr zusätzliche Kopfschmerzen verursachte: »Verdammt, ich stecke in den größten Schwierigkeiten, weil ich die Fracht nicht rechtzeitig liefern kann.«

Sie ignorierte die Kopfschmerzen, sprang vom Fellbett hoch und suchte nach Kleidern – ganz egal, ob es ihre eigenen waren oder ob sie einem der beiden Schläfer gehörten. Plötzlich richteten sich beide auf und griffen nach eisernen Dolchen, die sie unter dem Stroh versteckt hatten.

»Wer ist da?«, rief die eine, und Jenna erinnerte sich düster daran, dass die Stimme zu Iona gehörte, die in diesem Rundbau lebte.

»Ich bin es, Jenna«, flüsterte sie und hoffte, dass die beiden Frauen sich wieder hinlegten und einschliefen, schließlich mussten sie auch von den Feierlichkeiten erschöpft sein. Im frühen Morgenlicht fiel Jenna ein Lächeln auf dem Gesicht ihrer Gastgeberin auf.

»Unsere Feuergöttin«, sagte sie verträumt, was Jenna hoffen ließ, dass Iona sich wieder unter die Felle kuschelte.

»Unser Gast braucht Nahrung und Wasser und Trost«, sagte die andere Frau, die viel wacher zu sein schien als Iona.

»Cailla, du hast Recht«, sagte Iona und kroch wie ein neugeborenes Rehkitz auf schwankenden Beinen aus ihrem Nest. »Wir müssen ihr was zu essen geben.«

»Ich habe keinen Hunger.« Jenna sah, dass Iona völlig nackt war und eine samtene Haut besaß. Die großen Brüste der Frau hingen schwer bis fast auf den dicken Bauch, während die langen dunklen Haare sie wie einen Vorhang bedeckten.

»Dann musst du etwas trinken«, befahl Iona und hockte sich vor Jenna hin, sodass ihre Scheide zu sehen war. Die Labien waren geschwollen, was dafür sprach, dass einer der Männer des Dorfes sich ihrer angenommen hatte. Fast alles, was in der Nacht geschehen war, schien hinter einem Dunstschleier zu liegen, dachte Jenna.

Jenna wandte rasch den Blick und wehrte sich gegen den Drang, länger auf die Spalte zwischen Ionas Schenkeln zu starren. »Ich habe weder Hunger noch Durst«, erwiderte sie, aber noch bevor sie den Satz gesprochen hatte, haftete der Blick wieder auf Ionas Spalte.

Wenn sie sich auf diese Weise vor sie hockte, dann war das quasi eine Einladung, sich das genauer anzusehen. Erst als sie die schöne Kontur des Geschlechts der anderen Frau betrachtete, gewahrte Jenna, dass sie selbst auch nackt war.

»Weißt du, was mit meinen Sachen passiert ist?« So sehr sie es auch versuchte, sie konnte den Blick nicht von Iona wenden. »Ich ... eh ... ich würde gern zum Flugzeug gehen und die verdammte Fracht ...«

Jenna stolperte rückwärts und ließ sich schwer auf ihr Bett fallen. Es schien völlig unmöglich zu sein, ernsthaft mit der Frau zu reden, während sie *das da* tat. Und sie stand auch noch vor ihr, als wollte sie mit einbezogen werden, und das war nun wirklich nicht der Fall. Oder?

»Oh, Brogan«, murmelte Iona, während sie mit dem Finger über die Knospe rieb, die am Eingang ihrer Spalte deutlich hervortrat. »Warum tust du mir das an?«

Jenna schaute rasch zu Cailla, die jetzt über die Haare der Freundin strich, während auch sie ihre Scham rieb. Zuerst bieten sie mir ein Frühstück an, dann beginnen sie sich zu masturbieren, dachte Jenna. Scheinbar gab es nichts, was in ihrer neuen Umgebung zu außergewöhnlich war. Sie selbst fand ein paar Dinge alles andere als normal – die klare Luft, die sie draußen eingeatmet hatte, und die Tatsache, dass sie sich keine Zigarette anstecken konnte.

Als sie wieder hinschaute, küssten sie sich. Cailla drückte

ihren Mund auf Ionas, sehr sanft und innig. Die Zungenspitze leckte leicht über Ionas Lippen; ein kurzer Moment weiblicher Intimität. Jenna war nicht sicher, ob das Pulsieren, das in ihren Ohren zischte, und das Prickeln zwischen ihren Beinen etwas mit Verlangen oder Eifersucht zu tun hatten. Nie zuvor hatte sie etwas so Schönes gesehen.

Cailla blickte auf. »Iona hat auch Bedürfnisse, und wenn kein Mann anwesend ist ...« Sie brach ab, als die Freundin lauter zu stöhnen begann. Iona griff Caillas zierliche Hand und drückte sie an ihre Brust. Instinktiv wusste Cailla, was zu tun war. Sie drückte Ionas Nippel.

»Sie bekommt oft ein Kind und muss sich häufig selbst vergnügen«, sagte Cailla lächelnd. »Das ist ganz normal. Wenn sie fertig ist, bereiten wir was zu essen vor.«

Jenna starrte sie ungläubig an. Ganz normal? Sie bekommt oft ein Kind? Kein Mann anwesend? In ihrem Kopf drehten sich die Rädchen. Wo sie herkam, war es nicht normal, dass nackte Fremde sich vor einem Hausgast streicheln, ob sie nun schwanger sind oder nicht. Und gewiss war es auch nicht normal, eine lesbische Schau darzulegen.

»Ich glaube, ich werde ein wenig spazieren gehen, während ihr zwei ... eh ... euch amüsiert. Und macht euch keine Sorgen wegen des Essens.« Jenna stand auf und hob eine kratzende Tunika auf, die sie sich gestern ausgeliehen hatte. »Ich pflücke ein paar Beeren auf dem Weg zu meinem Flugzeug.«

»Nein, geh nicht!« Caillas Stimme klang besorgt. »Dies ist der Ort der Fruchtbarkeit, und Ionas Aufgabe ist es, den Paaren in unserem Clan Glück zu bringen. Ihr Körper wird Brogan und mir viel Freude bringen. Und mit deiner großen Macht, die uns auch noch segnet ...« Caillas Augen leuchteten vor hoher Erwartung. Sie griff nach Jennas Handgelenk.

»Gestern Abend bei den Feierlichkeiten warst du so großzügig mit deinem Körper, deshalb ist jetzt die Zeit gekommen, dir etwas zurückzugeben.«

Jennas Augen weiteten sich, als sie hörte, was gleich passieren würde, und auch, was Cailla über den gestrigen Abend gesagt hatte, bereitete ihr Unruhe. Ob man sie unter Drogen gesetzt hatte? Nicht in ihren wildesten Träumen hätte sie es jemals für möglich gehalten, dieses Ritual über sich ergehen zu lassen. Aber wenn sie ehrlich zu sich war, hatte sie auch noch nie eine solche Lust erlebt. Auch nicht mit Hugh.

»Komm«, drängte Cailla und winkte Jenna zu Iona, die sich auf den Fellen wand. Man hätte fast glauben können, dass die Frau in den Wehen lag, so sehr schlängelte sie sich hin und her und stöhnte laut dabei. »Berühre ihre Brüste. Das wird dir Glück in der Liebe bringen, und du erweist Iona einen großartigen Dienst, wenn du ihren Körper mit deinem ehrst.«

Caillas Worte brachten Jennas Neugier zum Schwingen. Die Schwierigkeiten, in denen sie steckte, verblassten wieder, und ihr Körper verlangte, dass sie sich mit Iona befasste. Jenna hatte noch nie jemanden erlebt, der vor aufgestauter Sexualität fast zu platzen schien.

»Was soll ich tun?«, fragte sie. Als sie ihre Stimme hörte, konnte sie kaum glauben, dass es ihre eigene war.

»Streichle sie, fass sie an.« Cailla führte Jennas Finger zum dunklen Vorhof von Ionas Brustwarze. »Alles, was du mit ihr anstellst, fasst sie als große Ehre auf und sichert ihre zukünftige Fruchtbarkeit und Lust. Iona wird von allen Männern unseres Clans besucht. Sie ist selten allein.«

Cailla kicherte; ein unschuldiges Kichern, und Jenna war jetzt noch mehr davon überzeugt, dass diese Frauen nicht aus dem Großbritannien des einundzwanzigsten Jahrhunderts stammten. Sie erschauerte.

Wenn sie die prähistorische Kulisse nicht überzeugt hätte, wäre Iona in ihren Augen nichts als eine Hure gewesen. Wenn die saftigen Kurven von Ionas Brüsten sie nicht gelockt hätten, wäre sie zurück zum Flieger gegangen und hätte die Plünderung aufhalten können, die sich dort gerade abspielte. So aber verharrte sie im Rundbau, gebannt von der sexuellen Naivität der Frauen, die aber gleichzeitig erotischer auf sie wirkte als alles, was ihr bisher begegnet war.

»Oh«, sagte Jenna und kam sich sofort albern vor. Die Wärme, die ihre Finger gleich bei der ersten Berührung einer anderen Frau spürten, ließ sie die Hand gleich wieder zurückziehen. Ionas Brust war wirklich wunderbar.

»Sei nicht schüchtern«, raunte Cailla. »Fass sie wieder an. Sie mag das sehr.«

Jenna kämpfte gegen jede Zelle ihres Körpers an, streckte die Hand aus und legte sie auf die volle Brust. Sie mochte die Wärme, die Reife der Brust, und ihr wurde bewusst, dass sie schneller und tiefer atmete. Sie spürte das Pulsieren der Halsschlagader. Die Ablenkung, die ihr diese Frauen boten, hinderte sie daran, ihren Verstand zu verlieren.

Sie wollte nach Hause.

»Sie fühlt sich wie eine Göttin an«, murmelte Iona zu Cailla. »Wir sind die glücklichsten Frauen im Dorf.«

»Es wird nicht lange dauern, dann kommen die Männer, um sie zu verehren. Es ist unsere Aufgabe, sie bei bester Gesundheit zu erhalten, damit unsere Krieger lange ihre Freude an ihr haben werden.«

Jennas Gedanken überschlugen sich in ihrem Kopf. Die Möglichkeit, dass es sich um eine Mega-Reality-Show handelte, lag bei null, und noch unwahrscheinlicher war es, dass Hugh sich einen Riesenscherz erlaubt hatte und jeden Moment grinsend auftauchen würde. Ihre Finger spielten mit Ionas Nippel – er hatte die Farbe einer Haselnuss und war auch so groß.

»Küss mich«, rief Iona, während sie fortfuhr, sich selbst zu streicheln.

Selbst während sie Ionas Brust umfasste, fühlte sich Jenna der Szene entrückt, als ob sie sich ein Spiel ganz in der Nähe anschaute. Sie traute sich nicht, ihren Mund so nahe an Ionas Lippen zu bringen. Sie hatte noch nie daran gedacht, etwas mit einer anderen Frau anzufangen, auch nicht mit ihren Freundinnen, obwohl sie glaubte, dass Mel durchaus bereit gewesen wäre, wenn Jenna es zur Sprache gebracht hätte.

Aber sie wollte nicht an ihre beste Freundin denken. Mels sexuelle Gewohnheiten hatten ihr schon genug Leid zugefügt, und da sie nun hier ausharren musste, konnte sie Mels Treiben mit ihrem Verlobten nicht einmal verhindern.

»Aye ...« Iona begann zu wimmern. Ihre Muskeln spannten sich, und sie drückte den Rücken durch. Sie streckte eine Hand aus und packte Jennas Schenkel, während der Körper sich in einem Orgasmus wand.

Jenna hatte noch nie zuvor eine Frau beim Orgasmus gesehen und hätte gern gewusst, ob sie auch so aussah, wenn Hugh sie zum Höhepunkt brachte – die Wangen gerötet wie Erdbeeren und die Augen mit einer milchigen Glasur überzogen.

Dann, ohne zu wissen warum, beugte sich Jenna hinunter und strich mit den Lippen über Ionas leicht geöffneten Mund. Zart wie eine Feder hauchte sie ihr den Stempel der Göttin auf, bevor sie nach ihrer wollenen Tunika griff und so schnell aus dem Rundbau lief, wie es ihr zitternder Körper zuließ.

Als sie durchs Dorf rannte, sich die Tunika überwarf und den Gürtel fest um die Mitte zog, fühlte Jenna noch das Prickeln auf den Lippen. Den letzten Kuss davor hatte sie Hugh gegeben. Und wen hatte sie zuletzt geliebt?

Die Tatsache, dass sie diese Frage nicht beantworten konnte, trieb Jenna noch schneller zu ihrem abgestürzten Flugzeug. Sie musste dringend einen Weg nach Hause finden.

Hinter einem Felsen hockte Jenna und schaute atemlos zu, wie vier Krieger aus dem Dorf – einer von ihnen war Brogan – mit gezogenen Schwertern um die Saratoga schritten, geduckt, die Schultern gesenkt und die Augen zugekniffen. Die Angst vor dem Unbekannten. Dies überzeugte Jenna mehr als alles andere, dass sie tatsächlich in der Zeit zurückgeworfen worden war.

Es waren die Bäume, die sie am meisten faszinierten. So weit das Auge sehen konnte, nur wogendes Land und tiefer schwarzer Wald. Ein sich silbern schlängelnder Fluss, in dem sich die Sonne brach, wand sich durchs Tal unterhalb des Hügels, auf dem Jenna abgestürzt war. Und jetzt hockte sie auf dem Hügel, hinter einem Fels versteckt, und verfolgte gebannt das Verhalten der Krieger, die immer mutiger wurden und sich jetzt auch trauten, das Metall anzufassen.

»Es ist bestimmt tot«, sagte einer von ihnen, als er über das Metall strich. »Der Körper ist kalt wie das Wasser im Fluss.« Mit seiner schwarzen Schwertspitze stieß er den Propeller an. Jenna verzog das Gesicht, als hätte er sie persönlich mit dem Schwert aufgespießt.

»Sei vorsichtig mit dem verdammten Propeller«, knurrte Jenna. »Ich brauche ihn noch.« Sie ging im Geiste die Schäden durch und fand, dass sie vielleicht gar nicht so schwer waren, wie sie zuerst befürchtet hatte.

Gut, das Fahrwerk sah ziemlich lädiert aus, und die Seite

des Motors war auch eingedrückt, aber beim Absturz hatte sie noch geglaubt, der Motor würde jede Sekunde anfangen zu brennen. Am wichtigsten war auch, dass die Flügel unversehrt geblieben waren. Ob das auch auf Ruder und Höhensteuer zutraf, konnte sie nicht sagen.

Es gab eine kleine Hoffnung, dass sie die Wolken wieder von oben sehen konnte. Und dann gab es eine noch kleinere Hoffnung, dass sie sich in diesem außergewöhnlichen Sturm wieder finden würde, von dem sie glaubte, dass er die Schuld an ihrer Zeitreise trug. Warum der Sturm ausgerechnet sie erwischt hatte, blieb ein Geheimnis.

»In dieser Bestie stecken Schätze.«

Brogan presste sein Gesicht gegen das Seitenfenster des Cockpits und meinte wohl die Dinge, die Jenna auf den Pilotensitz gelegt hatte. Dummerweise hatte sie den anderen Teil ihrer Habe in Ionas Rundhütte zurückgelassen.

»Lass deine dreckigen Hände von meiner Fracht«, betete sie leise. Sie wusste, dass sie wertvolle Fracht an Bord hatte, die unersetzbar war, falls sie verloren ging.

Die anderen Männer drängten sich um Brogan. Einen von ihnen erkannte sie vom gestrigen Abend; er war zwischen ihren Schenkeln besonders geschickt und besonders hungrig gewesen. Bei dieser Erinnerung erschauerte sie.

»Nein!«, rief Jenna und sprang hinter dem Felsen hervor. »Schlagt nicht dagegen!« Ihre Schreie bewirkten, dass Brogans Arm mit dem erhobenen Schwert wieder sank. Mit einem eingeschlagenen Fenster würde sie nie wieder starten können. »Du wirst ihm wehtun«, sagte sie. Die anderen Krieger ließen auch ihre Waffen sinken.

»Es ist tot. Dein Ungeheuer ist tot«, sagte Brogan. Er hörte sich gefasst an, aber seine Gedanken schienen noch auf die vermeintlichen Schätze im Innern fixiert zu sein.

»Da irrst du dich«, sagte Jenna, auch wenn ihr nicht klar war, wohin dieser Streit gehen sollte. Im Moment konnte sie nur zu verhindern versuchen, dass die Krieger der Saratoga noch größeren Schaden zufügten.

Sie wusste nicht viel über diese Menschen, aber inzwischen hatte sie einige Informationen über den Clan gesammelt. Sie würde versuchen, die Krieger mit Charme auf ihre Seite zu bringen. Vielleicht konnten sie ihr ja helfen. Wenn sie glauben wollten, dass sie eine Göttin war – bitte sehr.

»Wenn ihr mein Monster quält, wird es sich wehren und euch in einem Rundumschlag umbringen«, behauptete Jenna. Sie sprach ruhig, denn sie wollte keinen Ärger mit den Kriegern. Sie hatte erlebt, wie gesittet sie sich gestern Abend verhalten hatten.

Die Männer sahen sich an und lachten. Sie steckten ihre Schwerter zurück in die Scheiden, und nur Brogan hielt seins in der Hand, offenbar unschlüssig, ob er Jenna glauben konnte oder nicht.

»Dann beweise uns, dass das Ungeheuer lebt«, verlangte er. »Beweise uns, dass die Göttin vom Himmel immer noch ihre Macht hat.«

Der spöttische Ausdruck, der Zweifel in seiner Stimme – Jenna wusste, dass Brogan den Glauben an sie und ihre Göttlichkeit verloren hatte.

»Tretet zur Seite«, sagte sie trotzig, »und bereitet euch darauf vor, dass das Ungeheuer erwacht. Aber wenn es glaubt, dass ihr es verletzen wollt …« Jenna brach ab. Sie wollte nicht allzu dick auftragen.

Als sie zum Flugzeug schritt, bemerkte sie, dass ihr Knöchel zwar weniger geschwollen war, aber er schmerzte immer noch. Jenna öffnete die Verkleidung der Maschine und nahm den Ersatzschlüssel an sich, der in einer Magnetschachtel am Metallkleid steckte. Bisher hatte sie ihn noch nie benutzen müssen.

»Sie weckt die Bestie«, hörte sie einen der Männer sagen, als sie die Kabinentür aufschloss und hineinkletterte. Das Innere roch nach verbranntem Gummi, nach Treibstoff und nach noch etwas – fast wie Weihrauch oder Parfüm oder wie Erde nach einem Platzregen. Jenna hatte keine Ahnung, woher der Geruch kommen könnte, aber er setzte sich in ihren Hals und löste eine Art Schwindel bei ihr aus.

»Lass mich jetzt nicht im Stich«, sagte sie und bereitete die Instrumente für die Zündung vor. Sie ging die üblichen Checks durch, aber es kam ihr eigenartig vor, dass sie sich nicht beim Tower meldete. Sie drückte sich die Daumen, als sie die Zündung einschaltete. »Schieß los, Baby«, raunte sie, als der Propeller hustend zu ein paar Umdrehungen erwachte.

Jenna blickte aus dem Fenster und sah gerade noch, wie die vier Krieger ängstlich zurücksprangen. Alle bis auf Brogan fielen zu Boden, um die Wiederauferstehung des Ungeheuers anzuerkennen. Jenna lächelte still vor sich hin und war froh, dass sie offenbar die Macht über diese Menschen behielt. Schließlich hatte sie keine Ahnung, ob sie von irgendeiner anderen Seite Hilfe erwarten konnte. Daher war es lebensnotwendig, ihren Status als Göttin zu behalten.

»Haltet Abstand«, rief sie aus dem Fenster. »Ich weiß nicht, ob mein Ungeheuer angreift.«

Darauf reagierte Brogan, indem er sein Schwert vor seine nackte Brust hielt. Seine Haut zeigte noch Reste der blauen Farbe vom gestrigen Abend. Die komplizierten Muster verzogen sich, als er seine Muskeln spannte.

Jenna überprüfte die Bremsen und gab vorsichtig Gas. Die Maschine lief nicht richtig rund nach dem Feuer, sie stotterte und würgte und hustete in den Propeller. Allmählich wurden die Motorengeräusche lauter, und dicker schwarzer Rauch hüllte das Flugzeug ein. Zu ihrer Überraschung wurde der Propeller schneller, und Jenna spürte die Anspannung, als die Bremsen alles geben mussten, um den Flieger an Ort und Stelle zu halten.

»Sehr ihr«, rief sie durch den Lärm und den Rauch, »da steckt noch eine Menge Leben in der alten Bestie.« Um die verwunderten und verängstigten Männer noch mehr zu verdutzen, schaltete Jenna die Außenlichter an und aus und vergnügte sich an den weit aufgerissenen Augen der Männer.

Brogan wischte sich mit dem Handrücken über die Stirn und traute sich jetzt erst, das Schwert auf den Boden zu stellen. Er trat ans Flugzeug, wobei er so viel Verstand hatte, dass er die Nähe des Propellers mied, und lehnte sich durch die schmale Öffnung der Tür.

»Du bist voller Geheimnisse, Feuergöttin, aber ich glaube nicht, dass dein Ungeheuer lebt.« Seine Augen waren schwarz und blickten argwöhnisch. »Mein Clan glaubt an deine Macht und verehrt deinen Körper …«

»Und du nicht?« Jenna wollte seine laut geäußerten Zweifel stoppen, deshalb drückte sie den Gashebel weiter durch, was dazu führte, dass der Maschinenlärm noch zunahm. Brogan wurde von einer neuen Rauchwolke eingehüllt. Er wäre fast aus seiner Haut gesprungen.

»An dir zu zweifeln scheint nicht sehr klug zu sein, und da ich der Anführer unseres Clans bin, muss ich meine große Familie beschützen. Du bist aus irgendeinem Grund zu uns gekommen, und es ist meine Aufgabe, diesen Grund herauszufinden.« Brogans Blick glitt in den Ausschnitt von Jennas Tunika. Das kratzende Kleidungsstück passte ihr nicht gut.

»Nun, wenn du das herausgefunden hast, dann lass mich

den Grund auch wissen. Dafür wäre ich dir dankbar.« Jenna warf einen Blick auf die Treibstoffanzeige und beschloss, den Motor wieder abzustellen. Sie würde nicht länger als nötig bei diesen verrückten Leuten bleiben, deshalb war es leichtsinnig, auch nur einen Tropfen Treibstoff zu vergeuden.

Brogan starrte auf den Propeller, der sich immer langsamer drehte und schließlich stehen blieb. Als die Saratoga ruhig war, konnte man wieder den Wind in den Bäumen hören und das Gezwitscher der Vögel. Alle schienen sich daran zu erfreuen, dass der Krach vorüber war.

Aber der saure Rauch hing noch in der Luft, als Jenna aus dem Cockpit kletterte, und sie wurde an London und den Flughafen erinnert. Brogan und seine Krieger husteten. Sie waren nicht an die verschmutzte Umwelt gewöhnt.

»Dein Ungeheuer hütet viele Schätze, die wir noch nie gesehen haben. Wirst du sie mit dem Dorf teilen?« Wieder schielte Brogan in die Kabine. Jenna beschloss, ihn mit ein paar schlichten Geschenken zu besänftigen.

»Ja, ich habe einige Geschenke bei mir«, antwortete sie und öffnete den hinteren Stauraum. Sie ging die Sachen durch, die von vorangegangenen Reisen zurückgeblieben waren. Sie musste sich ein Lächeln verbeißen, als sie die verschlossene Flasche teuren französischen Weins sah, denn sie erinnerte sie an Hugh und an ihr Zuhause.

Aber sie fühlte auch, dass ihr schwer ums Herz wurde, als sie an das Überraschungspicknick dachte, das sie für ihn geplant hatte und aus dem nun nichts werden konnte. Diesen Wein hatte sie dafür organisiert, und sie hatte fast achtzig Pfund je Flasche zahlen müssen. Für ihn wäre das kein Problem gewesen, aber dieser Preis riss ein schönes Loch in ihr Budget.

Jenna seufzte in der Erinnerung. Sie hatte den Wein im

Flugzeug gelassen, weil Hugh in letzter Minute abgesagt und dringende Geschäfte vorgeschoben hatte. Nun, er hatte wenigstens angerufen, dachte sie, und jetzt fragte sie sich, warum sie nicht ihren Kummer im teuren Wein ertränkt hatte.

»Hier, den könnt ihr haben.« Sie reichte Brogan die Flasche Wein.

»Das ist ein wahrhaft schönes Geschenk«, sagte Brogan und nahm die Flasche mit seinen schweren Händen entgegen, nachdem er das Schwert eingesteckt hatte. Er studierte das Etikett und fragte dann: »Was ist das?«

»Eine Flasche mit Wein«, antwortete Jenna und kramte unter den anderen Sachen im Stauraum. Sie fand eine noch halb gefüllte Flasche Parfüm, von der sie geglaubt hatte, dass sie verloren gegangen war, und ein Ladegerät für Handys. Dann fand sie Münzen im Wert von dreiundachtzig Pence sowie einen Atlas von Großbritannien. Sie legte den Atlas zurück und reichte Brogan die anderen Dinge. Wenn er nicht ein hervorragender Schauspieler war, dann waren seine Reaktionen nicht die eines Mannes aus dem einundzwanzigsten Jahrhundert.

»Deine Geschenke sind einzigartig. Ich habe solche Dinge noch nie gesehen.« Er besah sich die Flasche und drehte sie im Licht. Er bewunderte das glänzende Glas. »Einige unserer Männer gestalten zu Feierlichkeiten Objekte aus Eisen, und Iona bietet den Göttern Taschen mit Kräutern an, aber so ein Geschenk von einer Göttin zu empfangen übertrifft alles. Wir werden ewig in deiner Schuld stehen.«

Jenna lächelte. Selbst der misstrauische Brogan war von den Dingen beeindruckt. Sie musste den Anführer auf ihre Seite bringen. »Unsinn«, sagte sie. »Cailla wird das Parfüm lieben. Es ist von Yves St. Laurent. Hugh hat es mir geschenkt.« Wieder stockte ihr Herz. »Und die Münzen kannst du an die Wand kleben. Kaufen kannst du sowieso nichts damit.« Sie wusste, dass Brogan keine Ahnung hatte, wovon sie redete: Er kannte keine Münzen, und Klebstoff wahrscheinlich auch nicht.

»Lass mal sehen«, sagte einer der anderen Krieger. Die vier Männer standen dicht zusammen und strichen ehrfürchtig über Jennas Geschenke. Jeder von ihnen war überzeugt, Zeuge eines bemerkenswerten Geschehens zu sein.

Aber als Brogan seinen Männern befahl, die Holzkiste zwischen den Rücksitzen herauszuholen, wurde Jenna schlagartig bewusst, dass sie keine Chance gegen die vier Krieger hatte, ob sie nun Göttin war oder nicht.

»Nein!«, rief sie, als die Männer die Kiste aus dem Flieger hievten. »Ihr müsst die Kiste im Ungeheuer lassen.«

»Verweigert die Göttin unsere Geschenke? Du bist mit vielen Schätzen zu uns geschickt worden, und jetzt gehört es sich, dass du die Geschenke unter uns aufteilst.« Brogan schien nicht nur klug, sondern auch verschlagen und habgierig zu sein.

»Okay, du kannst dir den Inhalt der Kiste anschauen«, gab Jenna nach, »aber dann muss sie zurück in den Flieger ... eh, ich meine ins Ungeheuer.« Sie ließ es geschehen, dass sie die Fracht auf den Erdboden stellten.

Plötzlich sprang Jenna auf. »Die Kiste brennt«, rief sie und musste an ihren Auftraggeber denken, dem der Inhalt der Kiste sehr wichtig war. Es musste ein ungewöhnlicher Wertgegenstand sein. Aber wo kam der Rauch her? Offenbar gab es in der Kiste einen Mechanismus, dass der Rauch bei Gefahr für den Inhalt ausgelöst wurde.

Sie griff nach Brogans Schwert und versuchte, den Deckel aufzustemmen. Jenna hustete und trat einen Schritt zurück, da eine graue Rauchwolke vom hölzernen Behälter aufstieg. Dieser Rauch hatte auch ihre Kabine kurz vor dem Absturz eingenebelt.

Zum Teufel, was transportierte sie da eigentlich?

»Hässlich wie die Hölle«, knurrte Jenna, als sie überzeugt war, das Feuer gelöscht zu haben. Sie hatte die Feuerdecke des Flugzeugs über den Rauch geworfen, und das hatte neue Gerüche ausgelöst. Es duftete nach Kräutern und Weihrauch. »Was ist das nur?«, fragte sie verdutzt.

Erst als sie die Decke wieder zusammenrollte und einen genauen Blick in das Innere der Kiste warf, begriff sie, dass sie etwas sehr Ungewöhnliches transportierte. Es war nicht die primitive Steinmeißelarbeit, die ihr Herz so schnell schlagen ließ, dass es in ihren Ohren zu rauschen begann. Es waren auch nicht die Brüste der Statue oder die Tatsache, dass ihre Beine schamlos gespreizt waren, dass ihr Körper in Zuckungen der Furcht und der Erregung fiel.

Nein, es war der Anblick der vier Krieger, die sich dicht um die Kiste drängten und ihre Genitalien massierten. Während sie wuchsen, begannen sie mit irgendeinem Singsang, die Köpfe gebeugt, die Blicke auf die Statue gerichtet.

Jenna stand reglos da. So etwas hatte sie noch nie gesehen. Die Männer masturbierten ungeniert. Jenna glaubte, sie könnte sich unbemerkt davonschleichen, aber dann hielt Brogan sie fest. Das Letzte, woran Jenna sich erinnerte, war der Aufschlag ihres Hinterkopfs auf dem Gras.

Achtes Kapitel

Zum zweiten Mal in zwei Tagen wurde Jenna wie ein wildes Tier, das gezähmt werden musste, zurück ins Dorf geschleppt. Ihre langen kastanienbraunen Haare flatterten im Wind, als Brogan sie über seine Schulter hievte. Nach ein paar Minuten hatte er sie zurück ins Dorf gebracht.

Was aus den anderen Kriegern geworden war, wusste Jenna nicht. Und sie war auch nicht sicher, was aus der wunderbaren Statue geworden war. Sie konnte nur hoffen, dass die Männer genug Verstand hatten, sie sorgsam zu behandeln. Ob schön oder nicht – es war ihre Pflicht, auf dieses Werk aufzupassen, bis sie es abgeliefert hatte. Und sie würde es seinem rechtmäßigen Besitzer abliefern.

»He, was soll das?«, protestierte sie, als Brogan durch die Tür einer Hütte im Dorf stapfte. Es war nicht Ionas Rundbau, aber sie war ähnlich schlicht gebaut, und drinnen vermisste Jenna den süßen und herben Duft von Kräutern. Stattdessen roch es nach Stroh und Schlamm und etwas ... Männlichem. »Wohin bringst du mich?«

»Es scheint«, plusterte Brogan sich auf, »dass du nicht diejenige bist, für die wir dich zuerst gehalten haben.«

Himmel, dachte Jenna. Jetzt wird es ernst. Sie wurde auf einen Fellstapel geworfen, den sie für Brogans Bett hielt, vor allem, als der maskuline Geruch in ihre Nase drang, während sie immer tiefer in die Felle versank.

»Ich bin, wer ich auch immer sein soll.« Sie wollte mit vagen Äußerungen Zeit gewinnen. Von der Denke her sollte sie einem Mann aus der Eisenzeit doch überlegen sein.

»Feuergöttin oder Fruchtbarkeitsgöttin?«, fragte Brogan. »Oder beides?«

Jenna war erleichtert, dass er seinen Schaft wieder unter seinen Kleidern versteckt hatte. Sie wusste nicht, was die plötzliche Masturbationsszene oben auf dem Hügel ausgelöst hatte, aber sie nahm an, dass die obszöne Statue dazu beigetragen hatte. Sie vermutete, dass der neue Besitzer in Schottland vorhatte, das Kunstwerk aus grauer Vorzeit in eine Vitrine zu stellen, damit es bei festlichen Essen zu hitzigen Diskussionen führen konnte. Nur die Super-Reichen würden horrende Preise für solche kruden Werke zahlen.

»Was wäre dir denn am liebsten?«, fragte sie. Ihre Identität war dem Anführer des Clans offenbar wichtig. »Ich dachte, Iona ist für die Fruchtbarkeit zuständig.«

»Iona ist eine Sterbliche. Sie verwendet Kräuter und ihren Körper, um die Bedürfnisse unserer Männer und der versprochenen Paare zu befriedigen. Damit ist sie fast immer erfolgreich. Du aber kommst von einem fernen Ort.«

Er ist intuitiv, dachte Jenna, und für einen Moment stellte sie sich Ionas reifen Körper vor. Ihr Verlangen nach sexueller Lust kam wie angeflogen, völlig unangemessen, und doch konnte sie das Gefühl nicht unterdrücken.

Brogan fuhr fort: »Meine Männer werden das Dorf mit zehnfacher Macht verteidigen, da du jetzt unter uns weilst. Es wird sich bald herumsprechen, dass du da bist, und wir können nicht zulassen, dass ein Clan aus der Nachbarschaft unsere Göttin stiehlt. Cathan wird über deine Anwesenheit Bescheid wissen und dann verlangen, dass wir ihm dich und die Steinstatue aushändigen.«

Die Erwähnung von Cathan erhöhte Jennas Neugier. Laymar hatte schon vor ihm gewarnt. »Was würde geschehen, wenn Cathan von mir erfährt?«

»Er würde dich rauben wollen.« Brogans Hand zuckte bei der Erwähnung des Rivalen instinktiv zum Schwert. »Er hat schon einige der schönsten Frauen unseres Clans geraubt.«

Das ließ darauf schließen, dass es sich bei den Männern um eine heiße Rivalität handelte. Aber die Erwähnung eines anderen Clans bot auch die Hoffnung, dass sie nicht völlig im prähistorischen England gelandet war. Vielleicht konnte Cathan ihr helfen, wo Brogan bisher versagt hatte.

Brogan schritt durch die Hütte und blieb vor der Feuerstelle stehen. »Sage mir nun, warum du zu unserem Clan geschickt worden bist? Was sollst du uns zeigen?«

Bevor sie antworten konnte, lag Brogan auf den Knien neben ihr. Der süß-saure Geruch seines Schweißes legte sich auf ihre Brust, dann griff er in ihre Haare und bog ihren Kopf nach hinten. Sie starrte durch das Kaminloch im Dach zum Himmel, und ihre Worte fingen sich in ihrem Gaumen. Brogan drückte seine Lippen auf die marmorweiße Haut unterhalb ihres Ohrs.

»Ich ... kann nicht ...«, begann Jenna, aber ihr Körper sagte ihr schon, sie sollte den Mund halten.

»Warum bist du hier, und was ist mit deinem eisernen Ungeheuer?« Brogan drückte seine Hände gegen Jennas Brüste und ließ die Handflächen über ihren Nippeln kreisen. »Du bist meiner Cailla sehr ähnlich«, raunte er und ging vor ihr in die Hocke. Sie traute sich nicht, zwischen seine gespreizten Schenkel zu schauen. Trotzdem reichte schon die Nähe seines nackten Brustkorbs, um ihr Herz viel zu schnell gegen ihre Rippen schlagen zu lassen.

»Ich bin wegen eines Unfalls hier«, gab sie zu. Sie wollte ihm helfen, aber sie wollte auch ihren Status als Göttin aufrecht halten. »Mein Flugzeug – das Ungeheuer – ist in einen verrückten Sturm geraten, und wir wurden aus dem Himmel auf euren Hügel geworfen. Ich hatte Glück, dass ich bei dem Unfall nicht den Tod gefunden habe.«

Brogan presste das Gesicht in Jennas Tal zwischen den Brüsten, und trotz der dicken Wolle konnte sie die feuchte Wärme seines Atems spüren, der mit jedem Heben und Senken ihrer Brust immer schwerer wurde.

»Dann bist du uns also von den Göttern des Himmels geschickt worden«, raunte Brogan und sah Jenna stirnrunzelnd an. »Aber ich verstehe nicht, wie du an einer wie Druantia vorbeigekommen bist. Wie kommt es, dass die kalte Feuergöttin die Steingöttin besitzt?«

Brogan lachte trocken auf, dann schüttelte er den Kopf und entblößte Jennas Brüste, indem er den Stoff der Tunika zur Seite schob. »Aber das ist mir jetzt egal. Nun gehört ihr mir beide ...« Er senkte den offenen Mund auf Jennas Brust, saugte so viel wie möglich in seinen Mund und strich mit der Zunge über das samtene Fleisch. Dann: »Cathan kann weder dich noch die Steingöttin haben.« Er lachte wieder und stieß Jenna zurück auf den Stapel der Tierhäute.

»Was machst du?« Ihre Stimme hatte so viel Wirkung wie eine Maus. »Ich heirate bald. Wenn Hugh erfährt, dass du ...« Sie sprach nicht weiter. Vor ihrem geistigen Auge sah sie, was Hugh mit Mel alles trieb. Himmel, sie sollte das Recht haben, jeden zu vögeln, der ihr über den Weg lief. Deshalb sollte sie sich wegen Iona und Cailla auch nicht schuldig fühlen.

Jenna versuchte zu entspannen, als Brogan sich auf sie legte. Er grätschte über sie und streifte seine eigenen Kleider ab. Seine Muskeln glühten im Sonnenlicht, das durch die Öffnung im Dach hereinfiel.

Sie betrachtete ihn gründlich, als ob sie einen Hengst kaufen wollte. Er hatte einen schlanken und durchtrainierten Körper, und seine Mähne war wild und hing ihm lose auf die Schultern. In seinen Augen sah sie manchmal den Glanz eines leicht Verrückten, den sie auch von einigen Tieren kannte, als hätten sie sich im Gewitter erschreckt oder vor einem Stock. Aber Brogan hatte auch noch etwas anderes an sich, etwas Geheimnisvolles und vielleicht auch etwas, das sie wieder erkannte.

Lag das daran, dass ihr das prähistorische Britannien vertraut und das einundzwanzigste Jahrhundert fremd wurde? Das hoffe ich aber nicht, fand Jenna, aber es hatte was beunruhigend Vertrautes an sich, wie Brogan den Kopf hielt, während er sie betrachtete. Irgendwie vertraut kamen ihr auch die strukturierten Linien seines Körpers vor.

Wenn seine Haut nicht so rotbraun gewesen wäre und er sein ganzes Leben nicht mageres Fleisch und Beeren gegessen hätte, sondern sich täglich ein paar Glas Bier genehmigt hätte und den besten Wein, dazu ein üppiges Essen ... Wenn seine Haut bleich geblieben wäre, weil er die Sonne mied und Hemden und Anzüge trüge, und wenn er sich regelmäßig Maniküre und Massage gönnte, nun, dann wäre ...

Mehr noch als alles andere war es die Art, in der Brogan ihren Körper verlangte, als wäre sie ohne jeden Zweifel sein Besitz, die Jenna verwunderte.

»Hugh«, sprach sie ihn leise an, versuchsweise, während Brogan seine Hose zur Seite warf. Seine lange Erektion sprang heraus, als hätte sie nichts mit ihrem Herrn zu tun.

Ohne sie zur Kenntnis zu nehmen, ließ Brogan sich auf sie sinken. Mit einem Knurren stieß er die Knie seiner Göttin auseinander.

»Bist du es?«, fragte sie und versuchte verzweifelt, das

Puzzle in ihrem Kopf zu lösen. Waren Charaktere aus ihrer Vergangenheit Mitspieler in ihrer Zukunft geworden? Gab es einen Link, egal wie vage, ins einundzwanzigste Jahrhundert? Wenn das so war – und dieser Gedanke zauberte ein Lächeln auf ihr Gesicht –, dann musste sie schnell die Brücke nach Hause finden.

Brogan sah in ihrem Gesichtsausdruck eine Einladung, und ohne Warnung stieß er in sie hinein und füllte den Tunnel ihres Geschlechts.

Dann wieder das Knurren. Ganz tief zuerst, aber dann wurde es erkennbar als Hughs vertrautes Geräusch, und als Jenna die Augen schloss, war es ihr so, als läge sie zu Hause bei ihrem Verlobten. Dreimal am Tag brauchte er die Penetration – aber es kam nicht oft vor, dass sie den ganzen Tag zusammen waren.

Der einzige Unterschied zwischen den beiden Männern bestand darin, dass Brogan wilder küsste. Sie spürte seine kräftigen, warmen Lippen auf ihren, und so begann der intensivste Kuss, den sie je genossen hatte. Die Hitze seines pumpenden Schafts, der ihre natürlichen Säfte abgerufen hatte, schuf einen elektrischen Wirbel auf ihren Lippen. Brogans Mund kontrollierte ihre letzten Gedanken.

Genau wie Hugh, begriff sie gerade noch, bevor in ihrem Kopf völlige Leere einsetzte. Ihr war, als müsste sie in der Lust ertrinken, die er ihr bescherte, auch wenn sie manchmal einen Schmerz spürte, wenn er stampfend zustieß.

»Wenn Cathan dich geschickt hat«, grunzte Brogan, und jede Silbe wurde von einem kräftigen Stoß bis zum Anschlag begleitet, »dann wird er dich nie zurückbekommen. Er ist ein übler Mensch, sage ich dir.«

Er zog sich plötzlich aus Jenna zurück, als ob er die Erwähnung seines Rivalen nicht ertragen könnte. Er richtete sich abrupt auf und schritt in der Hütte auf und ab. Einige Male kreiste er um die Feuerstelle und machte den Eindruck eines eingesperrten Tiers. Sein Körper glühte rot vor Hitze, Verlangen und Zorn.

»Was ist denn?«, fragte Jenna. Sie fühlte sich beraubt, nachdem er sich zurückgezogen hatte, aber das wollte sie ihm nicht zeigen. Dass sie Hugh in Brogan gesehen hatte, ganz egal, wie verrückt diese Möglichkeit war, hatte in ihrem Kopf ein Feuerwerk ausgelöst. Dann hatte sie eine Idee.

»Komm her«, bat sie und kroch auf allen vieren über den Boden zu ihrem Mann. »Ich will dich schmecken.«

Angetrieben von den unerfüllten Gelüsten ihrer Pussy, schob sie sich an Brogan heran, bis ihr Gesicht sich auf einer Höhe mit seinem Schoß befand. Versuchsweise strich sie mit der Zunge über die Unterseite seiner Erektion und griff mit den Fingern an seine Hoden.

Brogan verhielt sich absolut still; ein Mann, wie geblendet im Scheinwerferlicht. Er begann schneller zu atmen, und Jenna bemerkte, dass er vor Anspannung die Fäuste ballte, während sie sich zu der Stelle vorarbeitete, die ihren Verdacht bestätigen würde – dass Brogan in einem zeitlosen genetischen Rätsel tatsächlich ihr Verlobter war.

Verzweifelte Hoffnung oder übersinnliche Tatsache? Jenna atmete tief durch.

Sie tauchte zwischen seine Beine und neigte den Kopf, um die Stelle hinter seinem Skrotum sehen zu können. Es war dunkel in der Hütte, aber im unregelmäßig flackernden Feuerschein konnte sie so gerade das erkennen, was sie hatte sehen wollen: Das Muttermal hätte nicht deutlicher sein können.

Und genau an dieser Stelle hatte auch Hugh ein Muttermal!

Sie streckte die Zunge heraus und strich mit ihrem Speichel über das Mal. Brogan stieß ein tierisches Stöhnen aus und ließ so viel Luft ab, dass sogar die Flamme flackerte.

»Was machst du mit mir?«, keuchte er und griff in Jennas Haare. Er drückte ihr Gesicht fester gegen die geschwollenen Teile seines Körpers, die sich so anfühlten, als gehörten sie gar nicht mehr zu ihm.

»Ich will nur nachschauen«, flüsterte Jenna, als sie schließlich den Kopf hob, um Luft zu schnappen. Sie strich mit der Zunge über die Länge des Schafts, wechselte zu seinem flachen Bauch und dann hinauf zu seinem Brustkorb. Sie atmete in seine Halsbeuge.

»Ich will wissen, wer du bist«, sagte Jenna, »nachdem du mich schon die ganze Zeit gefragt hast, wo ich herkomme und wer ich bin. Obwohl – wo ich herkomme, weiß man meistens, mit wem man Sex hat.«

Brogans dichte Brauen zogen sich zusammen, und seine Augen verengten sich. Er verstand nicht, wovon die Göttin redete, aber das überraschte ihn nicht. Ob sie nun sterblich war oder nicht – er wusste, dass sie eine Göttin war, die man zu verehren hatte.

»Und hast du das jetzt herausgefunden?«, fragte er, hob sie hoch und zog sie an sich. Die Spitze seiner Erektion scheuerte gegen die Ritze zwischen ihren Schenkeln. Seine Hände folgten den üppigen Kurven ihrer Brüste und glitten dann hinab zu ihren Hüften.

Sie war besser als jede andere Frau, die er je gehabt hatte, besser als Cailla und die ständige Aushilfe von Iona. Wenn die jungen Frauen im Dorf heranreiften, verordnete sich Brogan die Aufgabe, sie in die körperliche Liebe einzuführen. Es gab nicht genug Frauen im Clan, um seinen Bedarf zu befriedigen.

»Oh, ja«, sagte Jenna. »Ich habe herausgefunden, was ich wissen wollte.« Sie wand sich aus seinem Griff und sah einen

Haselnusszweig auf dem Boden liegen, umwickelt mit einem Wollknäuel. Sie bückte sich danach und hielt es Brogan hin. »Willst du spielen?«

Da war wieder das Knurren. Sie drehte sich um und sah, dass Brogan sich ihr näherte. Er stakste um sie herum, als wäre sie seine Beute.

Jenna schoss zur Seite und hielt sich an einem der inneren Pfosten fest, die das Dach trugen. Mit den Händen strich sie über die Länge des Pfeilers, als handelte es sich um eine menschliche Form. Dann presste sie sich mit dem Rücken dagegen, und es störte sie nicht, dass die Borke ihre Haut zwischen den Schultern schürfte.

»Spielen?«, fragte er. Seine großen Hände wickelten das Wollknäuel ab, dann zückte er einen Dolch aus einem breiten Ledergurt – sein einziges Kleidungsstück – und schnitt verschiedene Längen ab. Er schien genau zu wissen, was er zu tun hatte.

»Ja, klar«, sagte sie kichernd und wusste nicht, wieso sie jetzt dieses Verhalten an den Tag legte. Nichts mehr zu sehen von der gewöhnlich vernünftigen, verlässlichen, vertrauenswürdigen Pilotin und der loyalen Verlobten Jenna Bright. Die Hitze des Feuers steckte ihre linke Seite in Brand und entzündete etwas, das sich in Körper und Geist fast wie ein Fieber anfühlte. »Binde mich an diesen Pfeiler«, verlangte sie von Brogan, und in ihrer Stimme lag eine für sie ungewöhnliche Autorität.

Brogan hob die Brauen, zwang Jennas Hände dann aber hinter den Pfeiler. Schnell hatte er die Gelenke zusammengebunden, als müsste er ein wildes Tier verschnüren. Der Unterschied bestand nur darin, dass sein jetziger Fang nicht protestierte. Das reichte schon für seine nächste Erektion.

»Jetzt besorg's mir«, flüsterte sie so leise, dass sie glaubte, der Wind hätte die Worte zum Kaminloch hinausgeweht.

Aber Brogan hatte sie gehört, das erkannte sie an dem breiten Grinsen. Er steckte den Dolch wieder weg und musterte seine Beute. Auf den Kugeln ihrer schönen ebenmäßigen Brüste richteten sich die Nippel auf, und ihm lief das Wasser im Mund zusammen. Da ihre Hände auf dem Rücken gefesselt und die Schultern nach hinten gewunden waren, hatten sich die Brüste zu neuer Größe erhoben.

Brogan stieß die Zungenspitze gegen ihren Nippel und umkreiste die blasse Insel mit großem Entzücken. Aus dieser Nähe fiel ihm auf, wie die dunklere Haut in die schneeweiße überging. Er konnte es nicht länger aushalten und tunkte einen Finger in Jennas schon nasses Geschlecht. Er spürte, wie sie sich gegen den Pfeiler bäumte. Ihr Kopf fiel weit nach hinten, und Brogan wusste, dass sie einen Höhepunkt erlebte.

Die Luft wurde aus ihr hinausgedrückt, als Brogan seine beeindruckende Länge in sie hineinstieß. Zuerst musste er sie offen halten, damit er sich in ihren schmalen Tunnel bohren konnte, aber das war sie gewohnt – von Hugh. Und das konnte nur bedeuten, dass sie ihrem Zuhause näher war, als sie bisher geahnt hatte.

»Oh, Hugh«, murmelte sie.

Ihr war nicht klar, ob Brogan verstanden hatte, welchen Namen sie ausgesprochen hatte; es war aber auch möglich, dass es ihn nicht interessierte. Wenn es ihr möglich gewesen wäre, hätte sie mit ihren Nägeln blutige Spuren auf seinem Rücken hinterlassen, wie er es liebte. Aber ihre Hände waren gefesselt – das war eines von Hughs Lieblingsspielen.

Der Heide ... der Krieger ... der Mann aus der Eisenzeit ... wer immer er war, jetzt schmiegte er sein Gesicht in Jennas Halsbeuge, und da blieb es, während er seinen Rücken krümmte und seine Hüften unermüdlich pflügten. Seine Hände kneteten das weiche Fleisch ihrer Brüste.

Und ganz allmählich, wie eine gestörte Flasche des exquisitesten Champagners, begann Jenna plötzlich zu sprudeln und zu wallen und zu zischen. Sie spannte sich mit aller Kraft gegen ihre Fesseln, während der Orgasmus in ihrem Körper immer höher kletterte.

Er begann tief in ihrem Schoß. Fast unerträgliche Hitze drang in alle Extremitäten vor. Brogan hatte zu einem stakkatohaften Rhythmus angesetzt, und Jenna ließ es zu, dass sich die Lust in ihr aufbaute. Es prickelte in ihren Beinen, in jedem einzelnen Zeh, in ihren Fingern, in Schultern, Hals und Gesicht. Die erste Phase des Orgasmus färbte ihre Wangen und die Lippen kirschrot.

Sie schloss die Augen, als Brogan seine Zunge tief in ihren Hals stieß, und wieder wurde sie an Hugh erinnert. Es war ein weit hergeholter Vergleich, das war ihr bewusst, und es war möglich, dass bei ihr einiges verdreht war durch den Orgasmus, denn sie kam und kam.

Und doch – wenn Brogan weniger Haare und weniger ausgeprägte Muskeln gehabt hätte, dann hätte er in Jennas Augen ihr Hugh sein können.

»Binde mich los«, keuchte sie, als Brogan über ihr zusammenbrach und vor ihren Füßen auf den Boden rutschte.

Sobald ihre Hände frei waren, rieb sie die Gelenke, bis das Leben in die Fingerspitzen zurückkehrte. Dann klatschte sie eine Hand in Brogans Gesicht.

»Das hast du verdient, weil du meine beste Freundin gevögelt hast«, fluchte sie und bückte sich nach ihrer Tunika.

Erst als sie wütend an den anderen Hütten vorbeilief – vorbei auch an eingezäunten Ziegen, an mehreren Feuern und einigen Gruppen aus dem Dorf –, wurde ihr bewusst, dass sie vielleicht schon bald ganz verrückt sein würde.

Neuntes Kapitel

Euan Douglas telefonierte. Er saß in einem Mahagonisessel hinter einem antiken Schreibtisch, unterhalb einer Galerie mit Ölgemälden seiner Vorfahren, alle in schweren vergoldeten Rahmen.

Der Mann trug Jeans, robuste Stiefel und einen Armeepullover, und auch wenn er es versucht hätte, hätte er nicht deplatzierter aussehen können.

Rachel räusperte sich.

Euan Douglas blickte von den Papieren auf seinem Schreibtisch auf, das Telefon noch ans Ohr gedrückt, und winkte Rachel näher. Seine Augen waren so grün wie der See, den Rachel durch das hohe Fenster sehen konnte. Der Schlossherr hielt zwei Finger hoch.

Zwei Minuten? Zwei Stunden? Friede? Eine geheime schottische Begrüßung?

Rachel nickte.

»Wenn der sonstige Tierarzt beschäftigt ist, dann schaff einen anderen herbei. Das Tier muss medizinisch behandelt werden, und wenn das nicht eintritt, brauchst du bald auch eine medizinische Behandlung.« Douglas' Stimme wurde nicht lauter, aber der Befehl war auch so klar genug.

Dies alles ist seins, dachte Rachel bewundernd und blickte sich um in dem Zimmer, das man Bibliothek nennen konnte oder Trophäenzimmer oder Jagdgalerie. Der Raum war etwa achtzehn Meter lang und auf beiden Seiten mit polierten Eichenpaneelen ausgestattet, an denen ausgestopfte Exemplare seiner Jagdbeute hingen. In großen Vitrinen waren Pokale und Schilde ausgestellt, und dann gab es auch noch Kabinette mit Bleikristallen. Rachel sah sich rasch nach der begehrten Statue um, konnte sie aber nicht sehen.

Das Objekt der Begierde zu entdecken und zu Hugh zu bringen würde sie in seiner Gunst wieder ansteigen lassen. Bisher war sie bei seinem Techtelmechtel mit Mel ausgeschlossen gewesen. Nun ja, Mr. Douglas war ein feiner Mann, und es konnte nicht schaden, ein wenig mit ihm zu flirten, um Hughs eifersüchtige Ader zu kitzeln.

»Mein Vater, mein Großvater, dessen Vater und so weiter … Die interessantesten Beutestücke.«

Wie, bitte? Rachel hatte nicht bemerkt, dass Euan Douglas nicht länger telefonierte und sie beim Betrachten von Hirschgeweihen studierte.

»Beeindruckend«, log sie. Von der Jagd hielt sie nicht viel.

»Wie kann ich Ihnen helfen?«

Rachel spürte die freundliche Abschätzung des Schlossbesitzers, und für einen Moment antwortete sie nicht, sondern labte sich an seinen Blicken. Kein Zweifel, dass er sie taxierte. Jetzt wünschte sie, sie hätte ihre fast durchsichtige Bluse angezogen. Selbst wenn sie darunter einen BH trug, konnte man noch ihre Nippel sehen. Sie liebte es, wenn Männer auf ihre Titten starrten.

»Ich heiße Rachel Harte und bin die Privatassistentin von Mr. Vandenbrink von der Vandenbrink Holding.« Rachel legte eine kurze Pause ein, weil nach dieser Eröffnung meistens ein tiefer Atemzug ihres Gegenübers folgte, der meistens Schock ausdrückte.

Aber von Douglas kam nichts.

»Mr. Hugh Vandenbrink«, wiederholte sie und fragte sich, ob Mr. Douglas vielleicht taub war.

Euan Douglas schüttelte den Kopf. »Tut mir leid. Nie von ihm gehört. Aber fahren Sie fort.« Die grünen Augen fixierten ihre ganz genau. Kein rasches Senken der Blicke auf ihre Brüste. Kein Lecken der Lippen, kein unauffälliges Reiben einer Hand gegen seinen Schritt.

»Nun, er ist ein bedeutender Mann. Und er möchte Sie kennen lernen. Um über ein Geschäft zu sprechen.« Rachel bemerkte ein leichtes Zittern in der Stimme und hoffte, dass Euan Douglas es nicht bemerkt hatte. »Können Sie mir eine Zeit nennen, die Ihnen genehm ist? Mr. Vandenbrink ist an diesem Wochenende Gast Ihres Hotels. Wir haben die Cameron Suite gebucht.«

»Ah«, sagte Euan nachdenklich.

Na bitte, dachte Rachel, jetzt weiß er wenigstens, wer wir sind.

»Nun, ich hoffe, es wird Ihnen bei uns gefallen. Nach dem Essen heute Abend finden in der Lounge schottische Tänze statt. Sie sollten Ihrem Mr. Vandenbroke sagen, was für ausgezeichnete Unterhaltung das ist. Außerdem gibt es kostenlosen Whisky für unsere Gäste.«

Euan lächelte so verschlungen wie die Pfade im schottischen Hochland. Seine Augen verengten sich, und um sie herum bildeten sich feine Linien wie auf einer Landkarte. Sie machten ihn sogar noch attraktiver.

»Vandenbrink«, korrigierte Rachel. »Und er möchte Sie wirklich gern sprechen. Vielleicht sind Sie heute Abend auch in der Lounge?«

Euan seufzte, kratzte sich am Kopf und fuhr sich mit den Fingern durch seine zerzausten Haare. »Natürlich.« Er lächelte höflich und schaute auf seine Uhr. »Meine Gäste haben Priorität, und natürlich treffe ich mich gern mit Mr ...«

»Vandenbrink«, ergänzte Rachel. »Sagen wir neun Uhr?«

Sie streckte ihre Hand aus, weil sie nicht wusste, was sie sonst anstellen konnte, um ihn zu berühren. Jedenfalls noch nicht.

Der See war fast überall von Wald umgeben. Im Norden und Westen fielen die zerklüfteten Hügel steil hinab in den See. Rachel stand auf dem Steg, starrte hinaus auf das dunkelgrüne Wasser und fragte sich, was der See verbarg. Ihre Augen verengten sich, als im Westen die Sonne immer tiefer sank und die letzten hellen Stunden eines angenehmen Maitages ankündigte. Sie musste daran denken, was die atemberaubende Landschaft in ihrer Zeit alles gesehen hatte.

»Alles von den Dinosauriern über die Höhlenmenschen bis zu den mittelalterlichen Fehden, und Könige und Elfen und …«

»Oh, da haben wir eine alte Romantikerin, was?« Vertraute Hände legten sich um ihre Taille und hielten ihre Handgelenke auf dem Rücken fest. »Ich habe es Mel gerade bis zur Bewusstlosigkeit besorgt«, log Hugh. »Jetzt bist du dran.«

Rachel spürte, wie ihr Inneres zu schmelzen begann; sie fühlte den Zauber des schottischen Sees, der sich ihr einflößte, als hinge sie an einem Tropf. Was sie wirklich wollte war, von einem Mann geliebt zu werden, und das war vermutlich auch der Grund, warum sie an Euan Douglas dachte, selbst in dem Moment, in dem Hughs Lippen ihren Hals küssten.

»Du bist unersättlich«, raunte sie kichernd. Sie fühlte sich sexy und mehr als sonst zu Dummheiten bereit. »Ich habe übrigens mit unserem Mr. Douglas gesprochen.«

»Und?« Hugh löste sich von ihr. Geschäft war Geschäft. Er wollte diese Statue haben.

»Er wird dich heute Abend um neun in der Lounge treffen.« Rachel strahlte. Sie hatte gute Arbeit geleistet. »Es gibt schottische Tänze und Whisky und ...«

»Dann werde ich meinen Kilt bügeln müssen.« Hugh grinste und gab Rachel einen Kuss auf die Stirn. Alles schien auf gutem Weg zu sein. Ein Abendessen für sie alle, auf seine Kosten natürlich, danach jede Menge Whisky in der Bar, während er das Geschäft mit der Statue abwickelte. Er würde Douglas ein Angebot machen, dem er nicht widerstehen konnte, und danach alle zurück in die Suite. Eine Nacht mit so viel Sex, dass selbst er für vierundzwanzig Stunden genug hatte.

»Du weißt, was man über Männer in Kilts sagt«, neckte Rachel ihn, langte hinunter und packte das wachsende Paket in Hughs Hose.

Der Kilt kam zusammen mit einer Pelztasche und einer Argyle Jacke und wurde vom Ladenbesitzer aus Dundee persönlich im Schloss abgeliefert. Der Besitzer hatte als kleines Extra – und weil er für die Sachen den doppelten Preis berechnet hatte – einen Sgian Dubh der Lieferung beigelegt, einen traditionellen schottischen Dolch.

»Ich habe doch nur einen Scherz gemacht«, gestand Rachel lachend. Hugh paradierte im Schlafzimmer in voller schottischer Tracht. »Los dann, zeige uns deine *trossachs.*«

»Später, Darling«, sagte Hugh und bewunderte sich im Spiegel. Er sah wirklich großartig aus. Es wäre ein schlimmer Fehler, wenn er sich nicht angemessen kleidete. Euan Douglas sollte ihn als schottischen Landsmann respektieren, dann würden sie sich gegenseitig Respekt bezeugen, Whisky schlürfen, Scheck ausstellen und einstecken, Statue übergeben, fertig.

Es würde ein guter Abend sein, ein Abend voller Fröhlichkeit, mit neuen Freundschaften und vielleicht mit dem Versprechen, das Schloss später noch mal zu besuchen. Es war der perfekte Ort für ein langes Wochenende und ungestörten Sex.

»Wow«, stieß Mel aus, als sie aus dem Badezimmer trat. Sie hatte sich im größten Jacuzzi, das sie je gesehen hatte, ausgestreckt. Ihre Wangenknochen leuchteten wie Erdbeeren, und ihre Haut prickelte von den luxuriösen Salzen, die sie ins Wasser gesprenkelt hatte. »Du siehst ...« Sie ließ ihr Badetuch auf den Boden fallen.

»Du willst sagen, dass ich sexy aussehe?«, fragte Hugh.

»Anders«, meinte Mel. »Ja, aber auch sexy. Ich würde gern deinen Kilt anheben.«

»Nun, du musst dich gedulden. Hugh holte aus und klatschte die flache Hand auf Mels reifen Halbmondpo. Am liebsten würde er sein Gerät jetzt sofort in sie versenken, vor Rachels Augen.

»Was ziehst du heute Abend an?«, fragte Mel und drehte sich zu Rachel um. Die Frauen betrachteten sich schweigend, dann wandten sie beide den Blick.

»Dies«, zischte Rachel, stellte sich vor den Spiegel und legte ihre Ohrringe an. Sie fand, dass sie in der weiten weißen Hose gut aussah, denn sie betonte die Kurven ihres festen Pos, der es zu jeder Zeit mit Mels aufnehmen konnte. Sie mochte auch ihr schwarzes weites Top, das gern mal ein bisschen zu tief rutschte und einen Nippel entblößte. Wenn das heute Abend auch geschah, würde sie das Top nicht wieder nach oben ziehen. Verdammt, sie würde es sogar absichtlich nach unten ziehen, wenn es nicht von selbst rutschte.

»Ich glaube, ich werde ein Kleid tragen. Was Hübsches, Weibliches.« Sie schwebte hinüber zum Kleiderschrank und nahm was Scharlachfarbenes vom Hänger. »Das ist genau das, was ich suche.«

Hugh saß auf dem Himmelbett und schaute zu, wie Mel ihren Körper in den hauchdünnen Stoff zwängte. Sie musste hier ein bisschen ziehen und dort etwas richten, aber als das Kleid saß, bedeckte es so gerade die prallen Halbkugeln des Pos, und es überließ auch bei den Brüsten kaum etwas der Phantasie. Zwei dünne Stoffstreifen liefen senkrecht vom Halskragen zu den Brustspitzen und setzten sich von der Taille bis zum Schoß fort.

»Oh, du hast ein Nabelpiercing«, bemerkte Rachel und fand, dass Hughs Freundin viel zu sexy aussah, um neben ihr nach unten zu gehen. Sie hätte sich gern umgezogen, aber sie hatte keine Alternative mitgebracht. Sie würde einfach hinnehmen müssen, dass Mel ihr den Rang ablief. »Das Kleid ist wunderbar«, sagte sie. Freundlichkeit führte immer weiter als Neid.

»Danke. Hugh hat es mir gekauft.« Mel schwang herum und drückte einen warmen Kuss auf Hughs Kopf. Sein Gesicht drückte sich ins Tal ihrer weichen Brüste. »Wir haben es in einer kleinen Boutique in King's Road gefunden. Es hat ein Vermögen gekostet.« Sie kicherte und ging zurück ins Bad, um ihr Make-up aufzutragen.

»Du siehst auch hinreißend aus«, sagte Hugh und stieß einen Finger in die feste Masse von Rachels Po. »Ich bin ein Glückspilz mit zwei faszinierenden Frauen. Bist du später bereit für ein bisschen Spaß mit Mel?«

Rachel sah ihren Boss an. Es gehörte mit zum Job, das war ihr klar, und vielleicht war ihre Reaktion auf Mels Aussehen echt gewesen. Sie strahlte wirklich Sex aus. Zu viel Sex. »Ich werde mein Bestes geben«, antwortete sie und zwinkerte. Sie spürte, dass der Steg ihres Höschens gegen ihre Klitoris rieb.

Was sollte sie auch sonst sagen? Sie konnte nicht riskieren, ihren Job zu verlieren.

»Ausgezeichnet«, sagte Hugh und grinste. »Ich gehe hinunter an die Bar. Da werde ich euch Ladys nachher treffen. Lasst mich nicht zu lange warten.«

»Habt ihr zwei da oben im Doppelbett gesündigt?«

Hugh saß vor seinem zweiten Glas und hatte den Knoten seiner scharlachroten Krawatte gelockert, als Mel und Rachel endlich eintrafen.

Er hatte wenigstens eine halbe Stunde darauf gewartet, dass die Frauen sich sehen ließen. Die Jacke, das steife Hemd und die Krawatte, der juckende Kilt und die langen weißen Socken hätten ihn fast dazu gebracht, sich nackt auszuziehen. Aber das wäre bei Euan Douglas nicht gut angekommen.

Was ich nicht alles auf mich nehme, um die Statue in meinen Besitz zu bringen, dachte er. Und wenn ich sie habe, schenke ich sie Jenna zur Hochzeit.

Er griff mit einer Hand an Rachels Schoß, als sie neben ihm stand und überlegte, was sie trinken sollte. »Hast du an Mels Pussy geschleckt?«

»Hugh!«, rief Rachel. »Kannst du nicht leise reden? Du bringst mich in Verlegenheit.«

»Darin ist er ganz groß«, warf Mel ein. »Setz dich, Rachel, ich gehe zur Bar.« Mel zog Hughs Hand zwischen Rachels Schenkeln weg und legte einen Arm um die Privatassistentin. »Ich frage den Barmann, was er uns empfehlen kann. Wenn wir es Hugh überlassen, liegen wir noch vorm Essen auf dem Rücken.«

»So habe ich mir das vorgestellt«, sagte Hugh, aber er sagte es so leise, dass niemand es hörte. Er schaute zu, wie Mels Arm Rachel in einen Sessel drückte.

»Danke«, sagte Rachel dankbar und sah Mel nach, die zur Bar ging.

»Habt ihr zwei euch versöhnt?« Hugh nahm einen kräftigen Schluck Whisky.

»Mir war nicht bewusst, dass wir uns verkracht hatten.«

»Sagen wir, dass ich ein Gespür von weiblicher Rivalität wahrnahm. Eine Qualität, die ich in Frauen bewundere, solange ich dabei sein kann, wenn sie zu Freundinnen werden.« Er lachte und leerte sein Glas.

»Nun, Mel und ich kommen gut miteinander aus und ...«

»Komm her«, sagte Hugh mit einer Stimme, von der Rachel wusste, dass sie nicht zu ignorieren war. »Bring dein Gesicht ganz nah an meins.«

Sie gehorchte, und Hugh schnüffelte wie ein Hund um ihren Mund.

»Ha, Volltreffer! Du schmutzige Schlampe!« Hugh lehnte sich in seinem Sessel zurück und spürte das vertraute Ziehen, das eine weitere Erektion ankündigte. Man würde sie wahrscheinlich durch den Kilt sehen. »Dein Gesicht riecht nach Pussy.«

»Himmel, Hugh, halt den Mund.« Rachel wurde so rot wie der Samtbezug der Sessel und Stühle, aber sie bewunderte Hughs Instinkte. Er kannte sich eben aus, wenn es um Sex ging.

Es stimmte. In der letzten halben Stunde waren sie und Mel übereinander hergefallen. Es war Mels Schuld gewesen und zum Teil auch Hughs, weil der gesagt hatte, er würde sie gern mal zusammen sehen. Mel war im Bad gewesen, und Rachel hatte pinkeln müssen. Mel schaute im Spiegel zu, wie Rachel sich danach trocken rieb.

»Lass mal sehen«, hatte Mel gesagt. Sie hatte sogar eine Hand vor den Mund gepresst, als ihr bewusst geworden war, dass sie ihre Gedanken laut ausgesprochen hatte.

»Sehen?« Rachel hockte noch da, das winzige Höschen um die Knie.

»Deine Pussy. Ich möchte sie gern sehen.« Mel konnte sich nicht mehr zurückhalten.

»Oh. Okay.« Rachel war es gewohnt, Befehlen zu gehorchen, und ein wenig befürchtete sie, Mel könnte sich bei Hugh beklagen; also öffnete sie ihre Schenkel und ließ ihre leicht behaarte Pussy sehen. Die Labien waren von einem blassen Rosa, aber Rachel spürte, wie das Blut in sie schoss, als Mel sich alles genau anschaute.

»Danke«, sagte Mel. »Du bist sehr schön.«

»Meinst du?« Rachel lächelte, zog den Slip hoch und dann die Hose.

»Willst du meine sehen?« Dann mussten sie beide lachen, weil sie sich wie experimentierende Teenager anhörten. »Fair ist fair«, sagte Mel noch.

»Ja, mach«, spornte Rachel sie an, und wieder wollte sie sich keinen Ärger mit Hugh einhandeln. Dann keuchte sie auf, denn erstens trug Mel unter dem kurzen roten Kleid keinen Slip, und außerdem wuchs bei ihr kein einziges Härchen.

»Ich rasiere mich jeden Tag«, sagte sie, weil sie in Rachels weit aufgerissenen Augen lesen konnte. »Es fühlt sich gut an. Es tut genauso gut, wie nackt in der Wohnung herumzulaufen. Es ist mein kleines Geheimnis. Ich fühle mich die ganze Zeit sexy und bereit.« Sie lächelte entzückt. »Willst du mal anfassen?«

»Ich?« Rachel hatte nicht geglaubt, dass es so weit gehen würde; sie hatte auch nie geglaubt, dass sie mal eine andere Frau anfassen würde.

Mel lehnte sich gegen den Toilettentisch und spreizte die Beine. »Mach schon, geh mal mit einem Finger ran. Meine Muschi beißt nicht.«

Rachel streckte zögerlich eine Hand aus und legte einen Finger oben auf die Spalte. Eine ganz kurze Berührung, dann zog sie die Hand zurück, als hätte sie sich bei Mel elektrisiert. Rachel fühlte sich großartig und war glücklich, dass sie es riskiert hatte.

»War's das?«, fragte Mel.

»Nun, ich habe dich angefasst.«

»Ich möchte, dass du es richtig machst. Ich zeige es dir mal.« Mel zog Rachels Hose nach unten und griff mit einer Hand in den Elastikbund des Höschens. »Spreize deine Beine ein bisschen mehr.«

Rachel gehorchte.

»So stelle ich es mir vor«, sagte Mel und beobachtete die Reaktion auf Rachels Gesicht, als sie die Labien mit zwei Fingern spaltete. Sie begann leicht zu pumpen und wusste, dass sie bald Nässe fühlen würde, und als ihre Finger darin badeten, strich sie die Säfte über Rachels Klitoris.

»Oh ...«, wisperte Rachel und hielt sich an der Wand fest.

Mel ging mit den Fingern zurück und ließ sie ein wenig in die Höhle eindringen. Es war schon eine Zeit her, dass sie zuletzt mit einem Mädchen gespielt hatte.

»Gefällt es dir?«, fragte Mel und kannte die Antwort bereits. Rachels Wangen zeigten ein hübsches Pink, und ihre Augen waren verhangen, als schauten sie durch Schwaden.

»Oh, ja«, raunte sie, »aber ist das nicht ein bisschen unanständig?«

Mel lachte. »Aber darum geht es doch, Dummchen. Wir sind in diesem wunderschönen Schloss und sind Gäste eines der mächtigsten Männer Londons – ist das nicht Anlass genug für ein paar unanständige Erlebnisse?« Mel kreiste den Zeigefinger um Rachels Klitoris, und Rachel spürte, wie ihre Knie schwach wurden. »Komm und lege dich aufs Bett. Ich will dich für Hugh in die richtige Stimmung bringen.«

»Ich glaube, die Stimmung habe ich schon«, sagte sie außer Atem.

Die Finger noch in ihr vergraben, führte Mel sie zum Himmelbett. »Zieh deine Hose aus, sonst zerknautscht sie.«

»Meinst du wirklich?« Rachel war immer noch nicht sicher, ob sie das tun sollten. Aber dann stellte sie sich vor, wie Mel bei Hugh schmollte, dass sie es bei Rachel mit einer Spielverderberin zu tun hatte, die nicht bereit war, ihren Körper mit ihr zu teilen, und dann würde Hugh sie feuern und ...

»Zieh deine Knie an, und drück sie auf deine Brüste, damit ich an dich rankomme.«

»Oh, Himmel«, sagte Rachel und legte sich auf den Rücken. Alles war entblößt. Mels warmer Mund senkte sich auf ihre Pussy. Rachel entspannte sich, als Mels Zunge in sie eindrang.

»Das ist zu verdorben für Worte«, flüsterte sie, und im nächsten Moment fiel ihr ein, dass Mel dasselbe auch von ihr erwartete. Rachel begann langsam die Hüften zu kreisen, und bald nahm sie durch die Nässe erste Zuckungen wahr, die einen Orgasmus ankündigten.

Mel brach ab und setzte sich. »Ich bin dran.«

»Aber ich bin nicht ...«

»Das wirst du auch nicht. Niemand wird kommen, bevor Hugh nicht hier ist. Ich will, dass wir beide während des ganzen Essens vor Geilheit fast ausrasten. Du kannst meinetwegen ein paar Mal zur Toilette laufen, aber du darfst nicht kommen, das ist die Regel des Spiels, okay?«

»Hört sich gut an«, kicherte Rachel, und dann wurden ihre Augen groß, als Mel ihr die unbehaarte Pussy hinhielt.

»Ich habe dir einen trockenen Sherry mitgebracht«, sagte Mel. Sie setzte sich zwischen Hugh und Rachel. Sie hob den Saum ihres dünnen Kleidchens an, sodass jeder, der die Bar betrat, einen Blick auf ihre glatt rasierte Mitte werfen konnte. Sie war noch nass von Rachels gründlicher Zunge. »Und dir, Hugh, habe ich noch einen Whisky mitgebracht.«

»Hugh hat einen guten Riecher«, sagte Rachel zu Mel. »Er weiß, was wir getrieben haben.« Sie nahm einen langen Schluck aus dem schmalen Glas, dann verengten sich ihre Augen, als sie sich daran erinnerte, wie die andere Frau ihr Geschlecht auf ihr Gesicht gedrückt hatte. Sie fragte sich, warum sie das nicht früher schon mal versucht hatte. »Wir sollten bald essen, denn Euan Douglas wird uns hier treffen wollen.« Sie versuchte, zurück in ihre Aufgabe als Privatassistentin zu finden. »Und hat jemand Mark gesehen?«

Rachel sah sich in der Lounge um, wo schon viele Gäste beim Aperitif saßen. Es war eine bunt gemischte Klientel, einige alt, einige jung, und alle offenbar gut bei Kasse. Obwohl es Mai war, brannten dicke Scheite im großen offenen Kamin. Es war wirklich ein zauberisches Schloss.

»Er hat mir gesagt, dass er zum Essen nach Dundee fährt«, gestand Mel. »Ich habe vergessen, euch Bescheid zu sagen. Vielleicht will er sein Glück bei den einheimischen Mädchen versuchen.«

»Vielleicht«, murmelte Rachel. Sie hatte gehofft, dass er mit ihnen essen würde, damit die Geschlechter ausgewogener verteilt wären. Sie wusste, dass Mel Hughs Favoritin war. Sie war jetzt ihrer beider Favoritin, dachte sie schmunzelnd.

»Nun, dann gehen wir«, sagte Hugh, stand auf und hielt den Frauen je einen Arm hin. Er war wie ausgehungert und hatte einen Appetit, der schwer zu stillen sein würde.

Euan Douglas steuerte höflich jede seiner Gästegruppen an und bemühte sich, eine Unterhaltung in Gang zu bringen. Die etwa fünfzig Gäste hatten gut gespeist und nahmen jetzt Kaffee und Spirituosen in der Lounge ein. Um herauszufinden, wo sich der hartnäckige Vandenbrink aufhielt, musste er zuerst die hübsche Blondine identifizieren, die mit ihm gesprochen hatte.

Rachel, nicht wahr?

Er schritt durch die Lounge, lächelte und gratulierte den Teilnehmern an der Damwildjagd. Sie hatte langsam begonnen, aber zur Mittagszeit hatten sie einige vorzügliche Köpfe ins Visier genommen. Kein Wunder also, dass er ein Schloss voller zufriedener Gäste hatte. Freilich wäre es ihm lieber gewesen, wenn er den Tag allein hätte verbringen können.

Er liebte es, mit dem Land Rover über seine Besitzungen zu fahren und nach dem Rechten zu sehen, und abends würde es einen gemütlichen Tagesausklang zu zweit geben. Wein, gutes Essen, eine frühe Nacht. Euan seufzte. Er hatte sich schon vor längerer Zeit für das Alleinsein entschieden.

Da saß sie, neben dem Kamin. Weiße Hose, sexy Top. Neben ihr eine ebenfalls gut aussehende Freundin. Es half dem Geschäft, wenn attraktive Frauen im Schloss wohnten. Wieder dachte er kurz über eine Heirat nach und dass er eine aggressive Suche nach einer Frau beginnen sollte. Er dachte an Erben und dann an seine unmöglich hohen Ansprüche.

Bevor er sich näherte, blieb er einen Moment stehen und betrachtete die Party. Vandenbrink war einer der typischen männlichen Gäste. Laut, lächerlich reich und gierig lechzend. Die Frau zu seiner Linken, die im roten Kleid ... er schluckte. Trug sie wirklich kein Höschen?

Er schritt auf Vandenbrink zu und streckte seine Hand aus, um es hinter sich zu bringen.

»Mr. Vandenbrink, nehme ich an.« Er fragte sich, ob er eine Unterhose unter dem Kilt trug. Er ballte die linke Hand zur Faust, um ein Lachen zu unterdrücken.

Rachel lächelte. Er hatte den richtigen Namen behalten.

Hugh erhob sich und drehte sich um. Ein breites Grinsen legte sich über sein Gesicht. »Ja, Mr. Douglas. Wie wunderbar, Sie zu treffen.«

Hugh mochte die lässige und selbstsichere Art des Mannes überhaupt nicht. Außerdem schien er ein paar Jahre jünger zu sein als er, sah besser aus und besaß ein herzhaftes Stück des südöstlichen Schottlands. Ganz zu schweigen davon, dass sich die Statue in seinem Besitz befand.

Im Gegensatz dazu hielt sich Euan mit einem Urteil zurück, bis er Vandenbrink besser kennen gelernt hatte. Er war von Natur aus fair und war gespannt, was Vandenbrink zu sagen hatte.

»Bitte, nennen Sie mich Euan.«

Man hörte nur ganz schwach seinen Akzent, dachte Hugh. »Und ich bin Hugh«, sagte er. »Bitte, leisten Sie uns doch Gesellschaft.« Er zeigte auf einen unbesetzten Stuhl.

Rachel hatte absichtlich einen vierten Stuhl herangestellt, weil sie mit Euan gerechnet hatte. Sie hatte auch darauf geachtet, dass der Stuhl gleich neben ihrem stand.

»Noch mal hallo«, sagte sie fröhlich und überlegte, ob dies der richtige Moment war, ihr Top um einen Zentimeter zu senken. Ihr war unglaublich heiß. Mel saß ihr gegenüber und der unübertroffene Mr. Douglas links von ihr – wenn sie sich nicht zusammenriss, würde sie jeden Augenblick kommen. Das Wissen, dass Hugh sich die ganze Nacht ihrer bedienen würde, trug nicht zu ihrer Beruhigung bei.

»Guten Abend, Rachel. Sie sind sehr ...« Er wollte ›wunderschön‹ sagen, aber dann sah er, dass ein Nippel über Rachels Top lugte, und er wollte keine weitere Aufmerksamkeit auf sie lenken. Der armen Frau würde es entsetzlich peinlich sein, wenn sie wüsste, dass ihr Top gerutscht war.

»Sehr was?«, fragte sie hoffnungsvoll.

»Sehr umsichtig«, vollendete Euan, und höflich senkte er den Blick. Er hoffte, dass ihre Freundin sie diskret zur Toilette begleiten würde.

»Und ich bin Mel«, sagte Mel und verzichtete auf einen Händedruck. Stattdessen bot sie einen tiefen Einblick unter ihr Kleid an, als sie die Beine übereinanderschlug. Ihr Geschlecht strahlte Euan direkt an. Hugh würde begeistert sein. Was konnte besser sein, ihn von der Statue abzulenken, als mit einem Blick auf ihre besten Vorzüge?

»Sehr nett, Sie alle kennen zu lernen«, sagte Euan. Wer waren diese Leute? »Was kann ich für Sie tun, Hugh?«

»Sie haben etwas, das ich gerne hätte. Von Rechts wegen sollte es mir gehören.« Hugh lehnte sich vor, die Arme auf seine Schenkel gestützt.

»Oh?« Euan nahm einen Schluck aus dem Bierglas, das die Kellnerin ihm gebracht hatte.

Hugh lachte. Ihm fiel auf, dass Rachel blass geworden war und Euan beinahe hechelnd anstarrte, während Mel dem Schlossherrn ihre private Show bot. Gute Mädchen, dachte er.

»Die Statue«, fuhr er fort. »Der behauene Stein, den Sie kürzlich auf einer Auktion in London erworben haben.« Hugh rührte in seinem Kaffee. »Im Auktionshaus gab es eine

Verwechslung, denn die Statue hätte eigentlich mir gehören sollen, aber der Anbieter über Telefon ... Nun, ich kann Ihnen einen Scheck ausstellen und den albernen Irrtum gerade rücken, damit alle ...«

»Sprechen Sie von Druantia?« Euans Augenbrauen begegneten sich in der Mitte, und seine Schultern spannten sich.

»Die antike Statue mit den gewaltigen Brüsten.« Hugh lachte überlegen. »Eigentlich eine kleine Verrücktheit, aber ich fand sie ganz süß.«

»Tut mir leid«, sagte Euan ernst, »aber sie ist nicht verkäuflich.«

Hughs Augen weiteten sich. Sein Mund presste sich zu einer dünnen Linie zusammen. »Ach, nun geben Sie Ihrem Herzen mal einen Stoß, Mr. Douglas. Alles hat seinen Preis. Wie viel wollen Sie?«

»Es ist keine Frage des Preises, und selbst wenn sie zum Verkauf bereit stünde, könnte ich Ihnen nicht helfen, Mr. Vandenbrink.« Keine Vornamen mehr.

»Und warum nicht?«

»Sie befindet sich noch nicht in meinem Besitz, wenn Sie das unbedingt wissen müssen. Ich bin sehr in Sorge. Ich habe ein Vermögen auf der Auktion ausgegeben, weil ich die Statue zurück an ihren angestammten Platz bringen wollte. Ich habe sogar einen privaten Transport angeheuert, um das wertvolle Stück auf direktem Weg hierhin zu bringen. Sie hätte gestern hier eintreffen sollen, aber ich habe noch kein Wort von der verdammten Chartergesellschaft gehört, die ich beauftragt habe. Alle großen Gesellschaften waren ausgebucht, deshalb musste ich mich auf einen kleinen Krauter festlegen. Und ob Sie es glauben oder nicht, der Pilot ist eine Frau.«

Als sie das hörte, schwanden Rachels verträumte Blicke, und ihre Augen verengten sich, als sie Hugh ansah.

»Hören Sie, ich zahle Ihnen zehn Prozent mehr, als Sie bei der Auktion gezahlt haben. Sie müssen zugeben, das ist ein faires Angebot.« Hugh rührte heftig im Kaffee.

»Sie hören mir nicht zu, Mr. Vandenbrink. Ich habe die Statue nicht. Und wenn sie bei mir eintrifft, werde ich sie nicht verkaufen.« Euan nippte an seinem Bier und sehnte sich nach seiner kleinen Suite im Ostflügel des Schlosses, wo er sich einen guten Film ansehen würde. »Vor langer Zeit hat mein Volk hart dafür gekämpft, die Statue zu behalten. Mein Volk glaubte an ihre Kraft der Liebe und Fruchtbarkeit. Sehen Sie, deshalb kann ich sie nicht verkaufen. Die Statue gehört hier aufs Schloss, damit sich das schottische Volk daran delektieren kann.«

»Glauben Sie wirklich an diese Kräfte der Statue, Euan?«, fragte Rachel. »Und wenn Sie mir die Frage gestatten, wie heißt die Gesellschaft, die Sie mit dem Transport der Statue beauftragt haben?«

Rachels Stimme klang sehr angenehm, und Euan beantwortete ihre Fragen nur zu gern.

»Mythen und Legenden und keltische Traditionen sind Teil meiner Herkunft. Ich kann die Wurzeln meiner Familie über mehrere Jahrhunderte zurückverfolgen. Ich glaube, dass meine Vorfahren auf diesem Land lebten, seit Geschichte aufgezeichnet wird, und vielleicht sogar schon früher. Wenn ein Land dich so geprägt hat, wenn die Hügel und Flüsse dir so vertraut sind wie dein eigener Körper und der Rabe dir deine Vergangenheit und deine Zukunft kreischt, wenn du den Acker bestellst, in den Seen fischst und in den Wäldern jagst, dann bleibt dir gar nichts anderes übrig, als an den Zauber um dich herum zu glauben.«

Euan leerte sein Bierglas. Mehr denn je wünschte er sich, jemanden zu haben, mit dem er sein Erbe teilen könnte.

»Und die Pilotin, von der Sie gesprochen haben?«

Rachel fand es angebracht, ihr Top ein wenig nach oben zu ziehen. Da war etwas in Euans Augen, als er über seine Liebe zu diesem Land gesprochen hatte und über die Statue, das keinen Raum ließ für provozierende Kleidung. Außerdem konnte sie sich später noch mit Hugh und Mel austoben.

»Lassen Sie mich überlegen.« Euan grub in seiner Tasche nach dem Handy, und nach ein paar Knopfdrücken konnte er einen Namen nennen. »Ich habe eine Gesellschaft beauftragt, die sich Bright Charter nennt. Die Pilotin heißt Jenna Bright. Eine Eine-Frau-Gesellschaft, nehme ich an. Und nicht sehr zuverlässig, wie ich jetzt erfahren muss. Sie hat mir versprochen, mich sofort anzurufen, sobald sie in Dundee landet, damit ich sie und die Statue auf dem Flughafen in Empfang nehmen kann. Ich habe sie sogar eingeladen, das Wochenende auf dem Schloss zu verbringen. Sie hätte sich der Jagdgesellschaft anschließen können. Aber bisher habe ich absolut nichts von ihr gehört.«

Euan sah, wie drei Unterkiefer nach unten klappten. Ein Löffel fiel auf den Boden, die eben noch gespreizten Beine der anderen jungen Frau pressten sich zusammen, und dann hörte er zwei laute Seufzer des Erschreckens.

Erst später an diesem Abend, als Rachel leise an die Tür seiner Privatsuite klopfte, erfuhr Euan Douglas, dass Jenna Bright die Verlobte von Hugh Vandenbrink war.

Zehntes Kapitel

Jenna rannte. Sie würden hinter ihr her sein. Sie rannte den Hügel hinauf zur Saratoga und stellte erleichtert fest, dass die Statue noch da war. Sie konnte sich ein Lächeln nicht verkneifen. Die Krieger hatten einen Kreis aus Steinen und Blumen um das Flugzeug gelegt.

Mit ihrer ganzen Kraft hievte sie die Statue zurück ins Flugzeug und verschloss die Tür. Durch seine Angst einflößende Erscheinung würde sich das Monster selbst verteidigen, dachte Jenna.

Dann rannte sie weiter. Sie hatte keine Ahnung wohin, aber bevor sie die Tür verschlossen hatte, war ihr die Idee gekommen, die Karte und den Kompass an sich zu nehmen – beides nahm sie stets mit an Bord für den Fall, dass die eingebauten Systeme ausfielen.

»Also denn«, sagte sie, ging in die Hocke und breitete mit zitternden Händen die Karte aus. Möglicherweise war bald der ganze Clan hinter ihr her. Sie blickte hinunter ins Tal, aber bisher blieb alles friedlich. »Ich hielt genau darauf zu … Die letzten bekannten Koordinaten … Ostnordost … vierhundert Grad, vielleicht vierhundertzwanzig …« Sie trommelte mit einem Finger gegen einen Zahn. »Ich schätze, vor dem Sturm bin ich sicher vierhundert Meilen weit geflogen, vielleicht sogar mehr. Ich könnte ganz in der Nähe von Dundee sein und sogar in der Nähe des Schlosses – falls es das in dieser Zeit schon gab …«

Sie suchte auf der Karte das Tal und den See, an dem das

Schloss ihres Auftraggebers lag. Man hatte ihr gesagt, das Schloss läge nur zwanzig Autominuten von Dundee entfernt.

Keuchend rannte sie durch das hohe Gras. »Wenn ich Dundee finde, dann ist es nicht mehr weit bis zu meinem Kunden. Ich werde mich bei ihm entschuldigen und ihm sagen, wo sich seine Statue befindet. Dann ist alles wieder in Ordnung und ...«

Jenna gefror das Blut in den Adern. Sie hörte Stimmen. Schnell wie ein Kaninchen hielt sie auf ein dichtes Gestrüpp zu. Ihr fiel jetzt erst auf, dass es keine Felder und keine Hecken gab, nur endlose Wiesen, flankiert von dichten Wäldern. Sie duckte sich ins Gestrüpp, und die Stimmen kamen näher.

»Singen?«, murmelte sie konsterniert. Es waren Frauenstimmen, die einen Ton hielten. Als sie sich halb aufrichtete, um über ihr Versteck hinauszusehen, achtete sie zwar darauf, dass sie sich nicht verriet, aber dann knackte ein Zweig unter ihrem Fuß, als fünf Frauen nur wenige Schritte an ihr vorbeigingen.

»Wer ist da?«, rief eine.

»Komm heraus«, befahl eine andere.

Dann sagte eine Frau: »Schaut mal, sie ist verletzt.« Die Frauen, die alle so ähnlich gekleidet waren wie die Frauen von Brogans Clan, näherten sich ihr vorsichtig. Eine Frau zog ein kleines Schwert unter ihrem Gürtel heraus.

Jenna hob ihre Hände. »Ich bin nicht verletzt«, sagte sie, »und ich will euch auch nicht verletzen.« Sie starrte auf das Schwert. »Ich muss Dundee finden, bevor sie mich schnappen.«

»Bevor wer dich schnappt?«

»Die Krieger des Dorfes im nächsten Tal.« Jenna zeigte mit ausgestreckter Hand in die Richtung, aus der sie gerannt war. Die Frauen hielten geräuschvoll die Luft an, und ihre Augen weiteten sich. Einige von ihnen trugen große Körbe mit Obst und Blumen und Nüssen und stellten sie jetzt auf den Boden ab.

»Die Dunlayth Krieger jagen dich?«

»Ich schätze, dass sie das sind«, antwortete Jenna, dann fragte sie: »Wie weit ist Dundee?« Instinktiv wusste sie, dass die Frauen nicht wussten, wovon sie redete, aber sie wollte selbst die kleinste Chance wahrnehmen.

»Warum? Welchem Clan gehörst du an?«, fragte die Frau mit dem Schwert. Sie war etwa zehn Jahre älter als die anderen Frauen, aber auch nicht älter als dreißig.

»Ich gehöre keinem Clan an. Ich komme aus ...« Jenna war nicht sicher, dass sie die Geschichte mit der Göttin wiederaufleben lassen sollte. »Ich komme aus dem Süden, und ich habe mich verirrt. Gibt es irgendwo eine Ruhestelle für mich? Wo ich auch was essen kann und ...«

»... eine Zuflucht finde?«, ergänzte eine Frau.

Jenna nickte. Sie sah sich um und erwartete, dass Brogan und seine Krieger aus dem Wald stießen. Schließlich hatte er sie als seine private Göttin betrachtet.

»Wir gehören dem Caravye Clan an. Wenn du willst, kannst du dich uns anschließen. Dann bist du in Sicherheit. Unser Führer Cathan wird wissen, was er mit dir anfangen soll. Er ist ein Druide, und er wird dir deine Zukunft vorgeben, indem er in deiner Vergangenheit liest.«

»Tatsächlich?« Jennas Herz tat einen Sprung, als sie den Namen Cathan hörte. Und dazu noch die Aussicht, dass der Druide ihr etwas über die Zukunft sagen konnte. Konnte er ihr einen Weg nach Hause zeigen? Brogan hatte sie mehr als einmal vor Cathans Bosheiten gewarnt. Aber diese Frauen schienen sehr freundlich zu sein.

Ihre Gedanken wurden von Waffengerassel und Männerstimmen unterbrochen, die in der Ferne zu hören waren. Das würde Brogan mit seinen Kriegern sein. Jenna fühlte sich schlecht.

»Schnell, zurück in dein Versteck. Wir werden dich beschützen«, sagte die ältere Frau.

Jenna gehorchte und kroch tiefer in das Dickicht hinein. Dornen und Brennnesseln kratzten ihre Haut, und ein Zweig schlug ihr gegen die Wange. Sie konnte ihren Aufschrei gerade noch unterdrücken, und dann rückten die Krieger auch schon näher.

Die Frauen begannen wieder zu singen, und Jenna konnte erkennen, dass sie einen Kreis um das Gestrüpp bildeten und vorgaben, Blumen und Blätter zu sammeln.

»Oh!«, rief eine der Frauen, als sie so tat, als sähe sie den Vierertrupp der Krieger das erste Mal. Dann drehten sich alle Frauen nach den Männern um und grüßten sie misstrauisch.

»Habt ihr eine Frau gesehen, die sich auf der Flucht befindet? Eine schlanke Frau mit Haaren wie Feuer?«

Die Frauen schüttelten alle den Kopf. »Wir hatten genug mit uns selbst zu tun. Wir sammeln Kräuter.« Einige der Frauen nahmen das Singen wieder auf.

»Hört auf!«, schrie ein Krieger. In ihrem Versteck erkannte Jenna, dass es Brogans Stimme war. Die Frauen sangen weiter. »Ich habe euch gesagt, ihr sollt ruhig sein. Ihr seid von Cathans Clan, nicht wahr?« Brogan lachte, und Jenna sah, dass sich seine großen Füße näherten. »Kein Wunder, dass er die Frauen anderer Clans stiehlt, wenn seine eigenen nicht besser aussehen.«

Jenna hörte das Klirren von Metall und verbale Proteste von der Frau mit dem Schwert. Aber dann meldete sich eine andere Frau zu Wort.

»Wir wollen keinen Ärger«, sagte sie. »Wenn ihr uns so wenig attraktiv findet, ist das eure Sache. Wir wollen eure Aufmerksamkeit auch gar nicht. Also lasst uns in Ruhe.«

Jenna verengte die Augen und hätte am liebsten nein, nein, nein gerufen. Auch wenn sie Brogan erst kurze Zeit kannte, wusste sie, wie er reagieren würde.

»Zieht eure Kleider aus, damit ich eure Schönheit richtig bewerten kann.« Dann ertönte wieder dieses tiefe, spöttische Gelächter. »Hört ihr? Zieht euch aus!«

Jenna hörte, wie unter ihren neuen Freundinnen ein Flüstern anhub. Sie hatten sie beschützen wollen, und jetzt befanden sie sich selbst in Gefahr. Aber wenn sie ihr Versteck jetzt verließ, war nichts gewonnen: Brogan würde sie gefangen nehmen und sich trotzdem an den Frauen rächen.

»Nein«, sangen die Frauen. Sie pflückten weiter Blumen und Blätter. Jenna hörte, wie Brogan mit leiser, tiefer Stimme sprach, und gleich darauf waren entsetzte Schreie der einzelnen Frauen zu hören.

»Weg von mir, du brutaler Kerl!«

»Nimm deine Pfoten von mir!«

Jenna schloss die Augen und hörte reißenden Stoff. Brogan hatte seine Männer angewiesen, die Frauen von ihren Gewändern zu befreien.

»Besser, als ich zuerst gedacht habe«, rief Brogan lachend, als die Frauen nackt und still waren. »Ein ergötzlicher Anblick für einen müden Krieger«, fuhr er fort. »Du, beug dich vor!«

Jenna hielt die Luft an.

»Warum?«, fragte die Frau, der die Anweisung galt.

»Weil ich deinen ganzen Körper sehen will«, grölte Brogan und klatschte mit einer Gerte auf den Boden. »Mach es endlich!«

Die Frau beugte sich vor und stützte sich bei einer Freundin ab. Sie presste ihr verängstigtes Gesicht gegen den Bauch der anderen Frau. Es war, als fände sie dort ein wenig Trost.

»Die Spalte ist so blass wie dein ganzer Körper, aber sie ist einladender, als ich für möglich gehalten habe. Cathan hält sich zu seiner Lust einen ganzen Stall attraktiver Frauen, sehe ich mit Verwunderung.«

Dann hörte Jenna das Geräusch von Leder und das Klirren von Metall. Sie schätzte, dass Brogan sein Schwert ablegte, und das Raunen und Stöhnen der Frauen bestätigte, was Jenna die ganze Zeit schon befürchtet hatte: Er würde wenigstens eine Frau auch gegen ihren Willen nehmen.

Hier. Vor aller Augen.

Jetzt trat die Begegnung in eine neue Phase. Jenna musste aus ihrem Versteck heraus, um die arme Frau zu retten. Brogan sollte sich ihrer bedienen.

Sie wollte sich gerade erheben, aber dann erstarrte Jenna mitten in der Bewegung.

»Oooh ja«, stöhnte die Frau. »Tiefer, bitte«, bettelte sie, als Brogan von hinten in sie eindrang.

Da sie sich in ihrem Versteck ein wenig aufgerichtet hatte, konnte Jenna die Gestalt Brogans von den Hüften abwärts sehen, und durch die Brombeerblätter hatte sie einen Blick auf seinen harten Schaft, den er ins Geschlecht der nackten Frau pumpte. Ihre Labien glitten beim Eindringen und beim Rückzug hinein und heraus, und die dunklen Härchen wurden in weißen Säften getränkt. Sie war von Anfang an für Brogan nass und bereit gewesen.

»Sie sind wie Tiere«, wisperte Jenna. »Sie können immer und mit jedem. Wie Hunde im Park, Kaninchen auf den Feldern ... sie sind genauso geil wie ...« Jennas Stimme wurde unhörbar; sie vollendete den Satz in Gedanken.

Wie Hugh.

Die ständige Bereitschaft ihres Verlobten war ihr bisher nicht als ungewöhnlich vorgekommen. Okay, ihr war bewusst, dass er ein schwer zu befriedigender Geliebter war und dass er sie an allen möglichen Orten nahm.

Aber bisher war das nie ein Problem gewesen. Nicht, bis sie ihn und Mel zusammen am Telefon gehört hatte. Dass er sie so oft begehrte, war ein gutes Zeichen, hatte Jenna geglaubt, dann brauchte er sich nicht woanders auszutoben. Bis gestern war ihr nicht bewusst gewesen, dass sie nicht genug für ihn war. Dass er andere Frauen brauchte, Tag und Nacht. Jenna fragte sich, wie lange das schon so lief, das Vögeln hinter ihrem Rücken.

»Sagt eurem Cathan, dass ich heute seine Frau besessen habe«, sagte Brogan lachend. Er pumpte härter und hielt sich an den Backen der Frau fest. Eine der anderen Frauen streichelte ihr über den Rücken, während die andere, die sie stützte, mit ihren Haaren spielte.

Jenna konnte von ihrem Versteck aus nicht sehen, was die anderen Krieger anstellten, aber sie konnte es sich denken.

»Lasst – euch – hier – bloß – nicht – mehr – von – mir – erwischen«, stammelte Brogan im Rhythmus seines Orgasmus. Dann, als auch die Frau kam, was man aus ihrem Schreien und Quietschen schließen konnte, zog Brogan ihr mit der Gerte über die bebenden Backen.

Das schien ihre Lust noch in die Länge zu ziehen, und Jenna schämte sich, dass sie wünschte, jemand würde das auch für sie tun. Wenn Hugh mit ihr Liebe machte, erkannte sie jetzt, ging es immer nur um seine Befriedigung. Wenn sie auch einen Orgasmus erlebte, war das eher Zufall. Wenn nicht, würde sie sich später selbst helfen.

Ein paar Augenblicke später schritten die Krieger zurück

in den Wald. »Wenn ihr eine Frau seht, die auf sich allein gestellt ist, dann sagt ihr, dass Brogan sie sucht. Sagt ihr, dass ich sie mit der Peitsche bearbeite, wenn ich sie schnappe.«

Erst als die Stimmen der Männer nicht mehr zu hören waren und Jenna nicht länger zitterte, kam sie aus ihrem Versteck und half den Frauen, ihre Kleider anzuziehen.

Cathans Dorf unterschied sich kaum von Brogans Dorf, abgesehen davon, dass es näher an die Ufer des Flusses gebaut worden war, und ganz in der Nähe waren mehr Getreidefelder zu sehen. Jenna ging davon aus, dass es sich um den Fluss handelte, der sich auch durch Brogans Tal wand. Wenn sie die Karte richtig gelesen hatte, musste es der River Tay sein, der unmittelbar vor Cathans Dorf auch einen hübschen See bildete.

»Du hast nichts zu befürchten«, sagte die ältere Frau, als sie sich dem Dorf näherten.

Sie waren seit Stunden unterwegs, so schien es Jenna, obwohl sie wahrscheinlich über dem hügeligen Land nur wenige Meilen zurückgelegt hatten. Jennas Füße waren wund und schmerzten in den primitiven Ledersandalen, die Iona ihr gegeben hatte. Beim Gedanken an Iona und Cailla wurde sie von einer leichten Traurigkeit erfasst. Obwohl sie sich erst kurz gekannt hatten, waren die beiden Frauen ihr ans Herz gewachsen.

»Ich fürchte mich vor Cathan. Brogan hat mir erzählt, dass er ein schlechter Mensch ist. Deshalb hat er mich auch vor eurem Dorf gewarnt.«

»Cathan ist kein übler Kerl«, sagte die Frau mit einem Lächeln. »Ich bringe dich zu ihm, dann kannst du das selbst entscheiden.«

Jenna schluckte ihre Angst hinunter. Seltsam war, dass niemand im Dorf ihr Beachtung schenkte, als sie zwischen die mit Stroh bedeckten Rundhütten geführt wurde. Wahrscheinlich lag es daran, dass sie auch diese keltische Kleidung trug – und sie war auch nicht in einem Feuerball in diesem Dorf gelandet.

Sie bewunderte die kluge Art, mit der diese primitiven Rundhütten gebaut waren; Stroh und getrockneter Schlamm bildeten die Außenhaut, die von kräftigen Baumstämmen gestützt wurde. Das Dach hob sich sanft nach oben, und mittendrin war ein großes Loch eingelassen, damit der Rauch entweichen konnte. Im Winter würde in jeder Hütte ein Feuer brennen. Unwillkürlich musste Jenna an London denken, dann wurde sie abgelenkt, weil die andere Frau sie ansprach.

»Cathan kann man gewöhnlich unten am Fluss finden. Die meiste Zeit meditiert er da und denkt darüber nach, was das Beste für seinen Stamm ist. Er ist ein sehr respektierter Führer unseres Clans.«

In Jennas Kopf entstand ein neues Bild von Cathan. Sie glaubte, dass er nicht so groß war wie Brogan, vielleicht einen ganzen Kopf kleiner. Zerzauste graue Haare, die ihm um das verwitterte Gesicht flogen, denn in Jennas Vorstellung musste Cathan alt und weise sein. Vielleicht stellte sie sich die Druiden von Stonehenge vor. Oder sollte Cathan doch der gefürchtete Krieger sein, den Brogan beschrieben hatte?

»Da ist er.« Die Frau deutete auf das Ufer des schnell fließenden Bachs. Jenna hätte sich gern auf den Boden gelegt, ihr Gesicht ins Wasser gehalten und getrunken. »Ich lasse dich jetzt allein. Stell dich ihm vor. Hab keine Angst.«

Jenna fühlte die Hand der Frau, die ihr einen leichten Schubs gab. Sie starrte Cathan an, eine vage Gestalt, übers

Wasser gebeugt. Als Jenna sich nach der Frau umdrehte, war sie verschwunden. Sie hatte sich noch nie so allein gefühlt.

Sie trat schleppend näher heran, und ihre Beine zitterten. Sie räusperte sich.

»Pst«, war seine Antwort. Cathan, der einen langen braunen Umhang aus Wolle trug, bewegte sich nicht. Jenna konnte so gut wie nichts von dem Mann erkennen, außer, dass er sich übers Wasser beugte.

Plötzlich wirbelte er herum, Wasser spritzte auf, und Cathan hielt einen metallenen Speer hoch über dem Kopf. Der größte Lachs, den Jenna je gesehen hatte, wand sich auf dem Speer. Nach kurzer Zeit gab der Fisch auf.

»Ein guter Fang«, sagte Cathan und beendete das Leben des Lachses mit einem Stein. Er winkte Jenna zu sich heran.

Sie konnte sich kaum bewegen. Ihre Füße waren schwer wie Blei. Cathan war das krasse Gegenteil von dem, was sie erwartet hatte.

»Komm her«, sagte er in einer Stimme, die nach Freundschaft und Besorgnis klang. »Lass mich sehen, wer du bist.«

Langsam näherte sich Jenna. Sein Gewand wurde in der Taille von einer Lederschnur gehalten. Er trug keine Schuhe. Er war ein großer Mann, bestimmt ein Meter achtzig, und sein Körper war schlank. Helle Härchen bedeckten seine Unterarme.

Jenna fiel auf, dass er eine hellere Haut hatte als Brogan, und seine blonden Haare schimmerten in der untergehenden Sonne ein wenig rötlich.

»Ich heiße Jenna Bright«, begann sie nervös. Aus irgendeinem Grund war ihr danach, in Tränen auszubrechen und sich schluchzend an Cathans Brust zu werfen. Vielleicht war es die Erleichterung, dass er nicht der schreckliche Feind war, den Brogan beschrieben hatte, oder es lag an der schieren

Erschöpfung oder an der Hoffnung, dass dieser weise Mann ihr helfen konnte, nach Hause zu finden. Aber Jenna bewahrte Haltung und unterdrückte ihr Schluchzen. »Und ich habe mich verirrt.«

»Wir haben uns alle verirrt«, sagte er mit einem Lächeln, das die Dämmerung zum Leuchten brachte.

Jenna wollte etwas sagen, ließ es dann aber sein. Was Cathan gesagt hatte, hörte sich beinahe wie Vic an, wenn er sich in rätselhafte Gefilde begab. Die Erinnerung an Vic ließ sie noch trauriger werden. Wie sie sich nach einer vertrauten, freundlichen Hand sehnte, die sie dahin zurückzog, wohin sie gehörte. Dann fragte sie sich: Wenn Brogan so eine starke Verbindung zu Hugh hatte, mit wem ließ sich dann Cathan vergleichen?

Vic? Aber sie verwies diesen Gedanken ins Reich der Spekulationen. Abgesehen von dieser einen quasi religiösen Bemerkung gab es keine Ähnlichkeiten zwischen ihm und dem Priester/Piloten.

Vielleicht gab es auch gar keine Verbindungen zwischen dieser Welt und ihrer, dachte Jenna; sie hatte sich die Ähnlichkeiten von Brogan und Hugh nur ausgedacht, obwohl sie schon sehr auffällig waren ... und da war ja auch noch das Muttermal ...

»Wirklich verirrt, meine ich«, sagte Jenna und lächelte zurück. »Also, ich habe keine Ahnung, wie ich wieder nach Hause finde.« Sie lehnte es ab, den Absturz ihres Flugzeugs zu erwähnen, und sie sprach auch nicht von der Statue. »Wie weit ist Dundee von hier entfernt?«

Cathan trat auf sie zu und legte die Hände auf Jennas Schultern. Sie hörte ein zischendes Geräusch über ihrem Kopf und fühlte sich leicht benommen, als würde sie im nächsten Augenblick ohnmächtig werden.

»Es tut mir so leid«, sagte Cathan, »aber ich verstehe dich nicht.« Er führte Jenna zum breiten See. »Komm und setz dich und trinke das Wasser. Du siehst so aus, als wärst du schon weit gereist.«

Wenn du nur wüsstest, dachte Jenna und war überrascht, dass sie überhaupt etwas denken konnte, denn in ihrem Kopf sprühte es, seit der Mann sie berührte. Es ging tatsächlich eine Gefahr von ihm aus, aber nicht die Art Gefahr, von der Brogan gesprochen hatte.

Gib die Hoffnung nicht auf, redete sie sich gut zu. Irgendeiner wird dir vielleicht noch helfen können.

Sie setzten sich nebeneinander ans Ufer, und Cathan füllte einen Tonkrug mit dem kältesten, frischesten Wasser, das sie jemals getrunken hatte.

»Kann man das überhaupt trinken?«, fragte sie.

Cathan runzelte die Stirn und hob den Krug an ihre Lippen. »Was hat eine schöne Frau veranlasst, allein über Land zu reisen? Fürchtest du nicht die Krieger der anderen Stämme? Sie könnten dich in ihre Gewalt bringen. Hat dein eigener Clanführer dich nicht beschützt?«

Während Jenna gierig trank, kratzte Cathan mit einem Stock irgendwelche Zeichen in den trockenen Boden. Jenna wischte sich den Mund am Ärmel ihres kratzenden Umhangs ab.

»Es ist schwer zu erklären«, begann sie. »Du wirst den Ort, von dem ich komme, noch nicht gehört haben. Er liegt weit weg von hier, und offenbar ist es schwierig, zu ihm zurückzufinden.« Jenna hielt den Krug ins Wasser, füllte ihn und setzte ihn wieder an ihren Mund. »Viele Menschen werden mich suchen, aber ich glaube nicht, dass mich irgendjemand hier vermutet. Das ist mein Problem. Und alle, die ich hier gefragt habe, kennen nicht den Ort, von dem ich komme.

Deshalb können sie mich auch nicht in die richtige Richtung führen.«

»Ich verstehe«, sagte Cathan, und Jenna hoffte, dass er sie wirklich verstand. »Und wie sehr wünschst du dir, nach Hause zu gehen?«, fragte er nach einer Weile.

Jenna lag es auf der Zunge, *mit all meinem Herzen* zu sagen, aber dann hielt sie sich zurück. Wollte sie wirklich so sehr zurück? Wollte sie Hugh und Mel begegnen, nachdem sie wusste, welches miese Spiel die beiden mit ihr getrieben hatten? Hugh hatte wahrscheinlich ein Dutzend andere Freundinnen, und seine Privatassistentin, diese Rachel, öffnete bestimmt jeden Tag ihre Beine für ihn. Wie konnte sie ihm je wieder vertrauen? Wie konnte sie ihn heiraten? Ja, welche Verlockung war es, nach Hause zurückzukehren?

»Natürlich muss ich nach Hause zurück. Es gibt Dinge, um die ich mich kümmern muss.« Sie dachte an Vic, an ihre Firma, an ihre Eltern. Sie und ihre Freunde würden sich schreckliche Sorgen um sie machen. »Meine Familie wird entsetzt sein. Sie hält mich für tot.«

»Was ist, wenn du deine Familie wissen lässt, dass du lebst? Ich meine, das wäre doch möglich, oder?«

»Du meinst mit einem Boten?« Von E-Mail oder SMS würde er wohl nicht sprechen.

»Ja, so ungefähr«, antwortete er und grinste viel sagend. »Aber es geht um was Komplexes, das du vielleicht nicht verstehst.« Cathan sah sich nach dem Lachs um. »Hast du Hunger?«, fragte er, und Jenna spürte erst jetzt, wie hungrig sie war.

Sie blieben allein, und das gefiel Jenna. Wer auch immer er war – sie fühlte sich bei Cathan gut aufgehoben, und plötzlich war sie völlig zufrieden mit ihrer ungewöhnlichen Situation. Die Sonne war hinter den Hügeln untergegangen, und der See lag flach da und sah im Schein des Vollmonds glasig aus. Jenna fand, es wirkte so, als ob sie über das Wasser zum anderen Ufer gehen konnte.

»Mmm, das schmeckt gut«, sagte Jenna und biss ein Stück vom Lachs ab. »So frisch gibt es den Fisch heutzutage nicht mehr.« Sie musste grinsen, als sie begriff, dass Cathan nicht wusste, wovon sie redete.

Das Feuer knisterte, und ein paar Funken stoben hinaus aufs Wasser. Gebannt schauten sie zu, wie Wasservögel ihre kräftigen Flügel schwangen.

»Hörst du die Musik?«, fragte Cathan.

Jenna lauschte, lächelte und nickte. »Es hört sich nach einer Feier an«, sagte sie.

»Ja, es ist eine Feier. Für dich.«

»Wirklich?«

»Ja. Unser Clan begrüßt Neuankömmlinge auf diese Weise. Sie wissen, dass du ihre Musik hören wirst. Sie glauben, dass du zu ihnen zurückgebracht wirst, wenn du in Not bist. Oder wenn du dich verirrt hast.«

»Aber ich habe mich verirrt«, sagte Jenna und wünschte, dass Hugh eine Möglichkeit hätte, sie nach Hause zurückzubringen. »Dieses Willkommen unterscheidet sich von dem in Brogans Dorf«, murmelte sie.

Es entstand ein längeres Schweigen, ehe Cathan fragte: »Du warst beim Dunlayth Clan?« Seine Augen weiteten sich.

»Ich ... eh ... bin eher zufällig in ihr Dorf eingefallen«, sagte Jenna. »Ich bin eine Weile bei ihnen geblieben und dann weggelaufen. Brogan und einige seiner Krieger jagten mich, aber die Frauen aus deinem Dorf haben mich gerettet. Sie haben viel riskiert ...«

»Was haben sie denn riskiert?«

»Sie mussten hinnehmen, dass ihre Körper ...« Jenna wusste nicht, wie sie das ausdrücken sollte. »Nun, Brogan zeigte eine Schwäche für eine der hübschen jungen Frauen und ...« Sie saugte an ihren Fingern und schaute zum Mond, rund wie ein Teller. »Sie musste sich bücken, und er trat von hinten an sie heran ... du weißt bestimmt, was ich meine ...«

»Leider, ja«, sagte Cathan nachdenklich. »Der Mann hat keine Kontrolle über sich. Im Laufe des letzten Jahres hat er sicherlich die Hälfte der Frauen in unserem Dorf besessen. Nichts kann ihn aufhalten, sich das zu nehmen, was er haben will.«

»Brogan hat mir gesagt, dass du seine Frauen stiehlst«, sagte Jenna. »Er hat mir auch gesagt, dass du ein schlechter Mensch bist.«

Cathan ließ ein verbittertes Lachen hören. »Das hat er gesagt? Nun, wahr ist, dass die Frauen aus seinem Dorf fliehen, weil sie um ihr Leben fürchten. Sie kommen zu mir und klagen darüber, dass er sie nur für seine Lust benutzt.«

»Ich verstehe«, murmelte Jenna.

»Du musst mir also glauben, dass ich Brogans Frauen nicht stehle. Sie kommen aus freien Stücken zu mir und hoffen, dass es ihnen bei uns besser geht. Aber Brogan sieht das natürlich nicht so. Und dann war da noch der Diebstahl. Ein so scheußlicher Akt, dass ich lange Zeit glaubte, selbst Brogan wäre zu einer solchen Tat nicht fähig.«

»Oh?« Jenna nahm ein paar Samen und Nüsse, die Cathan neben den Fisch gelegt hatte. Nie hatte ihr eine Mahlzeit so gut geschmeckt.

»Es ist schon viele Sommer her. Als Druide und Führer eines Clans ist es meine Aufgabe zu verzeihen.«

»Was sollst du verzeihen?«

Cathan stieß einen Seufzer aus und reichte Jenna das Trinkgefäß. »Brogans Clan litt unter verschiedenen Problemen. Die Frauen waren nicht mit genügend Kindern gesegnet. Jeder gute Anführer achtet darauf, dass eine Frau in jedem Jahr ein Kind gebiert, aber das war in Brogans Clan nicht der Fall. Er beschuldigte seine Männer, das Getreide, die Götter und schließlich die Frauen selbst, die sich ohnehin schon schuldig fühlten, weil sie nicht genug Kinder zur Welt brachten. Und dann hat er Druantia gestohlen.«

Cathan erhob sich und schritt zum Uferrand. Jenna glaubte für einen Moment, er wollte auf den Silberstreifen treten, den der Mondschein auf dem Wasser bildete. Wenn er das tat, würde sie mit ihm gehen.

»Wo habe ich diesen Namen schon mal gehört?« Jenna traute sich nicht zu lächeln, und sie fragte sich, ob sie ihm von der hässlichen Steinstatue erzählen sollte, die auch diesen Namen trug und die sie nach Schottland bringen sollte, als der völlig verrückte Tornado ihr Flugzeug zum Absturz brachte. Aber wenn sie das erzählte, würde es vielleicht wieder passieren, dass sie für eine Göttin gehalten wurde.

»Druantia ist unsere Erdgöttin. Sie bringt uns Fruchtbarkeit und ist unserem Volk sehr heilig. Wir haben sie in Stein gehauen und verehren sie regelmäßig. Brogan hatte von Druantias Kräften gehört, und er hatte die schönen Kinder gesehen, die unsere Frauen gebären, deshalb schickte er seine Männer, um die Statue zu stehlen.«

»Ich glaube, ich könnte helfen ...« Jenna brach ab. Wollte sie wirklich helfen, oder wollte sie nur einen Weg nach Hause finden und diese verfeindeten Clans sich selbst überlassen, wenn sie um ihren albernen Steinklumpen stritten? »Ich glaube, ich weiß, wo sich Druantia befindet.«

Cathan drehte sich um, und der Mondschein lag wie ein Heiligenschein um seinen Kopf. Sein Gesicht war so ruhig wie die Wasseroberfläche, und seine Augen gründeten so tief wie der See. Er streckte seine Hände aus und wartete, dass Jenna nach ihnen griff. »Tatsächlich?«, fragte er flüsternd, als traute er sich nicht, an diese Hoffnung zu glauben.

»Ja«, antwortete Jenna seufzend. Der Mann strahlte eine ganz besondere Aura aus; sie fühlte sich gut aufgehoben bei ihm, als hätte sie ihn schon seit Jahren gekannt. Sie glaubte, dass er etwas über Zeitreisen wusste und ihr helfen konnte, nach Hause zurückzufinden. »Ich hatte Druantia bei mir, aber sie wird nicht mehr lange in Sicherheit sein. Sie ist unter Verschluss in meinem Flieger ... so ein Ding musst du dir als große Truhe aus Metall vorstellen. Sobald Brogans Männer eine Möglichkeit finden, die Truhe aufzubrechen, werden sie die Statue der Druantia an sich nehmen.«

Jenna glaubte nicht wirklich, dass ihre Fracht die Statue war, die Cathans Clan gehörte, aber Brogan hatte sie erkannt, deshalb würde Cathan sie auch als das Original oder eine gelungene Kopie akzeptieren. Sie schmiegte sich in seine ausgestreckten Arme und sah in seine jadefarbenen Augen.

»Zuerst müssen wir eine Botschaft zu dir nach Hause schicken, damit deine Lieben nicht um dich bangen müssen«, sagte Cathan.

»Danke.« Jenna wusste zwar nicht, wie sie die Botschaft schicken konnte, aber allein der Gedanke an eine solche Kommunikation war aufregend genug, und dazu kam noch die körperliche Nähe dieses geheimnisvollen Druiden. Noch nie hatte sie sich bei einem Menschen so sicher gefühlt, auch nicht bei Hugh.

»Du musst an die Person denken, die du mehr als jede andere Person auf der Welt liebst«, sagte Cathan. »In deinen

Gedanken bindest du deine Lieben mit einem Band zusammen, du fesselst sie und nimmst sie in deine Gedanken auf und lässt sie niemals wieder los.« Cathan wirbelte Jenna eine halbe Drehung herum. Sie blieb in seinen Armen, aber jetzt schaute sie hinaus aufs Wasser. Er stand hinter ihr, seine Hände auf ihren Schultern. »Schließe jetzt deine Augen«, wies er sie an. »Und höre nicht auf, an deine Familie und an deinen Liebsten zu denken.«

Jenna nickte und spürte das plötzliche Prickeln, das sich auf ihrer Haut ausbreitete, als Cathan mit einem Singsang begann, dessen Worte sie nicht verstehen konnte. Sie fühlte eine sanfte Brise im Gesicht und hörte die letzten Flügelschläge, bevor sich die Vögel zur Ruhe begaben. Das Wasser leckte rhythmisch an ihren Füßen, und dann spürte sie das Gewicht von Cathans Händen auf ihren Armen, auf den Hüften und schließlich auf den Beinen.

Es gelang ihr nicht, an ihren Liebsten zu denken. Ihre Familie war präsent, aber es war ihr nicht möglich, die Gedanken auf Hugh zu konzentrieren, ganz egal, wie sehr sie sich bemühte, ihn mit dem Lasso einzufangen. Immer wieder schlüpfte er davon und glitt in die Arme einer anderen Frau.

Jenna war drauf und dran, ihre Aufgabe als nicht erfüllt zurückzugeben, aber Cathans magische Stimme hielt sie davon ab, ihn zu unterbrechen, und als seine Hände ihr wollenes Kleid über ihren Kopf hoben, waren keine Worte mehr nötig.

Sie fühlte die kalte Nachtluft, die sich auf ihre nackte Haut legte, als hätte Cathan ein Seidentuch über ihre Schultern gezogen. Sie blieb reglos stehen, lauschte den fremden Lauten und ließ sich von ihrem Zauber einfangen.

Sie wollte sich dazu zwingen, an ihr anderes Leben zu denken, und hoffen, dass jemand ihre Gedanken aufnahm. Sie wusste nicht wie und wodurch, sie wollte nur, dass jemand erfuhr, dass sie noch lebte.

Und wie sie lebte, dachte sie, während sie sich enger an Cathans schlanken Körper schmiegte. Seine Berührungen ließen sie glauben, dass sie schon zu Hause war.

Elftes Kapitel

Im Traum hing ein Mond so fett wie Butter über dem See. Euan stand am Fenster und starrte hinaus auf das stille Wasser, ganz gebannt von der Szene und gleichzeitig erregt von der Magie, die in der Luft lag.

Während er sich durch seinen Traum blinzelte und zwischen Wirklichkeit und Täuschung schwankte, sah er eine Frau am Wasser stehen. Der Mondschein beleuchtete ihre roten Haare, die so aussahen wie ein Feuer in der Nacht.

Er warf einen Mantel über und ging leise die Steintreppe hinunter. Ohne das geringste Geräusch zu machen, verließ er das Schloss und schritt hinunter zum See. Er fand die schöne Frau dort vor; sie stand mit dem Rücken zu ihm und war nackt, und sie schien seine Gegenwart nicht zu bemerken.

Er streckte eine Hand aus und strich mit den Fingern über ihr Rückgrat. Er schmiegte sein Gesicht in ihre Haare und atmete ihren Duft ein. Sie roch nach Vergangenheit und Zukunft, aber Euan verstand nicht, warum sie nicht in die Jetztzeit passte.

Als sie sich umdrehte, starrten ihre Augen durch ihn hindurch. Als er seine Lippen auf ihre presste, reagierte sie nicht. Stattdessen wisperte sie einen Namen so leise, dass er ihn nicht verstehen konnte.

»Wer?«, fragte Euan und hoffte, dass sie weiter reden würde. Aber die Worte der Frau wurden zu Nebel.

Er befürchtete, dass die Frau weggehen könnte, deshalb streckte Euan einen Arm aus und hielt die Gelenke der Frau fest, aber seine Hände glitten an ihr ab. Er legte seine Hände auf ihre Schultern, auf ihre Arme und Brüste, und immer wieder glitten seine Hände von ihr ab.

Dann drehte sich die Frau um und ging, als wollte sie über den goldenen Pfad gehen, den der Mond aufs Wasser gemalt hatte. Aber bevor sie ging, streckte sie eine Hand aus und legte sie auf Euans Brustkorb.

Er fühlte ihre Berührung.

Sein Herz übersprang ein paar Schläge, und als es sich erholt hatte, war er verliebt.

Mark ›Vic‹ Maloney wusste, was sie gerade trieben. Mitternacht war vorüber, als er über die Flure des Schlosses schritt, seinem Zimmer entgegen. Vor der Cameron Suite verharrte er kurz und lauschte den Geräuschen.

Sie waren alle drinnen, und wenn er gewollt hätte, könnte er auch Teil der nächtlichen Spiele sein. Als er von einem angenehmen Abendessen in Dundee zurückgekehrt war, hatte er noch einen Absacker in der Bar genommen, und da hatte das fröhliche Trio ihn beinahe gezwungen, bei dem unanständigen Treiben dabei zu sein.

»Ganz ehrlich – ich bin zu müde.« Was ihn in Wirklichkeit anrührte, war das Schicksal seiner guten Freundin Jenna Bright. Sie hatte Besseres verdient als diesen Mann, auch wenn ihre bevorstehende Hochzeit in ganz London bekannt gemacht worden war. Dass ein so steinreicher Junggeselle heiratete, war den Klatschkolumnisten so manchen überflüssigen Artikel wert gewesen.

Mark verdrängte Jennas blasses Gesicht aus seinem Kopf, als er sich ihre Reaktion vorstellte, wenn sie herausfand, was ihr zukünftiger Ehemann hinter ihrem Rücken trieb. Aber dies war bedeutungslos im Vergleich zu dem anderen Schicksal, dem sie offenbar ausgesetzt war.

»Jenna hat ihr Ziel nicht erreicht«, hatte Rachel ihm mitgeteilt, während er noch einen Tequila versenkt hatte.

Mark erstarrte. Er erinnerte sich an ihre zufällige Begegnung vor ein paar Tagen. Was hatte sie ihm gesagt? *Flieg heute nicht. Behalte das Wetter im Auge.*

»Hat jemand die verschiedenen Flughäfen angerufen?« Mark ging in der Bar auf und ab und rief Freunde an. Bald schienen alle Puzzlestücke ein Bild zu ergeben: Er hatte gehört, dass Hugh von der Statue sprach, und dann erinnerte er sich, dass Jenna von Dundee und dem Schloss geredet hatte. Da war irgendwas zugange, was er nicht verstand und was ihm erst recht nicht behagte.

»Behalte die Ruhe«, sagte Hugh. »Die Behörden werden sie finden. Es gibt keinen Bericht über einen Flugzeugabsturz, und man hat auch kein Wrack gefunden. Wie ich Jenna kenne, wird sie hinüber nach Dublin geflogen sein, um ein paar Sachen einzukaufen.« Hugh lachte, und sein Arm schlang sich stärker um Mels Hüfte. »Sie ist eine ausgezeichnete Pilotin, deshalb wird ihr nichts Schlimmes passiert sein.«

Mark rief noch ein paar Freunde an, denn er war noch nicht überzeugt, dass seine Freundin nicht vom Himmel gefallen war. Er setzte sich vor den Kamin und nippte an seinem Whisky, während er betete, dass Jenna nichts Schlimmes passiert war. Hugh, Rachel und Mel unternahmen einen letzten Versuch, ihn zu den Spielchen in die Suite zu locken.

»Ich bin müde«, sagte er und sah ihnen nach, wie sie Arm in Arm aus der Bar schlenderten.

Später, als er in seinem kleinen Zimmer lag, nachdem er einen Moment vor der Cameron Suite gelauscht hatte, blickte er zu den Sternen hoch und zum Mond, der sein helles Licht über den See warf.

Er befand sich in einer Art Wachschlaf und hörte Musik, ohne zu wissen, woher sie kam; es war ein primitiver Trommelrhythmus, begleitet von einem eingängigen Singsang. Die Hügel warfen das Echo zurück.

»Oh, Hugh!«, rief Rachel, entsetzt darüber, dass er so was von seiner Verlobten überhaupt denken konnte. »Machst du dir denn absolut keine Sorgen um Jenna?«

»Doch, natürlich«, antwortete Hugh. Nichts, auch nicht das unerklärliche Verschwinden seiner Verlobten, sollte seine Lust an diesem Abend mit den beiden attraktiven Frauen dämpfen können.

Sie sahen beide großartig aus – Mel mit ihrer Neigung, ihre Reize zur Schau zu stellen, und Rachel, die reif war wie eine Frucht vor der Ernte. Wenn er sie abwechselnd zehnmal nahm, würde für Jenna nichts mehr übrig sein. Es gibt nichts Schlimmeres als eine frustrierte Verlobte.

»Jenna ist ein großes Mädchen. Sie hätte angerufen, wenn sie mich braucht. Lass uns diese Nacht nicht verderben. Ich habe Pläne, bei denen ihr beide die Hauptrollen spielt.«

Hugh warf sein Jackett aufs Bett und fing seinen Blick im Spiegel auf. Ihm gefiel der robuste Anspruch, den die schottische Tracht auslöste. Es war schon gut, dass seine persönliche Trainerin ihn regelmäßig heran nahm – manchmal aber auch umgekehrt, wenn sie sich über den Sattel des Fahrrads beugte. Ja, er hatte sich jeden Zentimeter seiner harten Muskeln verdient. Noch etwas anderes war ihm im flüchtigen Blick in den Spiegel aufgefallen – die gewaltige Beule unter dem karierten Kilt, eine Einladung an Mel und Rachel.

»Bring mir einen Drink, Süße«, befahl Hugh. Rachel trat an den Barschrank, während Mel die Musik aussuchte.

»Ich will mich umziehen«, kündigte Mel an.

»Zeitverschwendung«, sagte Hugh. »Oben und unten ohne ist in Ordnung. Das gilt auch für dich, Rachel.«

Die Frauen sahen sich an und unterdrückten ein Lächeln. Hugh setzte sich in einen breiten bequemen Sessel am Fenster, nachdem er die schweren Vorhänge zurückgezogen hatte. »Wir wollen doch nicht, dass jemand die Show versäumt, oder?« Er setzte sich und schaute ihnen beim Ausziehen zu.

Rachel und Mel schlüpften rasch aus ihren Kleidern, dann standen sie nackt vor Hugh auf dem dicken Teppich.

»Ihr könnt machen, was immer ihr wollt«, sagte er und zündete eine Zigarre an. »Und natürlich eine Wiederholung eurer schmutzigen Spiele vom Nachmittag.« Er lachte, saugte den Qualm der Zigarre ein und starrte die beiden Frauen mit gierigen Blicken an.

Oh, ja, dachte er, ich bin ein glücklicher Mann.

Es war nicht dasselbe, da jetzt einer zusah. Rachel fühlte einen Schauer, der ihr über den Rücken lief, obwohl es nicht kalt im Zimmer war. Sie wusste, dass ihr Körper auf Mels Anwesenheit reagieren würde, aber sie wusste nicht, wie sie sich vor Hugh fühlen sollte.

Mel dagegen konnte es nicht erwarten, ihre Beine um Rachels schlanke Figur zu winden. Eine Umarmung von Frau zu Frau. Dass Hugh an der Peripherie dabei war, sorgte für zusätzlichen Reiz. Sie wusste, wie verzweifelt er war, seinen Körper mit ihren zu verschmelzen. Er wollte der Choreograph ihres Liebestanzes sein. Aber für den Moment gab er sich damit zufrieden, ihnen zuzuschauen. Es war die reinste Folter für ihn.

»Zeig dich mir noch einmal«, schlug Mel vor.

»Okay.« Rachel schaute zu Hugh. Sie drehte sich ein wenig, damit er auch etwas sehen konnte, dann spreizte sie ihre Schenkel und zog sanft die Labien auseinander. Die rosa Lippen waren entblößt. Wäre sie jetzt allein, würde sie sofort einen Finger in sich hinein schieben.

»So schön wie immer.« Mel lächelte und ließ sich auf die Knie nieder. Langsam streckte sie die Zunge heraus und stieß mit der Spitze in die weichen Falten zwischen Rachels Schenkeln. Sie schmeckte besser als das Dessert, für das Hugh im Restaurant ein kleines Vermögen gezahlt hatte. Rachel sollte auf keiner Speisenkarte fehlen.

Behutsam führte Mel einen Finger tief in sie hinein und schaute zu, wie sich Rachels Schultern anspannten und wie der Hals sich streckte wie bei einer Ballerina. Während ihre Finger die neue Freundin weiter verwöhnten, richtete sich Mel auf und ließ die Zunge über Rachels flachen Bauch gleiten.

Sie verharrte einen Moment, um Rachels Duft aufzunehmen, dann schmeckte sie nacheinander die Brüste und reizte die Warzen mit der Zungenspitze. Rachel bebte vor Sex, der aus jeder Pore zu sickern schien.

»Ich wünschte, ich wäre ein Mann«, flüsterte Mel ihr ins Ohr. »Du würdest nie zum Schlafen finden.« Mel stellte sich vor, eine Erektion in die weiche Spalte zwischen Rachels Beinen zu treiben. Eine Spalte, die so intim war, dass sie sich nur für die richtige Person öffnete, und auch sie musste erst locken und necken und lecken. Eine Spalte, die ihnen beiden unermessliche Lust bescheren würde.

Mel war trunken vor Verlangen und begriff, dass sie über das phantasierte, was sie selbst am dringendsten brauchte. Mit einer anderen Frau zusammen zu sein – und sie hatte das jetzt schon mehrere Male erlebt – war für sie, als machte sie

Liebe mit sich allein. Es war eine Beleuchtung ihrer eigenen Nöte und eine Reflektion ihres eigenen Verlangens. Sie tat, was sie gern mit sich selbst getan hätte. Und sie liebte jede weiche, warme, duftende Minute davon.

»Küsst euch gegenseitig«, befahl Hugh und rutschte im Sessel von einer Seite auf die andere. Er hatte die Beine weit gespreizt, und der Kilt war nach oben gerutscht. Die Frauen würden seine wartende Erektion sehen können, wenn sie den Kopf hoben und zu ihm schauten.

Mel legte ihre Hände auf Rachels Schultern und zog sie enger an sich. Die Brüste der Frauen rieben gegeneinander, beinahe Nippel auf Nippel, und sie fühlten eine neue Lustspur, deren Nerven sie geweckt hatten.

Es war Rachel, die sich Mels Lippen näherte. Sie schloss die Augen und öffnete den Mund ein wenig. Sie traute sich kaum zu atmen, um den zauberhaften Moment nicht wegzublasen. Nie zuvor hatte sie sich so dringend einen Mann gewünscht. Mel war ihr Appetitanreger, der Leckerbissen, der sie auf den herzhaften Hauptgang vorbereiten sollte.

Ihre Lippen berührten Mels. Winzige Stückchen einer süßen Frucht, die mit einer würzigen Sauce serviert wurde; viel zu schön, um zu essen. Sie ließ den Geschmack auf der Zunge zergehen und drang dann mit der Zunge in Mels Mund ein.

Im nächsten Moment war es vorbei, als hätte der Kellner ihr den Teller weggezogen, noch bevor sie alles gegessen hatte. Daher lechzte Rachel jetzt nach mehr, und bevor ihr die Sinne schwanden, wurde ihr bewusst, dass der Kuss noch nicht zu Ende war, er hatte sich nur bewegt.

Mels Mund war auf ihrem Hals und ihrem Ohr, er glitt über ihre Haare, zog eine nasse Spur über ihre Brüste und kaute zart ihre Nippel. Dann trafen sich die warmen Lippenpaare wieder und fanden zurück zu dem sanften Kuss, mit dem Rachel begonnen hatte.

Sie befingerten sich gegenseitig. Sie hatten Hughs Gegenwart längst vergessen, aber gleichzeitig verlangte es sie auch nach mehr, als sie sich gegenseitig geben konnten. Es war, als hätten sie etwas verloren und als befänden sie sich auf einer verzweifelten Suche danach.

Mels und Rachels Hände und Arme, Lippen, Wangen, Hüften und Schenkel berührten sich, rieben gegeneinander und wurden in die Suche einbezogen. Rachel fühlte heiße Lust zwischen ihren Schenkeln, als Mel sie bearbeitete. Sie nahm aus den Augenwinkeln wahr, dass Hugh es nicht länger aushielt, auf Distanz zu bleiben. Er kniete jetzt auf dem Teppich und wollte die Szene aus der Nähe betrachten.

Als die Frauen ihre vier Hände unter den Kilt gleiten ließen, wussten sie, dass sie gefunden hatten, wonach sie in den letzten Minuten gesucht hatten.

»Der Morgen kommt viel zu schnell«, klagte Hugh, als lange feste Finger die Kontrolle über seine explosive Erektion übernahmen. »Ich muss erst einmal den Überdruck loswerden«, ächzte er.

Er barg sein Gesicht in die nächste weiche Stelle. Er atmete den kräftigen moschusartigen Duft ein und ahnte, dass er Mel gefunden hatte. Er nagte an ihren nassen Falten, saugte ihr natürliches Aroma ein und gab es Rachel weiter, die er auf den Mund küsste.

»Mmm, du schmeckst gut«, flüsterte sie, als Hughs Zunge ihren Mund verließ.

»Ich muss jetzt kommen«, sagte Hugh, und es hörte sich fast nach einem Betteln an, obwohl beide Frauen wussten, dass das nicht zu seinen Charakterzügen gehörte. Hugh forderte, er kämpfte, er trat um sich und brüllte, wenn er sich davon etwas versprach, und er zahlte lächerlich hohe Summen für das, was er besitzen wollte, aber er bettelte nicht.

Mel drückte ihn zurück auf den dicken Teppich. Er streckte Arme und Beine weit aus, und seine Erektion zeigte zuckend zur Decke. Ein feiner Schweißfilm bedeckte Gesicht und Hals. Seine Begierde wuchs ins Unermessliche.

»Wir wechseln uns ab, und dann sehen wir, wer ihn das erste Mal fertig macht«, schlug Mel vor. »Setz dich für ein paar Minuten auf ihn, dann löse ich dich ab.«

Hugh stöhnte, als wäre er krank, als er hörte, was sie mit ihm vorhatten. Sein Kopf ruckte von einer Seite zur anderen, und seine Beinmuskeln spannten sich hart an, als Rachel langsam über ihn grätschte und seine Eichel in ihren Säften badete. Ganz, ganz langsam ließ sie sich auf ihm nieder und verleibte sich seinen harten Schaft ein, bis er nicht mehr zu sehen war. Seine dunklen Haare vermengten sich mit ihren hellen.

Dann hob und senkte sie sich rhythmisch auf ihm. Nach ein paar Minuten spürte sie das erste Mal eine Gefahr, deshalb erhob sie sich sofort und gab ihren Platz an Mel weiter. Bei ihr geschah das auch, aber Mel ließ ihm Zeit, bis er sich wieder gefangen hatte, dann nahm sie die reitenden Bewegungen erneut auf.

Zum Schluss wusste Hugh gar nicht, in wessen Körper er sich ergoss, und es interessierte ihn auch nicht. Er erfreute sich an den beiden nackten Frauen und wusste, dass sie alle noch eine Menge Spaß haben würden.

Der Vollmond schien Stunden später durchs Fenster und erhellte das ganze Zimmer, als die drei Menschen erschöpft auf dem breiten Bett lagen, Arme und Beine weit von sich gestreckt. Hugh döste vor sich hin und meinte, ein Flugzeug zu hören. Er fragte sich, ob es Jennas Flugzeug war.

Zwölftes Kapitel

Cathan sagte, er hätte gewusst, dass es kommen würde. Mit einem ausdruckslosen Gesicht und doch mit Verwunderung in den Augen schritt er im Mondlicht um Jennas Saratoga herum, als wäre sie ihm so vertraut wie sein eigener Schatten. Jenna war völlig erschöpft, aber sie wusste auch, dass sie nur in der Nacht zu ihrer abgestürzten Maschine gehen konnte. Brogan durfte sie nicht erwischen.

»Die Visionen, die Träume, sie ergeben jetzt einen Sinn«, sagte Cathan lächelnd. Jenna hätte gern gewusst, was er sonst noch gesehen hatte.

»Ich habe den Flieger jetzt seit drei Jahren. Die Saratoga ist ein gutes und zuverlässiges Flugzeug, ideal geeignet für die Kurzstrecken auf dem europäischen Festland, wohin mich die meisten Aufträge schicken.«

Jenna hielt inne. Sie war wieder von Hoffnung erfüllt. Vielleicht konnte der gut aussehende Mann mit seinem schmucken Umhang einen Weg erkunden, wie sie zurück ins moderne Großbritannien fand. Gleichzeitig wusste sie, dass es nutzlos war, Cathan über die Vorzüge ihres Flugzeugs zu erzählen, aber er schien zuzuhören, als ob er versuchen wollte, sie zu verstehen.

»Ich sehe Dinge«, sagte er und strich mit einer Hand über einen Flügel. Er drückte gegen das Höhenruder, dann klopfte er auf den Rumpf. »Eisen«, sagte er. »Eisen am Himmel. Wie in meinen Träumen.«

Jenna nickte. Sie war beeindruckt, aber sie machte sich

nicht die Mühe, ihn über das Eisen zu belehren. Hatte Cathan wirklich ihre Ankunft vorhergesehen?

»Und da war auch Feuer. Und ein starker Sturm. Ich habe das zu Beltane gesehen, unserem Frühlingsfest. Wir feiern dann das neue Leben.«

»An dem Tag bin ich gelandet«, sagte Jenna. Sorgenfalten hoben ihre Brauen. »Brogans Clan feierte gerade. Sie hielten mich für die Göttin des Feuers, weil ich in einem metallenen Ungeheuer vom Himmel gefallen bin. Er hat mich zur Schau gestellt, und alle Männer ...«

»Sch ...« Cathan legte die Arme um sie. Ihre Tränen fielen auf seine Härchen, und ihre schlimmen Erinnerungen wurden von seiner Umarmung geschluckt. »Jetzt ist alles gut«, sagte er leise. »Du bist am richtigen Ort.«

Ohne aufzuschauen und ohne die Erleichterung zu sehen, die ihm ins Gesicht geschrieben stand, wusste Jenna, dass er Recht hatte. Ob sie nach Hause gehen konnte oder nicht, sie wusste, dass sie bei ihm überleben würde. Wenn es sein musste, würde sie hier Wurzeln schlagen, sie würde Liebe finden und geben. Sie hielt sich fest an Cathan. Sie fühlte sich jetzt schon zu Hause.

»Schau«, sagte sie schließlich und blickte hoch zum Druidenführer. Er war ein gutes Stück größer als sie, aber Jenna sah, dass er kein Krieger war, eher ein geschickter Jäger, ein Fänger von Hirsch und Fisch, ein Planer und ein Denker. Auf allen Gebieten unterschieden sich Brogan und Cathan. Wo Brogan forderte und nahm, ganz egal auf wessen Kosten, da würde Cathan zu überzeugen versuchen. Sie wunderte sich, dass sie in der kurzen Zeit so viel über ihn erfahren hatte. Als würde sie ihn schon seit tausend Jahren kennen.

»Was soll ich schauen?«

»Druantia. Siehst du sie?« Jenna hatte die Tür aufgeschlossen und den Deckel von der Holzkiste gehoben. »Deine geliebte Statue ist zurückgekehrt.« Sie streckte ihre Hand aus und zeigte auf das Innere der Kiste, während sie Cathans Gesicht beobachtete. Aber er lächelte nicht, wie sie gedacht hatte, sondern sah nur verdutzt drein.

»Ein Behälter aus Bäumen«, sagte er. »Aber das ist nicht meine Druantia.«

Jenna drehte sich um und erkannte, dass die Steinstatue verschwunden war. Oder spielte das Mondlicht ihr einen Streich? »Oh«, rief sie entsetzt, »jemand hat sie an sich genommen.« Sie bückte sich und tastete den Boden und die Seiten der Kiste ab, dann sah sie sich im dunklen Inneren des Flugzeugs um, aber sie wusste, dass sie Druantia nicht finden würde.

»Brogan muss sie an sich genommen haben«, keuchte sie. Wahrscheinlich würde sie die Statue nie wieder sehen. Erschöpft und enttäuscht setzte sie sich auf die Treppenstufe. »Es tut mir leid«, sagte sie, obwohl sie sich eigentlich bei ihrem Auftraggeber in Dundee entschuldigen sollte – falls sie den Mann je zu Gesicht bekam.

»Sei nicht traurig«, sagte Cathan. »Druantia kann auf sich selbst aufpassen. Sie weiß, dass sie zu meinem Clan gehört, und sie wird zurückkommen, sobald sie kann, ob das nun jetzt ist oder in Zukunft.«

»So weise Worte …« Jenna hätte beinahe noch hinzugefügt *für einen primitiven Mann,* aber sie wusste, dass Cathan nicht primitiven Geistes war.

»Komm«, sagte Cathan und streichelte über die Flanke des Flugzeugs. »Zeige mir, wie dieses Ding in die Lüfte steigt.«

»Mit Vergnügen«, sagte Jenna. Was wäre, wenn sie die Saratoga wirklich starten konnte?

Sie ging einmal um das Flugzeug herum und musste wieder an den Tornado denken, der zu ihrem Absturz geführt hatte. Ihr ganzes Leben war in den wenigen Sekunden an ihr vorbeigerauscht, und dann hatte sie den Boden auf sich zukommen sehen. Zum ersten Mal war ihr bewusst, dass sie der glücklichste Mensch sein musste, diesen Absturz überlebt zu haben. Vielleicht war dies der Himmel. Oder die Hölle, dachte sie trocken.

Sie setzten sich hinein. »Dies hebt uns in die Luft. Wenn man es nach vorn drückt oder auf sich zu zieht, macht man die Maschine schneller oder langsamer.« Sie hatte das Gefühl, als erklärte sie einem Fünfjährigen die Technik.

»Aber es geschieht nichts.« Cathan hatte die Hand über Jennas gelegt und die Bewegungen nach vorn und zurück mitgemacht.

Jenna lachte. »Dafür müsste der Motor laufen. Und wir müssten uns auf einer langen flachen Fläche befinden, auf der wir so schnell sind, dass es uns in die Luft hebt.«

Jenna betrachtete Cathans Gesicht. Es zeigte große Verwunderung, aber er gab nicht zu erkennen, dass er von der Technik nichts begriff. Jenna hatte keine Ahnung, wieso ein Mann aus der Eisenzeit die hohe Technik des zwanzigsten Jahrhunderts verstehen konnte.

Sie stieg aus und zeigte Cathan das verbeulte Metall, das für die Unbeweglichkeit der Räder verantwortlich war. »Solange dieser Schaden nicht behoben wird, kann ich mit dem Flieger nirgendwohin.«

Cathan sprang auf den Boden und strich mit einer Hand über das verdrehte Metall. »Arlen schafft Dinge aus Metall. Er kann das reparieren.«

»Das kann er?« Jenna wurde ganz starr vor Hoffnung. Ob sie doch noch starten konnte? Und wenn sie oben war, würde sie den Weg nach Hause finden?

»Aber wir müssen dein Ding bewegen, dein...« Er sah Jenna ratlos an.

»Saratoga, Flieger, Flugzeug ... ganz egal, wie du es nennst«, sagte Jenna grinsend.

»Wir müssen deinen ... Flieger in unser Dorf bringen. Er ist bestimmt sehr schwer.«

»Ja, stimmt. Aber denk doch an Stonehenge! Das haben die Menschen auch geschafft, und das ist schon einige tausend Jahre her.« Jenna bemerkte Cathans verständnislosen Ausdruck. Offenbar hatte er noch nichts vom Kreis der Steine gehört, den man am anderen Ende des Landes gefunden hatte. »Wir brauchen lange Hebelarme, die uns die Baumstämme liefern. Und dazu viele Stricke. Und lauter kräftige Männer, die bereit sind, uns zu helfen. Nicht das Gewicht des Fliegers ist das Problem, sondern der unebene Grund, über den wir ihn ziehen müssen.«

Cathan lachte. »Dein Enthusiasmus allein kann den Flieger bewegen.«

»Wenn Arlen ihn reparieren kann, gibt es eine Möglichkeit, dass ich nach Hause komme. Ich muss zurück. Es gibt eine Menge Dinge, die ich noch zu regeln habe.« Wieder spürte sie Zweifel an ihrer eigenen Aussage.

»Zuerst möchte ich dir mein Zuhause zeigen.«

Jenna ließ sich ins Gras fallen. Sie war so erschöpft, dass sie keinen Schritt mehr gehen konnte. Wenn es nötig war, würde sie im Flugzeug schlafen, obwohl das riskant war, denn es bestand die Gefahr, dass Brogan und seine Krieger zurückkehrten und noch mehr plündern wollten. »Ich glaube, ich kann keinen Schritt mehr gehen«, stöhnte sie und gähnte.

»Das ist auch nicht nötig«, antwortete Cathan, und bevor es ihr bewusst wurde, hatte er sie vom Boden hoch gehoben und sie wie ein kleines Kind in die Arme genommen. Ihr Kopf schmiegte sich an seine Schulter.

»Du kannst mich doch nicht zurück in dein Dorf tragen«, wandte sie ein. »Der Weg ist viel zu weit.«

»So weit werde ich dich auch nicht tragen.« Sein schlanker Körper schien keine Mühe mit Jenna zu haben, und es störte ihn auch nicht, dass ihre Brüste gegen sein Herz drückten. »Zuhause ist überall, wo du es brauchst.«

»Wo das Herz ist, sagt man bei uns«, murmelte Jenna und spürte, wie sich ihre Lider schlossen.

Sie wusste nicht, wie lange sie geschlafen hatte, als sie aufwachte. Sie lag auf der Seite, und durch die Zweige und das Unterholz sah sie den Mond.

»Wo bin ich?«, fragte sie. In diesem Moment hatte sie auch vergessen, dass sie mit Cathan zusammen gewesen war. Die letzten paar Tage hatten ihrem Kopf viel zugemutet; sie fühlte sich, als wäre sie stundenlang in einer Waschmaschine geschleudert worden. Jenna versuchte, sich aufzusetzen, aber alle ihre Muskeln schmerzten.

»Zu Hause«, sagte Cathan leise, und für den Moment entspannte Jenna und glaubte wirklich, dass sie sich in ihrer Londoner Wohnung befand.

»Zuhause?«, fragte sie, dann schaffte sie es, sich aufzurichten. »Nein, bin ich nicht.« Sie schaute sich um und sah nichts als Äste und Gebüsch und Schmutz. »Das mag das Zuhause für ein Kaninchen sein oder für einen Fuchs, aber mein Zuhause ist es nicht.«

»Bist du warm?«, fragte Cathan.

»Ja.«

»Bist du hungrig?«

»Nein.« Jenna musste an den Lachs und die Nüsse denken.

»Hast du Angst?«

Jenna schüttelte den Kopf. »Nein, wenn du bei mir bist, habe ich keine Angst.«

»Dann ist dies dein Zuhause.« Cathan schlang die Arme um ihre Schultern und legte sie wieder hin. »Dein Bett ist weich und duftet gut, und ich werde dich wärmen.«

Es stimmte. Der weiche Waldboden, in den Jenna sank, roch wie das Aromatherapieöl, das sie ihrem Badewasser zugab. »Kamille, Rosmarin und vielleicht noch etwas Salbei«, murmelte sie, gähnte und schloss die Augen. Sie fühlte, dass sich Cathans Körper neben ihrem niederließ und sich wie eine warme Decke an sie schmiegte.

Wie kann ich nur hier sein?, dachte sie. Wie kann sich mein Leben so plötzlich verändert haben?

»Cathan«, wisperte sie. Von einem nahen Baum schrie eine Eule.

»Ja?«

»Ich komme von einem Ort, der weit weg liegt von hier. Ich komme auch aus einer anderen Zeit. Wenn du so willst, komme ich aus der Zukunft.«

»Ich weiß«, antwortete Cathan. »Ich habe es gesehen. Unseren Kindern erzähle ich Geschichten über Wesen am Himmel und die großen Schlachten der verschiedenen Stämme. Ich sehe die saure Luft, die ihr einatmet, und weil ihr so viele seid, lebt ihr viel zu dicht aufeinander.«

»Diese Dinge hast du alle gesehen?« Jenna wollte sich umdrehen und ihn ansehen, aber sie lag zu gemütlich in ihrer jetzigen Position.

»Und mehr. Die Geschichten, die ich zu erzählen habe, sollen den Kindern eine Warnung sein. Es ist keine gute Zeit zu leben.«

Jenna lächelte. »So schlimm ist es nun auch nicht. Ich

meine, wir haben fließendes Wasser und Fernsehen und Autos und Pizza und Zigaretten, und weil es so viele von uns gibt, hat man immer einen Freund.«

Sie dachte an ihre Freunde. Mel hatte sie betrogen, und die meisten anderen waren so beschäftigt, dass sie sich nicht so oft sahen. Mark war der einzige Mensch, den sie als wahren Freund bezeichnen konnte. Er war immer für sie da.

»Ich will trotzdem zurück. Es ist mein Zuhause, verstehst du?« Jenna dachte über ihre Argumentation nach. Hatte sie in der modernen Welt wirklich Wärme, Trost und Sicherheit? Und es gab genug zu essen. Was die Wärme anging, so brauchte sie nur die Heizung aufzudrehen. Aber Trost und Sicherheit waren schwer zu messen. Ja, körperlich und finanziell konnte sie sich gut bewegen, doch echte Zufriedenheit entwickelte sich daraus nicht. Und Sicherheit? In der modernen Welt war Sicherheit eine Lotterie für alle.

»Weißt du, wie es passiert ist? Dass ich in der Zeit zurückgeschleudert wurde? Bin ich ...« Jenna konnte vor Müdigkeit nicht mehr weiter sprechen, und falls Cathan antwortete, hörte sie die Antwort nicht, weil sie schon eingeschlafen war.

Im Traum befand sie sich unter Wasser. Sie war nackt und konnte atmen, und sie hatte die Augen geöffnet. Es war trübe hier unten und so tief, dass sie die Oberfläche nicht finden konnte, obwohl sie ihr die ganze Zeit entgegenschwamm.

Sie schaute zurück und sah das Wrack, das zerbröselt auf dem Boden lag. Sie trat kräftig mit den Beinen und schwamm weiter, ohne noch einmal zurückzusehen. Nur nach vorn, um das zu suchen, von dem sie wusste, dass es hier war.

Und da war es. Eine silberne Scheibe leuchtete wie eine

Münze durch das Wasser. Der Mond. Der Himmel um ihn herum war indigoblau und färbte das Wasser zu Tinte.

Noch ein Stoß mit den Beinen, und sie brach mit dem Gesicht durch die Oberfläche.

Sie prustete und ächzte nicht, sie stieß keinen Schrei aus und geriet auch nicht in Panik. Stattdessen genoss sie die kühle Luft an ihrem nassen Kopf. Sie schwamm hinüber zu der Stelle, wo sie wusste, dass er wartete. Er stand nackt da und sah ihr zu, wie sie sich aus dem Wasser zog. Sie pressten ihre Körper gegeneinander und passten wunderbar zusammen.

Obwohl sie völlig nass war, brannte das Feuer noch lichterloh.

Sie ließen sich Zeit und betrachteten ihre Gesichter. Er strich mit den Fingern durch ihre strähnigen Haare und legte sie auseinander, damit sie besser trocknen konnten. Sie strich mit den Fingernägeln über seinen Körper und rief sich jeden Hügel und jede Senke in Erinnerung.

In diesem Leben hatten sie sich noch nie getroffen.

Sie öffnete die Lippen und wollte etwas sagen, aber dann kam nichts heraus. Nur Wasser sickerte zwischen ihren Lippen, und als er das Wasser wegküsste, verstand er, was sie sagte.

Ich höre dich, antwortete er mit seinen Gedanken, und an ihren verengten Augen erkannte er, dass sie ihn auch gehört hatte.

Sie gingen Hand in Hand, Seele in Seele. Sie schritten zu einem Gebäude. Die Mauern waren hoch und verwittert und von Moos und Efeu überzogen. Die Mauern waren hunderte von Jahren alt und hatten Zeit und Geschichte überlebt.

Sie atmeten schwer und lehnten sich gegen den Stein, und sie passten sich der Mauer an, als wären sie auch schon tausende Jahre alt. Auf den ersten Blick waren die nackten Menschen fast unsichtbar; sie nahmen die Farbe des Kalksteins an, und Efeu schlang sich um ihre Gliedmaßen. Nur die Krähen auf den hohen Türmchen wussten, dass sie da waren.

Ihre Hände erforschten jeden Zentimeter seines Körpers. Er genoss ihre Berührungen und wuchs in ihren Fingern, als er seine Erregung nicht länger verbergen konnte.

Er stieß einen tiefen Seufzer aus, und sie sah es in seinen Augen. Das Grün wurde heller, je länger er wuchs.

»Willst du mich haben?«, fragte sie stumm.

Er brauchte nicht zu antworten. Er legte seine Hände um ihr Gesicht und beugte den Kopf, um sie zu küssen. Es war ein Kuss, der die Zeit wegnahm. Ein Kuss, der alles richtete, was in der Welt falsch lief. Ein Kuss, der versicherte, dass sie nie getrennt sein würden, ganz egal, wo sie gerade waren. Nicht einmal tausend Jahre konnten sie trennen.

»Nimm mich«, flüsterte sie in seinen Mund.

Vorsichtig, als wäre sie aus Seide, trug er sie in das große Gebäude und eine steinerne Wendeltreppe hinauf. Er legte sie auf ein Federbett und rieb einen Duft in ihre Haut. Ihr klammes Haar lag in Strähnen auf dem Kissen, und ihre Haut war blass wie Alabaster. Er legte sich auf sie und glitt in sie hinein, als wären sie eins.

So langsam wie die Zeit selbst schlüpfte er tiefer in sie hinein, bis es nicht mehr weiter ging. Sie krümmte den Rücken ein wenig, und schon war er zu Hause. Eine winzige Bewegung ihrer Lippen sagte ihm, dass sie dieselbe Lust empfand, die auch durch seinen Körper bebte.

Er zog sich zurück. Bis nur noch die Spitze in ihr verharrte.

Dann sackte er wieder tief in sie hinein, und sein Mund verlor sich auf ihrem.

Als sie fertig waren und erschöpft auf dem Federbett lagen, öffnete sie gerade noch rechtzeitig die Augen, um die Krähe zu sehen, die mit den Flügeln schlug und vom Fenstersims davonflog. Der Vogel hatte sie beobachtet, und jetzt würde er es den anderen erzählen.

Trotz der weiten Wege heilte Jennas Knöchel gut. Cathan legte ein scharfes Tempo zurück in sein Dorf vor, schließlich wollten sie eine starke Mannschaft freiwilliger Helfer zusammenstellen, die den Flieger zurück zu Arlens Feuer brachten.

Seit langem hatte Jenna nicht mehr so gut geschlafen. Das Kräuterbett hatte wohl duftende Aromen abgegeben, die sie beinahe in eine andere Welt transportierten. Sie hatte wilde Träume gehabt. Ihr Körper schmerzte, aber nicht vom weichen Waldboden, sondern vor Verlangen. Es war ein intensives Verlangen, aber sie wusste nicht wonach.

Sie dachte an die letzte Nacht in ihrer Wohnung in London. Sie war nicht zu vergleichen mit der Nacht, die sie gerade mit Cathan verbracht hatte. Überhaupt – wenn sie alle Nächte in London zusammenzog, die angenehmen und die nicht so angenehmen –, dann würde die Summe bei weitem nicht an ihre Erfahrung der letzten Nacht herankommen. Der Vollmond, der Fluss und der See, die Hügel, der Lachs, die Brise, die sie im Nacken gekitzelt hatte, während ihre Zehen sich im Wasser abkühlten.

Er war ein unauffälliger Mann in einem schlichten wollenen Umhang, und seine langen Haare hatte er wahrscheinlich nie geschnitten, aber er hatte Jenna unterhalten und mit seinem unbestreitbaren Wissen der Welt fast verzaubert. Jenna glaubte nicht, dass sie einem Mann schon einmal so nahe gewesen war, obwohl sie ihn erst so kurz kannte.

»Ich habe viele Reisen hinter mir«, sagte er. »Zu weit entfernen Orten und weit entfernten Zeiten.«

»Warst du auch schon mal in meiner Zeit?«, fragte sie. Wenn sie nie mehr zurückkehren sollte, konnte er ihr wenigstens sagen, was es zu Hause Neues gab.

»Ich bin in allen Zeiten gewesen«, lautete seine rätselhafte Antwort, dann sagte er, dass er sich in einem Trancezustand befinden musste, ehe er reisen konnte.

»Kannst du mir beibringen, wie ich in Trance gerate?«, fragte sie. »Vielleicht ist das der Weg nach Hause.«

Es war ein Samenkorn zu einem Plan in Jennas Kopf. Dabei war sie allen übernatürlichen Dingen skeptisch gegenüber getreten, denn sie glaubte streng an die Wissenschaft – was sonst hielt ein Flugzeug in der Luft? – aber in den letzten Tagen hatte sie akzeptieren müssen, dass offenbar alles möglich war. Wenn sie das nicht hingenommen hätte, wäre sie wahrscheinlich schon längst verrückt geworden.

»Ein Druide zu werden und durch Zeit und Raum zu wandern verlangt lebenslanges Üben und Studieren. Es ist etwas Angeborenes, ein natürlicher Instinkt, obwohl er unterstützt werden kann von ...« Er lächelte und brach den Satz ab.

»Obwohl er durch was unterstützt werden kann?«, hakte sie nach. »Du musst es mir sagen. Ich hänge hier aus Gründen, die ich nicht kenne, zweitausend Jahre hinter meinem Leben her. Ich will alles versuchen, um zurück in meine Zeit zu finden, ganz egal, wie gefährlich es ist.« Tränen schossen ihr in die Augen.

Cathan seufzte. »Es gibt eine Pflanze. Wir machen einen Trunk daraus. Ich gebe ihn den jüngeren Druiden, denn er hilft ihnen zu sehen, wohin sie gehen.«

»Prima. Ich möchte ihn probieren.« Sie schniefte. »Wird der Drink mich nach Hause bringen?«

»So einfach ist es nicht. Du kannst ihn nicht einfach trinken und dann in deiner vertrauten Umgebung aufwachen. Außerdem glaube ich, dass wir Hilfe brauchen.«

Cathan seufzte und starrte direkt auf Jenna. Sie dachte, er wollte sie berühren. Sie sah etwas Vertrautes in seinen Augen, aber sie ging nicht darauf ein.

»Wessen Hilfe?«, fragte Jenna.

»Die Hilfe von Druantia. Wir müssen die Statue von Brogan zurück stehlen.«

Dreizehntes Kapitel

Euan Douglas hatte sein ganzes Leben auf Schloss Carrickvaig verbracht. Als Junge hatte er den Besitz zuerst zu Fuß erforscht, und später hatte er im Sattel seiner Pferde neue Höhen und Tiefen entdeckt. Selbst heute noch, als Mann in den Dreißigern, konnte es passieren, dass er einen Winkel kennen lernte, der ideal war, um Vögel zu fotografieren, oder eine verborgene Stelle, die sich ideal als Picknickgrund anbot.

Wenn er nur jemanden hätte, mit dem er seine Freude teilen konnte.

Sein Schloss war immer gut besucht, also spielte Einsamkeit in des Wortes üblicher Bedeutung keine Rolle in seinem Leben. An jedem Wochenende waren die Zimmer ausgebucht, und er erfreute sich an dem Geräuschpegel in Restaurant und Bar sowie am knisternden Kamin. Die Gäste kamen nicht nur aus dem eigenen Land, sondern auch aus Europa und Amerika.

Euan hätte die große Auswahl gehabt, wenn er nur gewollt hätte. Aber er konnte sich nicht entscheiden. Dabei war die Lücke in seinem Leben so groß wie der See.

Er trieb sein Pferd am Wasser entlang, und ab und zu tauchte er in den dichten Waldstücken unter, die sich am Ostufer des Sees erstreckten. Sein Brauner wieherte nervös, als eine Krähe Flügel schlagend aus einem Baum flog.

Euans Handy vibrierte an seiner Brust. Ungewöhnlich, dachte er, denn meistens hatte er hier draußen keinen Empfang.

»Hallo?« Er hielt die Zügel in einer Hand. »Hallo?« Die Verbindung war schwach. »Rachel, sind Sie das? Ist alles in Ordnung?« Er erkannte die Stimme der jungen Frau, aber er verstand sie nicht.

Euan zog an den Zügeln, und das Pferd hielt an und scharrte mit den Hufen.

»Okay, beruhigen Sie sich. Ich kann Sie nicht gut hören. Bleiben Sie, wo Sie sind. In dreißig Minuten bin ich bei Ihnen.« Euan klappte das Handy zu und steckte es wieder in seine Hemdtasche. Er schnalzte mit der Zunge und drehte das Pferd, das aber keine Lust zu haben schien, so schnell zurück in den Stall zu reiten.

»Komm schon, alter Junge«, sprach Euan ihm gut zu. »Irgendwas ist im Haus passiert.«

Hugh hatte Mel in all ihrer Nacktheit bei sich. Schließlich waren schon drei Stunden vergangen, seit die Sonne ihren höchsten Punkt erreicht und er gefrühstückt hatte – und was für ein Frühstück! –, und nun lag er in der Badewanne, Mel wusch ihn voller Hingabe, und er war wieder bereit für Sex.

»Bist du bereit für die Jagd auf Wild an diesem Nachmittag?«, fragte er und klatschte sich Wasser ins Gesicht.

»Heißt das, wir kriechen ins Unterholz, und du wirfst dich auf mich und nimmst mich ganz wild?« Mel schäumte ihre Brüste ein und schenkte ihren dunklen Nippeln besondere Beachtung. Hugh konnte sich an ihnen nicht satt sehen.

»Ja, entweder so oder anders. Mir ist nach Sport im Freien zumute.«

Mel richtete sich auf und senkte sich mit den Brüsten über seinen fast ausgewachsenen Schaft. Er schien wie geschaffen für das Tal ihrer Brüste, und sie rutschte an ihm auf und ab.

Hugh konnte nur wirres Zeug knurren, aber zweifellos gefielen ihm Mels Badewannenspielereien.

»Irgendwie habe ich den Eindruck, dass du dein System erst mal durchspülen musst.« Sie kicherte, als sie sah, wie Hughs Gesicht sich verkrampfte, weil er dem Höhepunkt offenbar schon sehr nahe war.

»Ich sollte mit dem Vögeln nie aufhören«, stöhnte er. »Ich glaube, ich bin dazu geboren.«

»Natürlich bist du das, Liebling«, sagte Mel und erhöhte die Frequenz. Sie wusste nicht genau, ob sie sich nun auf ihn setzen sollte oder ob es eine willkommene Variation für ihn war, auf ihren Brüsten zu kommen. Rachel konnte sie nicht fragen, denn das rücksichtslose Mädchen hatte sich für einen Spaziergang entschieden. Sie schien sehr besorgt zu sein.

»Ich muss dich häufiger sehen, Mel. Ja, es würde mir gefallen, wenn du regelmäßig bei mir bist.« Hugh stöhnte lauter und stellte sich vor, wie es wäre, sowohl Mel als auch Rachel täglich in Reichweite zu haben. Er konnte sich nicht immer auf Jenna verlassen, wenn er Erleichterung brauchte.

»Ich werde an deiner Seite sein, wann immer du mich brauchst.« Es war Musik in Mels Ohren, und sie blies eine schneeweiße Schaumblase zu Hugh. Sie würde sich nie mit ihrer besten Freundin Jenna einigen können; schließlich war Hugh der reichste und bestaussehende Junggeselle Londons, und Jenna würde nicht freiwillig auf ihn verzichten.

Jenna.

Sie kannten sich seit der Schulzeit. Sie waren zusammen aufgewachsen. Sie hatten zusammen gelacht und sich an der Schulter der anderen ausgeweint. Sie hatten zusammen die Partys besucht und mit den gleichen Jungs geschmust. Sie hatten sich gegenseitig die Kleider ausgeliehen und waren sogar für eine Weile zusammengezogen. Es war also nur natürlich, dass sie sich nun auch Hugh teilten.

»An meine Seite habe ich nicht gedacht. Da will ich dich nicht unbedingt haben.« Hugh griff grinsend an Mels Brüste. Sie waren perfekt. »Auf mir wäre mir lieber.« Und während er sich vorstellte, wie er Mel in dem kleinen Zimmer neben seinem Büro unter Verschluss hielt – immer nackt und bereit –, explodierte er zwischen ihren Brüsten.

»Ich werde mit Rachel sprechen. Sie soll einen Vertrag ausarbeiten«, sagte er, als er sich aus der Wanne erhob.

Rachel wartete im Foyer des Schlosses. Als Euan nach einer Viertelstunde noch nicht da war, ging sie hinaus und über den breiten Zufahrtsweg auf und ab. Rechts und links lagen die herrlich gepflegten Gärten, und vor ihr sprudelte der große Brunnen zur Begrüßung der Gäste.

»Rachel?«

Sie drehte sich voller Hoffnung um, aber ihr Gesicht verriet ihre Enttäuschung, als sie sah, dass es nicht Euan war.

»Oh, hallo, Mark«, sagte sie zum Piloten. Er trug Jeans, ein Hemd mit kurzen Ärmeln und eine Sonnenbrille, die er in seine Haare geschoben hatte. Von einer Uniform war nichts zu sehen, weder die eines Piloten noch eines Priesters.

»Schön, Sie zu sehen. Warten Sie auf jemanden?«

»Ja, auf Mr. Douglas. Euan.«

»Vor einiger Zeit habe ich gesehen, wie er weggeritten ist. Ist es dringend?« Mark setzte die Sonnenbrille auf, denn die gleißenden Strahlen kamen hinter einer Wolke hervor.

»Die Frau an der Rezeption hat mir seine Handynummer gegeben, deshalb konnte ich ihn anrufen. Er ist auf dem Weg zurück. Ja, es ist dringend.« Tiefe Falten hatten sich auf

Rachels Gesicht gebildet. »Ich mache mir Sorgen um Jenna Bright. Sie ist Hughs Verlobte. Ich bin sicher, dass ihr irgendwas Schlimmes widerfahren ist. Hugh ist scheinbar nicht daran interessiert, ihm geht es nur ums ...«

Rachel brach ab. Er war ihr Boss. Sie war seine loyale persönliche Assistentin und wurde auch dafür bezahlt, dass sie diskret war. Wie konnte sie Mark, praktisch ein Fremder, über Hughs Hobbys erzählen?

Sie fuhr fort: »Ich habe Euan gestern Abend in seiner Suite besucht und ihm von Jenna berichtet. Euan hatte Mühe zu begreifen, dass Hugh nichts davon wusste, dass Jenna eine Fracht nach Dundee hatte und das Wochenende hier bleiben wollte. Das ist natürlich ein verrückter Zufall, aber ich bin sicher, dass noch viel mehr dahinter steckt.«

»Jenna Bright ist eine gute Freundin von mir«, sagte Mark bedächtig. Er versuchte, die einzelnen Puzzlestücke zusammenzufügen. Warum war Hugh nicht mit Jenna zum Schloss geflogen? Warum hatte Rachel ihn so verzweifelt gebeten, ihr Pilot an diesem Wochenende zu sein? Was waren Hughs Pläne mit den beiden Frauen und – wichtiger noch – wo war Jenna? »Ich habe sie zuletzt auf dem Flughafen gesehen, und danach hat sie niemand mehr gesehen. Ich habe mit dem Tower gesprochen, und Dan hat mir gesagt, dass Jennas Flug in Ordnung war, wenn sie auch ein bisschen gestresst geklungen hätte. Kurz darauf war seine Schicht beendet, deshalb hatte er keinen weiteren Kontakt mehr mit ihr.«

»Ich verstehe«, sagte Rachel. »Nennen Sie es Bauchgefühl oder sonst was, aber ich spüre, dass Jenna etwas Schlimmes passiert ist.«

»Ich helfe, wo ich kann. Ich werde alle ankommenden Flugzeuge auf Dundee Airport überprüfen – aber was machen wir, wenn sie nicht gelandet ist?« Mark hob die Schultern und sah

Rachel an. Sie war eine hübsche Frau und sehr entschlossen – er erinnerte sich, wie sehr sie ihn bekniet hatte, ihren Boss an diesem Wochenende zu fliegen. Und sie war eine fürsorgliche Frau, sonst würde sie sich nicht diese Sorgen um Jenna machen. »Vielleicht wäre ein Gebet angebracht«, sagte er, aber dann wurde er unterbrochen von knirschenden Geräuschen, als Euans Pferd widerwillig neben ihnen anhielt.

»Rachel«, sagte Euan und glitt aus dem Sattel. Er hielt die Zügel locker in der Hand. »Was ist los?«

Rachel warf einen Blick auf Mark, dann wandte sie sich Euan zu. Sie hob die Schultern. »Ich bin wahnsinnig beunruhigt wegen Jenna Bright ... Wir müssen etwas unternehmen. Das sind wir ihr schuldig.«

»Wie ich schon sagte, Rachel, ich werde heute Morgen noch Informationen vom Dundee Airport einholen«, warf Mark ein, bevor Euan etwas sagen konnte.

»Aber die Geschichte ist viel ernster«, sagte Rachel. »Während des Frühstücks habe ich das hier in der Zeitung gelesen.« Sie nahm einen Zeitungsausschnitt aus der Tasche und reichte ihn Euan. Als er den Artikel gelesen hatte, hob er die Augenbrauen und gab den Ausschnitt an Mark weiter.

Artefakt aus der Eisenzeit richtet Verheerungen an

Eine Steinstatue, die man auf zweieinhalbtausend Jahre schätzt, hat rund um London eine Spur des Unheils hinterlassen. Kürzlich auf einer Auktion für eine beträchtliche Summe verkauft, schreibt man dem Artefakt, das im Katalog als *Druantia* aufgeführt ist, eine Serie von großen und kleinen Unfällen in seinem unmittelbaren Umfeld zu.

»Die Statue hat in meinem Haus keinen Platz mehr«, erklärte der Vorbesitzer. »Von seltsamen Nebelfeldern im Haus bis zu unerklärlichen Stimmen, Krankheiten oder Unfällen können zahlreiche Phänomene auf die Statue zurückgeführt werden. Als ich die Statue zum Auktionshaus brachte, ist mein Auto von einem Lastwagen gerammt worden. Für mich steht fest, dass die Statue nicht in meinem Besitz sein wollte. Außerdem ist sie ein vulgäres Objekt, und ich bin unendlich froh, dass ich es los bin.«

Archäologen halten die Statue für historisch bedeutend und möchten sie am liebsten in einem schottischen Museum sehen. Professor Gill Michaels, Leiter der keltischen Abteilung in der privat finanzierten CRAIA Stiftung in Edinburgh: »Funde dieser Art sind sehr selten. Man sollte sie nicht den Superreichen überlassen, die sie auf Auktionen einheimsen. Druantia sollte in ihre Heimat nach Schottland zurückgebracht werden. Sie war ein altes Fruchtbarkeitssymbol und wurde von den Kelten der Eisenzeit verehrt. Die Statue verdient den Respekt, den die Kelten ihr entgegengebracht haben.«

Druantia, eine nackte Frau in einer provozierenden Pose, ist über fünfzig Zentimeter groß und wiegt etwa fünfundzwanzig Kilo. Sie ist grob aus einem roten Sandstein gefertigt, wie man ihn entlang des Tay findet. Die Statue wurde im neunzehnten Jahrhundert entdeckt und hat sich seither im Privatbesitz befunden.

Professor Michaels ist skeptisch, was anhaltende magische Kräfte der Statue angeht.

»Der Eisenzeitmensch lebte mit den Kräften der Natur. Fruchtbarkeit war ihm so wichtig wie essen und atmen. Zu glauben, die Statue hätte irgendwelche übersinnliche Kräfte, könnte nur auf einer Fehlinterpretation beruhen. Aber Druantia ist ein nationaler bedeutungsvoller Fund, und als solcher sollte er geschätzt werden, weil er uns über das Leben der Menschen in der Eisenzeit Auskunft gibt.«

Professor Michaels möchte gern mit dem neuen Besitzer der Statue sprechen, der sie einem Museum vielleicht als Leihgabe zur Verfügung stellen könnte. Die Veranstalter der Versteigerung haben über Verkauf und Käufer der Statue keinen Kommentar abgegeben.

»Was halten Sie davon? Sie schreiben über Ihre Statue, nicht wahr, Euan?«, fragte Rachel aufgeregt. »Müssen wir uns jetzt nicht noch größere Sorgen machen?« Sie hob eine Hand und strich über die Blesse von Euans Pferd, aber das Tier schnaufte und wandte den Kopf zur Seite.

»Das weiß nur Gott«, antwortete Mark und trat von einem Fuß auf den anderen. Er spürte, dass es ihm heiß und kalt über den Rücken lief, wenn er Rachel anschaute. »Ich werde mit ein paar Leuten telefonieren. Wir können nichts unternehmen, solange wir nicht wissen, ob Jenna in Dundee gelandet ist.« Er sah Euan an. »Wissen Sie eigentlich, was Sie da gekauft haben?«

Euan hob die Schultern. »Ich weiß nur, dass ich sie haben musste. Druantia gehört hierhin ins Schloss. Ich hätte nie erfahren, dass sie zum Verkauf stand, wenn ich nicht die Autopanne in London gehabt hätte. Während ich auf die Reparatur wartete, blätterte ich in Katalogen von Auktionshäusern, denn ich hatte einige Zimmer im Schloss neu zu gestalten.« Euan musste die Zügel fester ziehen, denn das Pferd wurde rastlos. »Und in einem Katalog habe ich die Statue gesehen. Sie schien mich geradezu anzuschreien. Ganz egal, was sie kostete, ich musste sie ersteigern.«

»Aber was ist, wenn sie Jenna das Leben kostet?«, murmelte Rachel. Sie kannte die Verlobte ihres Bosses nicht wirklich; meistens hatte sie sich darauf beschränkt, Jenna am Telefon zu Hugh durchzustellen. Das hübsche Gesicht hatte sich ihr eingeprägt, weil ein Foto auf Hughs Schreibtisch gestanden hatte. Wo das Foto jetzt war, wusste Rachel nicht. Jedenfalls stand es nicht mehr auf seinem Schreibtisch.

Darüber hinaus war Hugh der gemeinsame Faktor: Sie und Jenna teilten sich Hugh; okay, nun war auch noch Mel mit im Boot. Anfangs war es Rachel gelungen, Gedanken an Jenna zu verdrängen, aber in den letzten Tagen war das zunehmend schwieriger geworden.

Rachel gefiel nicht der Kloß, der sich in ihrer Kehle gebildet hatte – ein Kloß der Schuld.

»He, Jenna ist bestimmt nichts Schlimmes geschehen«, sagte Mark und ging ein paar Schritte von ihnen weg. Er klappte sein Handy auf und tippte eine Nummer ein. Während er sprach, spielte er mit dem kleinen Silberkreuz um seinen Hals. Es war ein Geschenk von Jenna zum letzten Weihnachtsfest.

Rachel und Euan warteten, bis Mark sein Gespräch beendet hatte, dann rief Rachel ungeduldig: »Nun?«

Mark steckte das Handy zurück in seine Tasche und stieß einen Seufzer aus. »Keine gute Nachricht, fürchte ich. Jenna ist in Dundee nicht gelandet. Kein Tower im ganzen Land hat eine Nachricht über den Verbleib von Jennas Saratoga.« Mark starrte in den Himmel, als erwartete er, jeden Moment Jennas Flugzeug zu sehen. »Nach ihrem letzten Kontakt mit London scheint sie einfach verschwunden zu sein.«

Vierzehntes Kapitel

Brogan war glücklich. Er stand inmitten seines wachsenden Clans und grinste stolz. Viele der Frauen waren schwanger, und andere ließen sich mit den besten Kriegern ein. Auch er selbst hatte seinen Samen unter vielen Frauen verbreitet. Jetzt näherte sich das Fruchtbarkeitsfest, und eine Frau würde auserkoren, die Statue mit nach Hause zu nehmen.

Wie Druantia dem anderen Clan entkommen war, verblüffte Brogan. Okay, jetzt hatten er und seine Männer die Statue gestohlen und bewachten sie streng, wenn sie nicht gerade verehrt wurde. Noch nie zuvor war sein Clan so fruchtbar wie jetzt gewesen.

»Du kannst stolz sein auf deinen Clan«, raunte ihm Iona ins Ohr. Brogan zog sie an sich und drückte sie. Er fühlte die Wärme ihres reifen runden Bauchs.

»Sie sind alle in bester Laune«, sagte er. Wie er angewiesen hatte, trug Iona nichts als einen schmalen bunten Stoff um die Hüften. Ihre Brüste hingen frei, und die dunklen Haare gaben ihnen nur beschränkten Sichtschutz. Brogan starrte sie voller Verlangen an. Alle Frauen seines Clans waren schön, aber keine war so elegant wie Iona.

»Die Frauen sind bereit«, teilte sie ihm mit. »Einige von ihnen sind in ihrem ganzen Leben noch nicht so bereit gewesen.« Sie lachte leise und legte den Kopf kurz auf die Schulter ihres Anführers. »Bin ich heute Nacht bei dir?« Sie streckte die Zunge heraus und drückte sie gegen Brogans Brustwarze.

Es war ein kurzes Signal, aber es warnte seinen ganzen Körper, was noch kommen würde.

»Natürlich«, bestätigte er. »Es gibt keine wie dich.« Niemand erwähnte Cailla, die natürlich bei Brogan sein würde, aber sie würde bereit sein müssen, ihn mit anderen Frauen zu teilen. Was der Stammesfürst wollte, das bekam er auch.

Als Iona zu den anderen Frauen zurückging, um ihnen zu sagen, dass die Prozession bald beginnen würde, brannten die hohen Flammen, die den Nachthimmel erhellten, ihre Schuldgefühle weg. Es bereitete ihr Unbehagen, Caillas Territorium zu betreten.

Trommeln riefen die letzten Frauen und Männer herbei. Über zwanzig verwegen aussehende Männer tanzten um die Feuer herum, die das ganze Dorf erhellten. Die Männer boten erstaunliche Anblicke; ihre Körper waren mit Indigo, Gelb und Schwarz bemalt, mal mit nackten Frauen, mal mit übergroßen Geschlechtsmerkmalen. Es gab auch abstrakte Bilder, die jeder für sich deuten musste.

Brogan stand da und schaute zu, wie die Frauen in die Szene hineintanzten. Hörner erklangen, erregte Stimmen und Schreie weckten das ganze Dorf. Brogan hoffte nur, dass auch die benachbarten Clans ihre Feierlichkeiten hörten. Cathan jedenfalls würde das Fest in seinen Knochen spüren. Der Tanz der Krieger ließ die ganze Erde vibrieren.

Laymar trat in die Mitte der Tanzgruppe. Unter der dicken wollenen Kapuze des langen Gewands war sein Gesicht kaum zu erkennen. Er trug geknüpfte Weidengerten, die mit hunderten kleiner Gegenstände behangen waren, die im Feuerschein glänzten. Als er seine Arme in die Luft reckte, kehrte bei den Feiernden allmählich Ruhe ein, und die einzigen Geräusche, die zu hören waren, kamen vom Vieh und von den knisternden Baumstämmen in den Feuern.

»Wir suchen und verehren die Kraft des Nordens und rufen die Himmel und die Erde an. Erhöret unsere Bitten und segnet uns alle.« Laymar beschrieb einen Halbkreis und redete dann weiter. Seine Stimme hatte einen starken sonoren Klang, der von den Bäumen zurückgeworfen wurde. »Ich rufe den Süden. Möge uns die Hitze der Sonne gewogen sein. Ich bitte um euren Segen für meinen Clan.«

Brogan murmelte ähnliche Worte. Links von ihm stand Iona und rechts Cailla. Sie trug ein langes helles Kleid und einen kleinen Metallring in den Haaren. Ihre Arme und Hände hatte sie so bemalt, dass sie zu Brogans Körperbemalung passten.

Laymar vollendete den Kreis, indem er auch den Westen und Osten anrief, einmal den Bussard, der die Dämmerung begrüßt, und dann den Atem, der die Wolken schafft. Dann: »Jetzt ist die Harmonie unseres Lebenskreises vollkommen.«

Die tanzenden Männer und Frauen drehten sich wieder, die Umstehenden sangen und schlugen die Trommeln, und nicht einmal Brogan bemerkte die schlanke Gestalt von Cathan, als er mit seinen Männern durch die Wälder rund um Brogans Dorf schlich.

»Ich kann es schon fühlen«, sagte Brogan zu den Frauen an seiner Seite. Sie schauten ihm fragend ins Gesicht, und er antwortete ihnen: »Ich kann schon die Kraft von Druantia fühlen.« Er griff in den Knoten, der das Tuch um Hüften und Lenden hielt. Für die Frauen bestand kein Zweifel: Er wurde schon wieder hart.

»Nimm die Hände deiner Geliebten«, verkündete Laymar in seinem Singsang. »Und mögen die Götter euch mit der Gesundheit des Windes segnen, mit den Speisen der Erde und mit der Leidenschaft des Feuers.« Dann senkte der Druide tief den Kopf.

Brogan hob den Kopf und lauschte in die Nacht. Knackte da ein Zweig in der Nähe? Vielleicht ein Hirsch, der sich in die Nähe des Dorfs wagte?

Laymar setzte seinen Singsang fort, und die Dorfbewohner fielen darin ein. Es schien, dass die Trommler neuen Wind bekamen, und die lauten rhythmischen Schläge führten dazu, dass die Tänzer wieder schwungvoller die erwartungsfroh gestimmten Frauen drehten und kreisten.

Die Luft war schwer von den Vorahnungen und der Vorfreude auf das, was noch kommen würde. Brogan war nicht der einzige Mann, dessen Härte ein Zelt in den Lendenschurz drückte. Die Gesichter der Frauen glühten vom gelbroten Licht der Feuer, und ihre Lippen pulsierten aufgeregt. Es sollte wahrlich ein großes Fest werden.

Plötzlich drehte sich Brogan um. Er verengte die Augen und starrte hinüber zu den Bäumen. Jetzt war er davon überzeugt, dass jemand da war. Seine Augen waren so scharf wie die eines Adlers, und sein Kinn reckte sich vor. Adrenalin schoss durch seinen Körper. Er griff unwillkürlich an seine Seite und zog den Dolch aus der Scheide.

Jenna sah, wie Cathan seine Hand unter den Umhang schob. Sie hatte ihn nicht beobachten wollen, aber sie nahm an, dass er so angespannt war wie sie selbst. Sie versuchte, das Ziehen zwischen den Lenden zu ignorieren, als sie in seinem kleinen Rundhaus herumkroch, aber das war fast unmöglich, besonders jetzt, als sie seine Hand beobachtet hatte.

Sie hatte nicht geglaubt, dass sie es fertig bringen würde, ihm dabei zuzusehen, aber es war noch viel schwieriger, sich jetzt von dieser Szene abzuwenden. Wie ihr Körper darauf reagierte, war höchst unangemessen, das passte überhaupt nicht zu ihr und gehörte vielleicht zu diesem primitiven Leben, das ihr jetzt aufgezwungen wurde.

Jenna wusste, dass Cathan den ganzen Tag nervös und angespannt gewesen war, gereizt wie ein Tier. Es war der Verlust der Steinstatue, der an ihm nagte. Dass er sie nun das zweite Mal an Brogan und seine Männer verloren hatte, war mehr, als er ertragen konnte. Und jetzt musste er sie zurückholen, um Jenna zu helfen, nach Hause zu finden. Die Statue war der Schlüssel zu allem anderen.

So war es nicht weiter verwunderlich, dass Cathan in der Sicherheit seines Rundhauses erst einmal erschöpft auf den Stapel seiner Felle fiel und den Gürtel mit Dolchen und Geräten abschnallte.

Er trank gierig aus einem Tontopf, bevor er mit der Hand unter den dicken Stoff glitt. Es war in diesem Augenblick, dass Jenna durch die Tür aus geflochtenen Weidengerten schaute, um sich davon zu überzeugen, ob er noch wach war. Sie wollte gern noch weiter mit ihm reden. Trotz ihrer Müdigkeit konnte sie nicht ausruhen, wie er ihr empfohlen hatte. Es lag eine Energie in der Luft, das Versprechen von etwas sehr Mächtigem, vielleicht auch etwas Gefährlichem.

Natürlich wäre es besser, wenn sie jetzt schlafen könnte, aber noch war es hell, und nachher stand der Überfall auf Brogans Dorf bevor, deshalb war sie wach wie ein Fuchs, auch wenn ihr Körper ein paar Tage lang schlafen wollte.

Jennas Kinnlade klappte nach unten, als sie Cathans Hand unter seinem Umhang sah. Die Hand bewegte sich auf und ab. Jenna hatte noch nie gesehen, wie ein Mann es sich selbst machte – höchstens Hugh, wenn er zu ungeduldig wurde und nicht darauf warten konnte, bis sie sich ausgezogen hatte. Aber so war das mit Hugh. Es ging nicht darum, wie er Liebe machte, sondern wie schnell und wie oft.

Sie schaute wieder durch die Tür und sah, dass Cathan seinen Umhang abgestreift hatte. Sein Unterleib war noch mit einem Tierfell bedeckt. Plötzlich sehnte sich Jennas schmerzender Körper – erschöpft von ihrer Hilfe, die Saratoga zusammen mit den Männern zurück ins Dorf zu bringen – danach, sich neben Cathan zu legen und ihren Körper an seinen zu schmiegen. Das Tierfell würde für sie beide reichen. Das Feuer konnten sie ausgehen lassen, denn in ein paar Minuten würden sie eingeschlafen sein.

Jenna sah fasziniert zu, wie Cathan seinen Körper Stück für Stück enthüllte, während die Hand unter dem Fell arbeitete. Sie war schockiert gewesen, als sie diese Bewegungen das erste Mal bei Hugh gesehen hatte.

Es war ein Sonntagmorgen, und am Abend zuvor waren sie zu einem Essen eingeladen gewesen. Es war kein sonderlich unterhaltsamer Abend mit einigen von Hughs Geschäftspartnern, und danach hatte es den fast schon obligatorischen Fick gegeben. Hugh verlangte jeden Zentimeter ihres Körpers, damit er befriedigt wurde. Manchmal band Hugh ihre Handgelenke zusammen, oder er nahm sie von hinten.

Jenna dachte, dass sie auch ihren Spaß daran hatte, und meist war es ja auch so, aber als sie Hugh am nächsten Morgen am Schreibtisch über ein Magazin gebeugt sah, der ganze Körper angespannt und die schnelle Faust in wilder Bewegung, da hatte ihr das zuerst gar nicht gefallen.

Er wusste nicht, dass sie ihn beobachtete, und das löste viel größere Tumulte in ihrem Kopf aus als alles, was er bisher mit ihrem Körper angestellt hatte. Jenna konnte das Magazin deutlich sehen; Hugh starrte begehrlich auf eine Doppelseite mit nackten Schönheiten. Bei den Maßen hätte sie nicht mithalten können, dafür gab es zu viele Implantate auf diesen Seiten – sie wollte auch gar nicht mithalten.

Aber wie sie ihren Verlobten sah, die Faust auf Erleichterung aus, während er die Seiten mit einer Hand umschlug, wie sie seine leisen Stöhnlaute hörte, die bald in laute Seufzer übergingen ... nun, das war eine bittersüße Mischung aus Erregung und verächtlicher Wut.

Jenna, fixiert auf diesen Anblick, fragte sich, ob sie sich so auch fühlen würde, wenn sie ihn mit einer anderen Frau im Bett überrascht hätte.

Ein paar Sekunden später ergoss sich Hugh über die Seiten. Von diesem Zeitpunkt an wusste Jenna, dass es in ihrer Beziehung immer andere Frauen geben würde.

Sie fiel vorwärts und hielt sich an der Weidentür fest.

»Wer ist da?«, fragte Cathan. Seine Stimme klang zittrig von seinem Verlangen.

»Ich bin's nur, Jenna. Es tat mir leid, dass ich dich gestört habe.«

»Nein, komm herein. Ich hatte mich nur ein wenig zur Ruhe gelegt.«

Jenna ging hinein und blieb vor Cathans Füßen stehen. Er hatte immer noch die Felle um sich geschlungen und versuchte ein wenig verschlafen auszusehen. In der Hütte roch es nach dem Rauch vom Holzfeuer und nach Moschus – ein Mann, der sich gerade noch zurückhielt. Jenna vermied es, ihn anzusehen, als sie ihn fragte: »Bist du sicher, dass es klug ist? Die Statue zurückzuholen?«

Cathan setzte sich auf und lud Jenna ein, sich neben ihn zu setzen. Vorsichtig näherte sie sich ihm, aber je enger sie ihm war, desto deutlicher wurde ihr, wie sehr sie ihn begehrte.

Sie schüttelte den Kopf, als hoffte sie, dadurch ihre Gedanken vertreiben zu können. Hugh war ihr Verlobter.

»Es ist zu gefährlich. Für einen Steinklumpen gehen wir ein hohes Risiko ein.«

»Druantia gehört zu meinem Stamm. Brogan glaubt, er könnte sich alles nehmen, was er haben will. Er muss lernen, dass man so nicht miteinander leben kann. Ich habe diesen Anlass aus vielen Gründen kommen sehen. Deine Ankunft hat meine Visionen bestätigt. Wir werden heute Nacht angreifen.«

Jenna saß nachdenklich am Rand des Strohbetts und widerstand dem Impuls, die Tierfelle zur Seite zu schieben und mit den Händen über seinen Körper zu streicheln. Dann konnte sie das beenden, was er begonnen hatte. Wieder wurden ihr die Gemeinsamkeiten von Brogan und Hugh bewusst. Hugh nahm auch, was er kriegen konnte.

»Außerdem«, fuhr Cathan fort, »wenn du eine Chance haben willst, wieder nach Hause zurückzufinden, wirst du alle Hilfe brauchen, die sich dir anbietet. Ich glaube, dass Druantia dich hergebracht hat, also wird sie dich auch wieder nach Hause bringen.«

»Glaubst du das wirklich?« Jenna sah sich in Cathans Hütte um. Schlamm, Stroh, Weidenruten, Staub und Feuer. Dieses Heim braucht eine Frau, dachte sie. Eine, die sein Strohbett mit ihm teilt. Eine, die seine Hand überflüssig macht.

Sie wollte doch nach Hause, oder?

»Hier«, sagte Cathan. »Lege dich zu mir, und ruhe dich aus. Später brauche ich Kraft.«

»Ich komme mit dir«, sagte Jenna. »Ich habe die Schwierigkeiten verursacht, in denen du jetzt steckst. Ich weiß zwar nicht, was hier abläuft und warum die Statue mich hergebracht hat, aber ich will helfen, sie zu euch zurückzuholen, und ich glaube, dass ich genau das richtige Instrument habe, um Druantia zu retten.«

Dann schliefen sie. Jenna träumte von Hugh und sah, wie er sich in Brogan verwandelte, und dann träumte sie von sich. Sie verwandelte sich in einen Vogel und flog nach Hause.

Der Schuss explodierte und drang durch die Nacht. Cathans Männer warfen sich auf den Boden. Jenna ließ den Lauf sinken und lächelte. Mit dieser Waffe würde sie beim Angriff auf Brogans Clan unentbehrlich sein.

»Was macht denn diesen Krach?« Cathan stand neben ihr und strich mit einer Hand über das schlanke Metall und das polierte Holz der Browning.

»Das ist eine Flinte«, sagte Jenna. »Sie gehörte meinem Vater. Ich wollte am letzten Wochenende auf die Jagd gehen, deshalb hielt ich es für eine günstige Gelegenheit, die Waffe auszuprobieren. Ich habe einen entsprechenden Waffenschein und ...« Jenna brach ab. Cathan konnte nicht wissen, was eine Flinte war. Er hatte auch keine Vorstellung, welchen Nutzen sie haben oder auch welchen Schaden sie anrichten konnte. »Wenn du mich heute Abend mitnimmst, wird dieses Gerät dafür sorgen, dass wir Druantia zurückholen.«

Sie senkte kurz den Kopf und fühlte sich ein wenig schuldbewusst, als Cathan direkt in den Lauf starrte. Die Gefahr war unsichtbar für ihn, wie sie auch für Brogan und seine Männer unsichtbar sein würde. Sie würden die Gefahr erst bemerken, wenn es zu spät war.

»Bereit?«, fragte sie, und Cathan nickte ernst. Er winkte seinen Männern zu.

Es war nur eine kleine Schar von Kriegern, die jetzt aufbrach; fünf seiner besten, hatte Cathan gesagt. Sie ließen das Dorf bald hinter sich und schritten in die Nacht. Wenn nicht das Mondlicht gewesen wäre, hätten sie sich im dichten, hügeligen Wald bestimmt verlaufen.

Jenna war bald erschöpft, schließlich hatte sie die Strecke schon mehrere Male zurückgelegt. Nachdem sie sich nicht wirklich vom Transport der Saratoga erholt hatte, war sie nicht sicher, ob ihre Beine den Weg noch einmal durchstehen würden.

Zuerst hatten sie das Flugzeug kaum bewegen können, denn das Fahrwerk hatte sich ins Erdreich gegraben. Selbst einem Dutzend Helfern gelang es nicht, obwohl sie dicke Seile einsetzten. Aber dann zogen sie, ihre Muskeln spannten sich, die Zähne knirschten aufeinander, und die Gesichtszüge zeigten ihre fast unmenschliche Anstrengung. Schließlich gab das Flugzeug nach und bewegte sich von der Stelle.

»Passt auf, dass ihr die Flügel nicht beschädigt«, rief Jenna entsetzt, als sie sah, wie einige Männer über den Rumpf kletterten, um weitere Stricke festzuzurren. Es war wie eine Szene von einem Filmdrehort – die unglaubliche Verschiedenheit: Einmal die fast nackten Männer aus der Eisenzeit, und auf der anderen Seite das abgestürzte Flugzeug mit all seinen modernen Instrumenten einschließlich des neuen Navigationssystems.

Die Männer hatten runde breite Scheiben aus Holz geformt, und damit wurde es leichter, das seltsame Metallding in ihr Dorf zu bringen. Die Aussicht, dabei zu sein, wenn das Ding zeigte, was es konnte, verlieh ihnen zusätzliche Kraft.

Jetzt stand es am Dorfrand unter Ästen und Blättern verborgen, und Arlen würde versuchen, ein neues Fahrwerk für die Saratoga herzustellen. Dann – und erst dann – würde es

Jenna mit Cathans und Druantias Hilfe gelingen, nach Hause zurückzukehren.

»Hört mal«, flüsterte Cathan in die Nacht. Seine Männer verharrten im Schritt. Die Talsohle unter ihnen wurde von rotgelben Lichtern beschienen, denn rund um das Dorf der Dunlayth brannten Feuer.

»Sie feiern, weil sie die Statue erneut in ihren Besitz gebracht haben«, murmelte Cathan. Er zog seine dunkle Wollkapuze fester um den Kopf. Seine silbergrünen Augen blitzten.

Cathan trieb seine Leute vorwärts. Sie bemühten sich, leise zu sein, aber im Wettbewerb mit einer Raubkatze hätten sie den Kürzeren gezogen. Jenna bildete den Schluss der kleinen Gruppe. Sie hielt die Flinte fest in der Hand. Der Lauf zeigte zu den Sternen. Sie folgte dem Geruch der Männer, denn die bemalten Körper waren im dichten Unterholz kaum zu sehen. Sie pirschten sich näher heran, bis die Trommeln und die Gesänge immer lauter wurden und die Trommelfelle attackierten.

»Ihr Männer sorgt für Unruhe, sobald ich euch das Zeichen gebe. Ich finde den Ort heraus, an dem sie die Statue aufbewahren, und nehme sie an mich«, erklärte Cathan.

In Jennas Ohren hörte sich das nicht nach einem strategischen Plan an. Sie blieb im Schutz des Dickichts zurück, und als sich ihre Augen an das trübe Licht gewöhnt hatten, stockte ihr der Atem, als sie Brogan sah, eingerahmt von Cailla und Iona. Sie waren vor die Hütte getreten und schauten sich die Feierlichkeiten an, aber jetzt sah sich Brogan witternd um, als hätte er was unter den Bäumen gehört oder gesehen. Jenna traute sich nicht zu atmen, bis Brogan in eine andere Richtung schaute.

Während Cathan und seine Männer auf ihre Chance warteten und Jenna die immer wilderen Tänze der Dorfbewohner verfolgte, umkreiste Cathan das Dorf, und die anderen stellten sich an unterschiedlichen Punkten auf. Offenbar hatten sie sich vorgenommen, das Dorf im Alleingang zu stürmen, dabei gab es bei dem Stamm der Dunlayth viele erfahrene Krieger. Jenna überlegte sich gerade, ob sie ihre Flinte benutzen sollte, um eine Ablenkung zu erreichen ...

... aber dann spürte sie die Hand über ihrem Mund, und so blieb ihr entsetzter Schrei in der Kehle stecken ...

Jenna trat wild um sich und stieß ihre Ellenbogen zurück. Es war ihr egal, wer sie von hinten überfallen hatte. Die Flinte war ihr aus den Händen entglitten, und es war ihr unmöglich, sich danach zu bücken. Im Gegenteil, etwas zog sie mit brutaler Kraft in die eisernen Arme eines Mannes, der hinter ihr stand.

»Du bist also zurückgekommen«, schnarrte eine verbitterte Stimme.

Brogan, dachte sie.

Wenn ihr nicht die Flucht gelang, würde sie alles ruinieren. Sie öffnete den Mund und biss in den fleischigen Teil seiner Handfläche.

Einen kurzen Moment lang lockerte sich sein Griff, und Jenna nutzte die Gelegenheit und rief Cathan. Im folgenden Moment hatte Brogan sie herumgerissen und zwang seinen Mund auf ihren, sodass nur noch ein paar leise Stöhnlaute ihrer Kehle entweichen konnten.

Sie hob ihr Knie an und wollte es in Brogans Weichteile rammen, aber er fing es ab und schlang das Bein um seine Hüfte. Seltsam – das Bein blieb da, und der Wille zur Gegenwehr erschlaffte stärker, je länger seine Zunge in ihrem Mund forschte. Jenna schielte wieder nach ihrer Flinte und überlegte, ob sie die Waffe mit dem Fuß heranholen konnte.

Und dann? Würde sie Brogan erschießen?

Sie fühlte, wie ihre Brüste von rauen Händen begrabscht wurden, und als eine Hand hinunter zum Delta ihrer Schenkel griff, zuckte sie zusammen. Die Hand schob den Umhang höher, und dann spürte sie, wie ihre Beine gespreizt wurden. Ohne weitere Warnung wurde sie penetriert. Der innere Schrei wurde übertönt von der lauten Lust, die durch ihren sich windenden Körper fuhr.

»Leg dich hin!«, befahl Brogan, und während Jenna sich am Scheideweg befand – sollte sie sich zur Wehr setzen oder die derbe Invasion aushalten? –, rief sie sich in Erinnerung, warum sie durch die Nacht in Brogans Dorf gekommen waren.

Sie ließ es geschehen, legte sich auf das Bett aus Blättern, Moos und Dreck und spreizte die Arme. Ihre rechte Hand kam bis auf ein paar Zentimeter an die Flinte heran.

»Sage mir, warum du hier bist«, wollte Brogan wissen. Er zog den Stoff von seinem Schoß weg und entblößte sich. Seine Ungeduld war spürbar, seine Entschlossenheit so hart wie das, was seinem Schoß entsprang. Dann lachte er. »Es ist dein Glückstag, denn du bist zu unserem Fruchtbarkeitsfest zu mir zurückgekommen. Laymars Zauber ist so stark, dass er dich zu mir geführt hat.«

Brogan kauerte über ihr; seine Erektion tanzte über ihrem Schoß, als hätte sie einen eigenen Orientierungssinn. Jenna fühlte die warme Seide, sein einziges sanftes Teil von ihm. Ihre Muskeln kämpften. Es war wie eine Schlacht um ihren Willen: Sollte sie ihn einlassen oder nicht?

Es war eine spontane Entscheidung. Sie griff nach der Flinte, zog sie an sich und richtete die Mündung zum Himmel. Brogan, der von der Gefahr nichts wusste, spielte immer noch mit der sich sträubenden Frau.

Dem Gewehrschuss folgte absolute Stille. Brogan harrte wie gelähmt über Jenna; er hatte gerade in sie eindringen wollen. Die Trommeln verstummten, und aus dem Singsang war ein verängstigtes Murmeln geworden, als die Echos durchs ganze Dorf hallten.

Jenna gab noch einen Schuss ab.

Wie ein Blitz rollte sich Brogan von der Frau und rannte um sein Leben. Er stolperte einige Male, weil er sich nicht die Zeit nahm, seine Kleidung zu richten. Jenna stand auf und sah, dass auch die anderen Männer des Stammes flüchteten.

Sie ging langsam auf die Lichtung zu, die der Mittelpunkt der Feierlichkeiten gewesen war. Sie fühlte die Hitze der Feuer, je näher sie trat, und dann hielt sie die Luft an.

Direkt vor ihr, neben dem größten Feuer, stand die Statue der Druantia, die Beine immer noch gespreizt, den Mund geöffnet und die derb geformten und viel zu großen Brüste provozierend zum Himmel gereckt.

Jenna gab noch eine Serie von Schüssen ab, dann lud sie gleich nach, denn sie wollte Brogans Clan noch eine Weile fernhalten. Cathan nahm die Gelegenheit wahr und rannte mit seinen Männern herbei. Sie brachten Druantia wieder in ihren Besitz, während Jenna weitere Schüsse in die Luft abgab. Sie zielte auf die Sterne und lachte ausgelassen. Sie wünschte, sie könnte Hugh vor die Flinte kriegen.

Fünfzehntes Kapitel

Ein Geist nutzte ihm nicht viel, dachte Euan – falls sie überhaupt ein Geist war. Ihre durchscheinende Gestalt eignete sich nicht als Ehefrau, und ihre Flüsterstimme konnte ihm nur anfangs ein Lächeln entlocken.

Plötzlich wachte Euan wieder auf. Der Schmerz seiner Erektion war furchtbarer als die Frau, die sie verursacht hatte. Er griff unter die Decke und betastete seinen Penis. Hart und heiß starrte das eine Auge ihn an, als wollte es fragen, was aus der Frau geworden war.

»Oh, verdammt«, sagte er und warf sich zurück ins schweißnasse dicke Kissen. »Nicht schon wieder.« Euan starrte hilflos zur Decke und fühlte sich von seinen eigenen Phantasien düpiert.

Das erste Mal war sie am Abend, als sie die Statue ersteigert hatte, zu ihm gekommen. Daran konnte er sich gut erinnern, weil er das Ereignis mit Freunden begossen hatte, und als sie gegangen waren, kam sie.

Er dachte zuerst, dass jemand dageblieben wäre, aber er konnte sich nicht an einen weiblichen Gast in einem derben Sackleinen erinnern, und auch die von dünnen Lederriemen gehaltenen Sandalen würde keine der drei Frauen tragen, die mit ihm die ersteigerte Druantia gefeiert hatten.

Anfangs war es nur ein kurzer Blick gewesen, eine Reflektion vielleicht, begünstigt durch den reichlich genossenen Wein. Die Gestalt in der Badezimmertür sah ihn kurz an, bevor sie im Bad verschwand. Als er ihr folgte, war sie weg.

In der Luft hing nur ein schwacher Kräuterduft, den er auf die Parfums seiner Gäste zurückführte.

An diesem Abend zog er sich aus, putzte die Zähne und klatschte sich Wasser ins Gesicht. Er blickte in den Spiegel und bemerkte ein leises Lächeln in seinem Gesicht, äußeres Zeichen seiner Freude über die gute Nachricht. Die Statue würde endlich wieder in ihre Heimat zurückkehren, und im nächsten Moment sah er die Frau wieder. Sie stand hinter ihm und zog den Umhang aus, offenbar froh, sich von dem juckenden Sackleinen befreien zu können.

Als er sich klopfenden Herzens umdrehte, war sie verschwunden.

In der Nacht kam sie wieder und trat an sein Bettende. Diesmal lächelte er sie an, und sie blieb etwas länger. Euans Erektion schmerzte, und das schien sie zu wissen. Völlig geräuschlos schwebte sie ihm entgegen, und der durchsichtige Schleier wirkte intensiver, als sie näher kam – bis er sehen konnte, dass sie nackt war.

»Sch ...«, glaubte er, von ihr gehört zu haben. Vielleicht war es ihr Finger, der seine Lippen berührte, der ihn davon abhielt, sie zu fragen, wer sie war. Vielleicht war es auch der Erzähler in seinem Traum, der ihm gesagt hatte, dass er in ihrer Gegenwart nicht sprechen sollte.

Die Frau, deren rote Haare selbst im trübe beleuchteten Zimmer zu brennen schienen, zog die Decken von Euans nacktem Körper und legte sich neben ihn. Das Bett bewegte sich nicht, als sie sich an ihn schmiegte; keine Senkung der Matratze, kein Luftzug, als sie die Decken zurückgeschlagen hatte.

Aber der Griff ihrer Hand war fest und warm und verlockend, als wäre er echt gewesen. Und wer wollte behaupten, er wäre nicht echt gewesen?

Es kam Euan in vielen kleinen Zuckungen der Erleichterung. Jeder gespannte Muskel wurde mit einem weichen Kuss belohnt oder von einem Flüstern der Frau, die neben ihm lag.

Als es vorbei war und er still und schweißbedeckt dalag, während der Mond durch die bleiverglasten Fensterscheiben schien, wollte er sich ihr zuwenden und sie küssen, aber da war sie schon verschwunden.

Er setzte sich rasch auf und spähte mit verengten Augen ins Zimmer. Diesmal hatte er geglaubt, dass sie bei ihm bleiben würde, aber wie gewöhnlich war sie nur die Frau seiner Träume gewesen.

Euan hoffte, dass sie zurückkommen würde, und ging in die Küche. Er stellte sich vor die Spüle und genoss das weiche Bergwasser. Sie kam jetzt öfter, die Abstände wurden kürzer, und doch war es ihm, als lägen tausende Jahre zwischen den Besuchen. Er sehnte sich mit aller Macht nach ihr. Liebe, Heirat, Gesellschaft, Kinder – alles, was auf seiner Prioritätenliste bis zu ihren Besuchen ganz oben gestanden hatte.

Sie lenkte ihn von diesen Prioritäten ab. Sie neckte ihn mit den kurzen Erscheinungen. Es fiel Euan immer schwerer, sich auf etwas anderes zu konzentrieren. Und die dauernde Begierde nach ihrem Körper erregte seinen Penis häufig zu unpassenden Gelegenheiten.

Da er nicht schlafen konnte, warf Euan einen Umhang um und ging hinaus. Die Nacht war still, die Luft wurde nur von einer sanften Brise bewegt, die von den Hügeln herunter wehte. Auch der See lag ruhig da. In einer großen schwarzen Skatingbahn spiegelte sich der Himmel.

Dann, ohne jede Vorwarnung, gab es eine beträchtliche Unruhe im Wasser, als ob etwas die Oberfläche durchbrechen wollte. Euan blinzelte in die Nacht. Zum Glück beschien der Mond die seltsame Szene.

Euans Mund klappte voller Entsetzen auseinander, als er sah, dass sie durch das Wasser stieß und mit kräftigen Zügen auf das Ufer zuhielt. Als sie ins Seichte geriet, richtete sie sich auf und watete zum Rand, direkt in seine Richtung.

Ihr nackter Körper schimmerte silbern im blau-grauen Licht. Die Nippel reckten sich stolz auf den sanften Rundungen ihrer Brüste. Der kleine Haarbusch im Delta ihrer Schenkel glitzerte vor Wassertropfen.

Sie schritt auf Euan zu und schmiegte sich an ihn, als wollte sie versuchen, durch ihn hindurchzugehen. Sie schienen füreinander geschaffen, dachte er, als ihr nasser Körper sich an seinen presste. Er konnte sein Herz rasen hören.

Euan starrte in ihr Gesicht und hatte Angst, dass sie wieder verschwinden könnte. Er prägte sich jedes Detail von ihr mit den Händen ein, er entkleidete ihre Seele und strich mit den Händen durch die roten Haare, die ihr Gesicht einrahmten.

Im Gegenzug fuhr sie mit ihren Händen über seinen Körper, um sich Muskeln und Sehnen, Erhebungen und Mulden zu merken. Es schien, dass sie darin den Schlüssel zu seiner Vergangenheit wähnte und vielleicht auch zu ihrer gemeinsamen Zukunft. Als sie den Mund öffnete, um etwas zu sagen, kam nichts als Wasser heraus, und als Euan das Wasser wegküsste, konnte er sie deutlich verstehen.

»Ich höre dich«, sagte er in seinem Kopf, und er wusste, dass sie ihn hörte, als ihre Augen sich verengten und die Lippen sich zu einem Lächeln verbreiterten.

Dann nahm er ihre Hand und führte seine Traumfrau ins Schloss. Am liebsten hätte er sie in den Turm eingeschlossen, damit er sie für immer behalten konnte. Aber er schaffte es nicht bis ins Innere, denn er musste stehen bleiben, um sich noch einmal an ihrer Schönheit zu laben.

Die Hitze in seinem Schoß führte dazu, dass er immer heftiger nach Luft rang. Er drückte seinen Mund auf ihre durchsichtigen Lippen, und zum ersten Mal glaubte er, die Wärme ihrer Haut zu spüren und die Weichheit ihrer vollen Lippen.

Ihre Glieder und ihre Gedanken wanden sich so kunstvoll wie das Efeu draußen an den Schlossmauern. Ihre Haut nahm die Farbe des vom Wetter gebleichten Gesteins an. Es waren nur die wachsamen Krähen auf den Türmchen, die überhaupt wussten, dass sich das Paar gefunden hatte. Für den Rest der Welt war ihr Zusammensein eine unsichtbare Verrücktheit.

»Willst du mich haben?«, fragte sie schweigend.

Euan brauchte seine Antwort nicht auszusprechen, denn seine Erektion stieß gegen die Innenseiten ihrer Schenkel. Er nahm ihr Gesicht in seine Hände und beugte sich hinunter, um sie zu küssen. Es war ein Kuss, der die Zeit wegnahm. Ein Kuss, der alles wiedergutmachte, was es an falschen Dingen in der Welt gab. Ein Kuss, der versicherte, wo immer sie waren, sie würden nie getrennt. Auch in tausend Jahren nicht.

»Nimm mich«, flüsterte sie in seinen Mund.

Euan hob sie auf und trug sie ins Schloss. In seinem Schlafzimmer legte er sie aufs Bett, und dann bewegte er sich so sanft auf ihr, als hätte er Angst, ihr Alabasterkörper könnte zerbrechen. Er glitt in sie hinein, und da wussten sie, dass sie für die Ewigkeit gemacht waren: Sie gehörten zusammen.

Die Brise ihres Atems auf seiner Schulter ließ ihn erschauern. Er krümmte den Rücken und drang noch tiefer in sie ein. Ihr eigener Rücken wölbte sich, als wollte sie ihn noch intensiver in sich spüren.

Dann zog er sich fast ganz aus ihr zurück und beobachtete, wie ihr Gesicht einfiel, aber nur für ein paar kurze Momente, dann stieß er wieder zu und machte sie glücklich. Er presste seine Lippen auf ihre.

Als sie fertig waren, als sie gekommen waren und das gespenstische Pulsieren ihres delikaten Körpers dazu geführt hatte, dass er sich erleichtert wie noch nie fühlte, als wäre sie aus echtem Fleisch und Blut gewesen, da bemerkte Euan die Krähe, die sich Flügel schlagend auf dem Fenstersims niederließ. Dann versank die Frau im Bett. Sie verschwand wie Eis, das in heißer Umarmung schmilzt.

Als er sie wieder sah, wusste Euan instinktiv, dass es nicht Rachel war oder gar ihr offenkundiges Verlangen nach ihm, was seine nächtlichen Träume auslöste. Er hatte gehofft, dass es an ihr liegen könnte, auch wenn ihre blauen Augen und die blonden Haare nicht zu seinen Phantasien gepasst hätten. Das vermisste Flugzeug und die verlorene Statue hatten die Beteiligten in arge Stresssituationen gebracht.

Ja, Rachel war attraktiv, und offenbar stand sie zur Verfügung, denn sie hörte nicht auf, ihn zu locken, wenn auch auf eine dezente Weise. Sie zwang sich ihm nicht auf, aber er wusste, dass ihr Angebot stand. Das erkannte er an ihren Blicken und an ihrem biegsamen Körper, als sie versuchte, das Jagdgewehr richtig anzulegen.

»So müssen Sie es halten«, sagte Euan. Er hätte seinen Arm um ihre Schulter legen oder eine Strähne ihrer weizenblonden Haare von der Wange hinters Ohr schieben können. Er hätte ihr Standbein weiter nach vorn stellen können, damit ihr Schoß gegen seinen gedrückt hätte. »Jetzt ziehen Sie den Hebel durch, bis Sie ...«

Das Gewehr feuerte, und Rachel stolperte rückwärts. Euan fing sie auf.

»Oh.« Rachel blickte finster. Der Explosionsknall hallte noch in ihren Ohren nach. »Damit habe ich nicht gerechnet. Ich glaube, so etwas kann ich nicht.« Sie reichte Euan das Gewehr zurück und schlug sich mit beiden Händen auf die Schenkel. »Außerdem sind meine Gedanken mit anderen Dingen beschäftigt. Mit dem Verschwinden von Hughs Verlobter und ...«

»Ich habe der Polizei alles gesagt, was ich über die Frau weiß. Ich habe auch alles über das Auktionshaus erzählt und über die Statue. Jetzt liegt es an der Polizei, Ihre Freundin zu suchen und ihren Aufenthaltsort ausfindig zu machen.«

Euan stieß einen Seufzer aus und hob seinen Feldstecher. Zwei Rehböcke standen wunderbar still in einem Dickicht, in das sie nach dem Gewehrschuss geflohen waren. Ihre Nüstern bewegten sich noch nach der anstrengenden Flucht. Vier Augen glitzerten im Dunkel des Waldes.

Euan jagte jetzt einen Menschen und nicht nur Wild. Er schämte sich ein wenig, dass er sich mehr um seine unbezahlbare Statue sorgte als um die leichtsinnige Transporteurin. Wenn er gewusst hätte, wie kapriziös die Eignerin von Bright Charter war, würde er diese Gesellschaft nie mit der wertvollen Fracht bedacht haben. Es war ein geringer Trost, dass er das Artefakt versichert hatte, denn der Besitz der Statue war für ihn mehr als die Erfüllung eines Herzenswunschs gewesen.

Er atmete tief ein. Er hatte sie verloren, ehe er sie auch nur einmal hatte anfassen können. War es nicht genauso mit seiner Geisterfrau?

Hugh und Mel stiefelten durch das Unterholz. Hugh schien dicht vor einem Wutausbruch zu stehen. Mel sah hinüber zu Rachel und hob die Schultern. Beide Frauen wussten, warum er so mies gelaunt war: Es waren fast drei Stunden vergangen.

»Der verdammte Bock ist abgehauen, bevor ich überhaupt mein Gewehr anlegen konnte.« Hugh schwang das Gewehr höchst fahrlässig herum.

»Am besten immer unten halten«, riet Euan. Mel kicherte, und Rachel seufzte.

»Das wird ihm schwer fallen, nicht wahr, mein Liebling?« Mel hakte sich bei Hugh ein, und gleich hatte sich die Stimmung ein wenig gebessert.

»Eben haben wir zwei Rehböcke gesehen, aber ich habe sie durch einen unsinnigen Schuss vertrieben. Die Sache ist nämlich die – ich will sie nicht töten. Es sind so schöne Lebewesen mit ihrem kleinen pelzigen Geweih und ...« Rachel wandte sich ab. Ein Tier zu erschießen würde das Loch in ihrem Herzen auch nicht heilen.

»Dann sollten wir nach Hause gehen. Vielleicht gibt es Neuigkeiten über die Pilotin und über meine Statue.« Euan sammelte seine Sachen zusammen. Er war lange genug mit dieser Amateurmannschaft draußen gewesen. Callum, sein Verwalter, hatte eine größere Gruppe mit erfahrenen Jägern in den Wald geführt, höher hinauf in die Hügel.

Außerdem lasteten schwere Probleme auf ihm; Dinge, die ihn verunsicherten und schmerzten. Mit jeder Kopfbewegung und bei der kleinsten Brise sah er Bilder vor sich, gegen die er sich nicht wehren konnte.

Euan war besessen von einer Frau, die es nicht gab.

»Nun«, sagte Rachel auf dem Weg zurück zum Land Rover, »sind Sie verheiratet, oder waren Sie es mal?« Sie wusste nicht, warum sie diese Frage stellte. Wahrscheinlich eine Folge der eigenen Tumulte, die sich in ihrem Kopf abspielten. Sie wollte ihn nicht zu irgendwelchen Geständnissen bewegen; eher wollte sie einen kurzen Blick in das Leben des Mannes werfen, statt über ihr eigenes zu jammern.

Hugh und Mel ließen sich zurückfallen, während Euan und Rachel zügig nach vorn schritten.

»Nein«, sagte Euan und blickte nervös über die Schulter. Die anderen waren fast schon außer Sichtweite. »Nein, ich habe noch nie die richtige Frau gefunden.«

Da. Fühlte sie sich angesprochen? Ihre blasse Haut passte sich der Farbe des Weißdorns an, an dem sie vorbeigingen.

»Wie bitte?« Euan wusste, dass Rachel etwas gesagt hatte, aber er hatte sie nicht verstanden. Etwas von einer abgebrochenen Beziehung?

»Ach, nichts.« Rachel wusste, dass es sinnlos war, auf Liebe zu warten. Sie verdrückte sich schneller als die beiden Rehböcke, die sie vertrieben hatte. Sie war damit geschlagen, Hugh ihr Leben lang zu bedienen. »Wo sind sie denn geblieben?«, fragte sie und verharrte so plötzlich im Schritt, dass auch Euan innehalten musste.

»Hugh!« Aber sie erhielt keine Antwort.

»Kommen Sie.« Euan nahm lächelnd Rachels Arm. »Jagen wir sie.« Er grinste, entschlossen, sich von seiner Besessenheit nicht das ganze Leben verderben zu lassen. Irgendwas braute sich zusammen, davon war er überzeugt, aber wenn er jede wache Stunde darüber grübelte, würde es ihn eines Tages in den Wahnsinn treiben.

Euan hatte keine Gelegenheit mehr, länger über die geheimnisvolle Frau nachzudenken. Rachel hatte ihre Spuren aufgenommen und blinzelte in ein mit Moos bewachsenes Dickicht hinein, eine Hand vor den Mund gedrückt. Offenbar war das, was sie sah, ein Schock für sie.

»Was ist denn?«, rief Euan, aber Rachel gab ihm zu verstehen, dass er leise sein sollte. Er näherte sich ihr, und sie drehte sich zu ihm um, die Augen weit aufgerissen und die

Wangen rot wie Erdbeeren. Sie konnte aber das Grinsen nicht verhindern, das unter ihrer Hand begann.

»Oh, Himmel«, flüsterte sie. »Schauen Sie sich das doch mal an. Oder lieber doch nicht.«

Euan blinzelte durch ein Brombeergestrüpp, das die kleine Lichtung vom Weg trennte, dem sie vorher gefolgt waren. Er hatte eher damit gerechnet, einen Rehbock wie auf einem Präsentierteller zu sehen. Aber was sich auf dem Präsentierteller zeigte, war kein Rehbock, sondern es war Hughs Hintern, der von hinten in Mel pumpte, die sich über einen Baumstumpf gebeugt hatte.

Euan wandte sich ab. Auch seine Augen hatten sich beim Anblick der Szene geweitet. Er hatte noch nie ein anderes Paar beim Sex erlebt.

»Puh«, stieß Rachel entrüstet hervor und verschränkte die Arme. »Mich hat er nicht gefragt, ob ich mitspielen will.«

Euan hob seine Brauen. »Mitspielen?« Er war nicht sicher, was sie meinte.

»Es gehört zu meinem Job. Bevor sie kam.« Rachel versuchte, die Bitterkeit aus ihrer Stimme zu halten. »Aber jetzt, da Jenna verschwunden ist und Mel auch noch dabei ist, kommt es mir nicht mehr richtig vor.«

Sie seufzte, aber trotz ihrer widerstreitenden Gefühle drehte sie sich noch einmal um. Dabei sah sie, dass auch Euan vom Anblick fasziniert war.

»Oh, Mann, schau dir das an!« Euan schaute auf seine Uhr. »Und Sie sagen, dass er in Kürze heiratet? Seine Verlobte tut mir heute schon leid. Kein Wunder, dass sie abgehauen ist.« Euan lachte, aber dann wurde er gleich wieder still, als er sah, wie Hugh seine beträchtliche Erektion in Mels andere Öffnung schob und gleich mächtig zu pumpen begann.

Rachel schmollte und ärgerte sich dann, dass sie sich vor

Euan, eigentlich einem Fremden, so unbeherrscht lüstern zeigen konnte. Sie war sicher, dass sie ihre Chance – falls sie je eine gehabt hatte – längst verspielt hatte, deshalb fand sie nichts mehr dabei, ihm ihre wahren Gefühle zu enthüllen. »Ich war noch nie mit einer anderen Frau zusammen, bis wir hier eingetroffen sind. Ehrlich, Mel war meine erste Partnerin.«

Euan runzelte die Stirn. »Sie meinen, Sie und sie ...« Er zeigte auf die beiden und sah gerade noch Mels pendelnde Brüste, ehe Hugh sie mit seinen Händen walkte. Was wäre, wenn die andere Jagdgesellschaft über sie stolperte? Ein Skandal wäre nicht gut für sein Geschäft. »Dauert das noch länger mit den beiden?«, fragte Euan besorgt.

»Das glaube ich nicht«, antwortete Rachel. »Hugh hat seine Bedürfnisse. Wenn sie nicht alle paar Stunden gestillt werden, ist er kaum zu ertragen, so widerlich ist er dann. Es war immer meine Aufgabe als seine persönliche Assistentin, seine Gier zu befriedigen. Ich glaubte, dass ich Jenna, seiner Verlobten, damit einen Gefallen erweise, denn so konnte sie seine mehr liebevolle Art genießen. Aber die scheint er nicht mehr zu besitzen.« Rachel seufzte. »Ich erkenne jetzt, dass ich ein Luder gewesen bin. Die arme Frau muss erfahren, was sie erwartet, wenn sie ihn wirklich heiratet. Die Frau über dem Baumstumpf, das ist ihre beste Freundin.«

Sie drehten sich beide um, fast genau in dem Augenblick, in dem es Hugh zwischen Mels Backen kam.

Euan schritt davon, während Hugh den Reißverschluss seiner Hose hochzog. Rachel folgte ihm, und gemeinsam hörten sie Mels frivoles Kichern, als sie schweigend zum Landrover gingen. Sie hingen ihren sehr persönlichen Gedanken über Geisterfrauen und wahre Liebe nach.

Mark war gereizt. Seine Nägel drückten sich in seine Handflächen, als sie auf ihn einredete. Sie stand lieb und hübsch vor seiner Tür, und es wäre sinnlos gewesen, dazwischen zu reden. Er hatte sich tatsächlich fast doppelt geschlagen, um ihr zu helfen, und jetzt wurde seine Geduld bis zum Anschlag getestet.

»Er zahlt dir jeden Preis, den du haben willst, und du kannst jetzt auch eine Suite kriegen, weil andere Hotelgäste abreisen.« Rachel sah Mark Maloney eindringlich an. Er trug seine Pilotenuniform, und seine Tasche war schon gepackt.

»Dundee und zurück, hast du gesagt. Wochenende. Morgen ist Montag. Ich habe andere Arbeiten, die auf mich warten.«

»Ich dachte, er würde alles verzeihen?«

»Wer?«

»Gott«, sagte Rachel und wünschte, sie hätte es nicht gesagt. Es war nicht Marks Schuld, dass Hugh noch eine Nacht bleiben wollte.

»Komm herein, und lass mich ein paar Telefonate versuchen. Vielleicht kann ein Kollege was übernehmen.« Er zog das Handy aus seiner Pilotentasche. »Gibt es immer noch keine Nachricht über Jenna?«

Rachel schüttelte den Kopf. Das könnte seine Entscheidung, noch einen Tag anzuhängen, positiv beeinflussen. Es war ein glücklicher Zufall, dass er und Jenna gute Freunde waren.

Einer Eingebung folgend, drückte Mark die Nummer von Jennas Handy.

»Seltsam«, murmelte er und starrte auf das Display seines Mobiltelefons. »Ich habe ihre Voicemail, aber es knistert und knarrt, als ob das Handy eine Verbindung herstellen will, es aber nicht schafft.«

»Das muss am schlechten Empfang hier im Schloss liegen.« Rachel trat von einem Fuß auf den anderen und beäugte wieder Marks schlanke Figur und seine sexy Uniform. Ihr intensives Anstarren war ihm unangenehm.

»Nein, der Empfang ist sehr gut. Sieh doch selbst.« Er hielt ihr das Telefon hin, aber sie griff nicht danach.

»Ich verstehe das nicht«, sagte sie langsam, tippte gegen ihre Stirn und fuhr sich mit der Zungenspitze über die Lippen. Hugh würde sie umbringen, aber sie konnte nicht anders. Sie war schon zu lange sein Spielhäschen gewesen. Zu lange hatte sie ihre eigenen Gefühle unterdrückt. Warum sollte sie nicht ihre ganze Erfahrung einsetzen, um sich das zu nehmen, was sie wollte – einen anderen Mann, der bereit war, ihre Wünsche zu erfüllen? Erst jetzt wurde ihr bewusst, wie vernachlässigt sie sich fühlte.

»Was den zusätzlichen Tag angeht«, begann Mark und zog sein Jackett aus, »so ist das kein Problem. Du kannst Hugh sagen, dass wir morgen Abend zurückfliegen. Ich sage dem Flughafen Bescheid.«

»Falsche Reaktion«, platzte es aus Rachel heraus. Sie ging auf Mark zu. Ihre Augen durchbohrten ihn noch immer.

»Wieso denn das?« Er wich der Frau im letzten Moment aus, dabei stieß er mit den Kniekehlen gegen den Bettrand und musste sich aufs Bett setzen.

»Auch der falsche Sitzplatz«, fuhr sie fort und folgte ihm zum Bett. »Warum gibst du nicht einfach zu, dass du dich zu mir hingezogen fühlst? Deshalb hast du mir auf dem Flughafen *zufällig* den Kaffee über den Rock geschüttet. Nur um eine Gelegenheit zu erhalten, mich kennen zu lernen.«

Rachel zwängte mit ihrem Knie Marks Schenkel auseinander, schob sich dazwischen und lehnte sich auf seine Schultern, sodass sich ihre Brüste auf einer Höhe mit seinem Mund befanden. »Wirklich, du hättest dein Jackett nicht ausziehen und mir auch nicht verraten sollen, dass wir noch eine Nacht im Hotel verbringen können. Und wie man dieses Bett gewöhnlich benutzt, das kann ich dir zeigen …« Sie lächelte und hoffte, dass ihre Lust langsam auf Mark übergriff, denn sie hatte eher das Gefühl, dass ihre forsche Art ihn abschreckte.

»Oh, nein, nein, du hast die falschen Schlüsse …«

»Das glaube ich nicht«, unterbrach Rachel ihn. »Du sprichst jetzt, als hättest du deine andere Uniform an, den Talar und den weißen steifen Kragen … Ich will Mark den Piloten haben, den sexy Mann mit den goldenen Litzen auf der Mütze und der Sonnenbrille mit …«

»Puh«, stöhnte er und hob eine Hand, um sie zum Schweigen zu bringen.

Rachel fasste das als Zeichen auf, ihren Mund auf seinen zu senken. Mark wollte sie von sich drücken, aber seltsam, seine ganze Kraft schien sich in Luft aufgelöst zu haben.

»Siehst du, es gefällt dir«, neckte sie ihn und hauchte leichte Küsse auf sein Kinn.

Rachel war ganz schwindlig von der Kraft ihres Vorgehens, aber noch besser war, dass sie ihn verführen konnte, ohne sich schuldig zu fühlen. Mark Maloney gehörte niemandem; mal abgesehen vom lieben Gott.

Sechzehntes Kapitel

Jenna zog Striche durch den Dreck und wollte damit verdeutlichen, was sie Arlen zu erklären versuchte. Er verstand die meisten Wörter nicht, mit denen sie die Technik des Flugzeugs beschrieb. Aber nachdem sie mit einem Stock in den Boden geritzt hatte, wie die Saratoga jetzt aussah und wie sie nach der Reparatur aussehen sollte, nickte Arlen strahlend und legte Holzkohle aufs Feuer.

»Ja, du bist auf dem richtigen Weg«, rief sie aufgeregt, als Arlen sich die Metallbolzen des Laufwerks vornahm und klopfte und hämmerte. »Du musst dieses Teil entfernen, dann kannst du den Querbolzen erreichen ... ja, du hast es begriffen.«

Jenna bewunderte Arlen, der instinktiv zu wissen schien, wie er das Metall bearbeiten musste, ob es nun rot glühte oder kalt war, lackiert oder gegossen. Dabei durfte man nicht vergessen, dass diese Teile über zweitausend Jahre nach Arlens Zeit in der Zukunft gefertigt worden waren.

Seine Finger arbeiteten kunstvoll und geschickt, aber auch seine Muskelkraft war gefragt, als er den schwersten Teil des Laufwerks lösen musste. Er und einige der stärksten Männer des Dorfes hatten das Flugzeug vorher auf ein kräftiges Gestell aus dicken Baumstämmen bugsiert.

»So etwas habe ich noch nicht gesehen«, kommentierte Arlen. Es war das erste Mal, dass er überhaupt etwas über das Flugzeug sagte oder auch mit Jenna sprach. Hatte Cathan die Männer des Dorfes instruiert? Nahmen sie deshalb die Anwesenheit einer fremden Frau hin, die auch noch Anweisungen gab und offenbar technischen Verstand hatte?

»Warte mal ab«, sagte Jenna grinsend. »Wenn alles repariert ist, werde ich mit ihm fliegen.« Sie zeigte durch das Kaminloch zum Himmel. Arlen schaute kurz hoch, dann legte er wieder Holzkohle aufs Feuer, und Jenna konnte die Hitze nicht länger ertragen. Sie trat hinaus ins Tageslicht.

»Es ist so heiß da drinnen«, murmelte sie vor sich hin. Sie war in bester Stimmung, vor allem auch, weil die Rückgewinnung der Druantia gelungen war. Vielleicht ein weiterer Stein in dem Puzzle, dessen Lösung sie nach Hause führen sollte.

Cathan kam ihr entgegen und zeigte ein ernstes Gesicht. »Mein Clan ist dir sehr dankbar. Die Frauen sind überglücklich, dass Druantia wieder da ist. Es waren unsere Vorfahren, die die Göttin aus dem Stein geschnitten haben. Sie für immer zu verlieren wäre für die ganze Familie und für jeden Einzelnen ein großes Unglück gewesen. Danke.«

Cathan legte eine Hand auf Jennas Schulter. Sie fühlten es beide. Nicht die Wärme seiner Hand und auch nicht der sanfte Bogen des Knochens unter der rauen Tunika. Nein, sie fühlten die Verbindung, die zwischen ihnen entstand, als hätten sie sich schon immer gekannt.

»Hebe den Schleier, und du wirst sehen, was ich tue«, sagte Cathan in seiner rätselhaften Sprache. »Du brauchst dich nicht zu fürchten. Alles ist so, wie es sein soll.«

»Aber ich verstehe nicht«, wandte Jenna ein. Ihr Leben mochte zwar mit Technik vollgestopft sein, aber sie wusste nicht viel übers Universum.

»Es ist einfach. Ich kenne dich gut. Ich habe dich immer gekannt.«

»Wirklich?« Sie blickte in Cathans unerträglich grüne Augen, über denen goldene Brauen glänzten. Seine Haut war von den Elementen scheckig gefärbt. »Wie kannst du dir so sicher sein?«, fragte sie.

»Wir sind zusammen in meinen Träumen und auf meinen Reisen. Ich wusste, dass du eines Tages zu mir kommen würdest.«

»Ich werde verrückt«, rief Jenna erstaunt aus. Konnte er Recht haben? Von nun an würde sie alles glauben, was er sagte. Und was war mit dem Flattern ihres Herzens? Ihre Brustspitzen prickelten und auch der kleine Knopf zwischen den Schenkeln. Stand das Ziehen, das sie spürte, im Zusammenhang mit dem, was Cathan ihr gerade gesagt hatte?

»Und eines Tages«, fuhr er fort, »werden wir es schaffen, uns in derselben Zeit zu treffen.« Seine Hand lag noch auf Jennas Schulter.

»Aber wie ... können wir das schaffen?«

»Das weißt du nicht?« Grüne Augen starrten sie hart an, und über ihr strahlte der blaue Himmel.

Aber Jenna wusste es. Als ihr Herz die Schwingungen in den anderen Organen ausgelöst hatte, wusste Jenna genau, was Cathan meinte. »Aber wie werden wir es wissen, wenn wir in einem Supermarkt aneinander vorbeigehen oder ich zufällig deinen parkenden Toyota ramme oder ...?«

»Wir werden es wissen«, versicherte Cathan ihr. »Vertrau mir.«

Das tat sie.

Den ganzen Tag dachte Jenna darüber nach. Sie schloss sich den Frauen an – einige hochschwanger – und sammelte mit ihnen Nüsse und Samen und Nesseln sowie Wurzelgemüse. Schließlich konnte sie sich nicht länger zurückhalten und fragte eine der Frauen.

»Warum ist Cathan allein? Warum hat er keine Frau?«

Sie sahen sich gegenseitig an. Sie schienen etwas zu wissen, aber sie wollten es nicht sagen. Über den Schultern trugen sie Taschen aus Tierfellen, die von Bärlauch, Nesseln und Schwanzrüben überquollen. Jenna hatte versprochen, ihnen zu zeigen, wie man ungesäuertes Brot backt. Bisher hatten sie offenbar nicht versucht, ihren Teig mit Kräutern anzureichern.

Sie musste an ihre übliche Ernährung denken und schämte sich, dass sie hauptsächlich aus vorgefertigten Gerichten bestand, die sie in der Mikrowelle schnell erhitzen konnte. Die Gesundheit dieser Menschen strahlte durch ihre Haut.

»Cathan wartet«, sagte eine schwangere Frau zu Jenna. Die Frau hieß Evina.

»Worauf?«

»Wir glauben ...«

Eine andere Frau zog Evina am Arm und von Jenna weg. Es war deutlich, dass sie am Reden gehindert werden sollte.

»Ihr glaubt was? Sagt es mir!« Jenna stellte ihre Tasche auf den Boden. Mit dem Ärmel wischte sie sich übers Gesicht. Es war ein heißer Tag.

Evina seufzte und löste sich von ihrer Freundin. »Ich glaube, dass Cathan auf dich wartet. Ja, so wird es sein. Er hat deine Ankunft schon seit Jahren beschrieben. Es bedeutet ihm viel, dass du gekommen bist.«

»Wirklich?« Jenna war verdutzt. Wenn es einen tieferen Grund für all das gab, würde sie leichter mit dem fertig werden, was ihr widerfahren war, und eher hinnehmen können, dass sie vielleicht nie wieder in ihr Zuhause zuzrückkehren würde. Sie wedelte mit dem Rock ihres dicken Umhangs, denn sie schwitzte immer stärker.

»Sollen wir im See baden?«, fragte Evina.

Das kühle Wasser fühlte sich wie kalte Seide auf Jennas Haut an. Die vier Frauen zogen sich aus und wateten tiefer hinein in den See. Ihre Kleider nahmen sie zum Waschen mit. Auf den Felsen würden sie schnell trocknen.

Jenna rutschte mit den Schultern unter das dunkle Wasser. Plötzlich rann ein Schauer über ihren Rücken, und nicht nur wegen des kalten Gusses.

Hatte Cathan wirklich die ganze Zeit auf sie gewartet? Was er ihr gesagt hatte, klang ehrlich, aber vieles basierte auf seinen Träumen und Visionen. Jenna wollte mehr über sein Vorauswissen zukünftiger Ereignisse hören. Präkognition nannte man diese Fähigkeit, über die Cathan offenbar verfügte.

Die anderen drei Frauen lachten und planschten und bespritzten Evinas dicken Bauch, der aus dem Wasser ragte. Sie wechselten sich ab, Evina festzuhalten, während die anderen über ihren Bauch streichelten.

»Jetzt kann es nicht mehr lange dauern«, sagte eine Frau. »Ich kann fühlen, dass dein Baby bereit ist.«

Jenna lächelte. Sie wollte auch unbedingt Kinder haben. Sie legte sich auf den Rücken, strampelte ein bisschen und schaute hoch zum tiefblauen Himmel, während sie überlegte, wie Mini-Hughs wohl aussehen würden. Dann ging sie unter und kam prustend und hustend wieder hoch, erfüllt von einer beunruhigenden Vision ihrer Zukunft.

»Oh, nein!«, rief sie aus. Das durfte doch nicht passieren! Dann fühlte sie die festen Hände auf ihren Schultern. Sie wurde tiefer durchs Wasser gezogen.

»Entspanne dich«, sagte Cathan, und sie entspannte sich. »Siehst du die Insel da drüben?«

Jenna blinzelte in die Mitte des Sees. »Ja.«

»Schwimmen wir hin. Da drüben gibt es etwas, was ich dir zeigen will.«

Hugh war jetzt wieder frisch in ihren Gedanken, ganz egal, wie weit entfernt sie sich zeitlich waren. Neben sich sah sie Cathans nasses, offenes Gesicht. Die Verschiedenartigkeiten der beiden Männer gaben ihrem Gehirn viel zu tun.

Jenna wollte Hugh nicht heiraten.

Nach einem gemächlichen Schwimmen von fast zwanzig Minuten erreichten sie die kleine Insel. Jenna war im Nachhinein froh über ihre regelmäßigen Schwimmrunden im Sportverein, sonst hätte sie neben dem schlanken drahtigen Mann schlapp gemacht.

»Es ist wunderschön hier«, sagte sie, als sie über den steinigen Strand schritten.

»Ich ziehe mich gern hierhin zurück. Die anderen wissen, dass sie mir nicht folgen sollen. Sie respektieren die Insel als meine Denkstätte. Hier kann ich über die Zukunft des Clans nachdenken, und hier rufe ich die Götter und Göttinnen an, dass sie mir Inspirationen zukommen lassen.«

Jenna ging hinauf zu einer kleinen Hütte aus Haselholz und Torf. Sie schaute hinein und lächelte, als sie den Strohsack, die Feuerstelle und Töpfe mit Kräutern und das geräucherte Fleisch sah, das vom niedrigen Dach hing. Selbst vor zweieinhalbtausend Jahren, dachte Jenna, wollte ein Mann seine eigene sturmfreie Bude haben.

»Ich habe alles auf einem Floß herübergebracht. Manchmal bleibe ich drei Tage hier und grüble.« Dann ging Cathan in sein kleines Haus, und zu Jennas Überraschung kam er nackt wieder heraus.

Sie hielt geräuschvoll die Luft an und drehte sich um. »Du ... du hast nichts an.«

Cathan ging direkt auf sie zu und betrachtete sie von oben bis unten. »Du auch nicht.« Er lachte laut auf, als Jennas Augen so groß wurden wie die Kieselsteine unter ihren

Füßen. Sie griff nach dem Umhang, den Cathan zum Trocknen ausgebreitet hatte, und drückte ihn verlegen gegen ihren Körper, und obwohl sie zitterte, da die Sonne ihre Haut nicht mehr erreichte, spürte sie eine Wärme, die sie von innen durchdrang. Cathan hatte über sie gelacht.

Jenna fühlte sich veralbert, glücklich, wütend und traurig, alles gleichzeitig, doch mehr als alles empfand sie – und das verwirrte sie am meisten – eine Vertrautheit mit Cathan, als ob sie ihr ganzes Leben lang in der Eisenzeit in Britannien gelebt hätte. Waren ihre Erinnerungen an die moderne Welt nur von Drogen erzeugte Visionen?

»Dir ist kalt.« Cathan sah die Gänsehaut auf Jennas Armen. Er trat mit ausgestreckten Armen auf sie zu, als wollte er sie an sich drücken, aber als Jenna auf seinen Schoß starrte, erhielt seine Annäherung eine andere Absicht, und unwillkürlich wandte sie sich ab. Für ihn schien Nacktheit so natürlich wie Essen und Trinken zu sein.

»Komm herein, dann machen wir ein Feuer.« Cathan ging voraus in die kleine Hütte, und sie setzten sich auf den Strohsack, auf dem die Tierfelle gestapelt waren. Die Maße der Hütte ließen nicht zu, dass sie von ihm abrückte.

»Das ist schon besser«, sagte Jenna. Sie fühlte sich gleich wärmer. Ihr war, als hätte Cathan sie an sein Herz gedrückt. Er stand gebückt neben der Feuerstelle und stocherte mit den Fingern in der Asche herum. Dann nahm er einen kleinen Stock in die Hand, drehte ihn schnell und geschickt im getrockneten Gras und wartete geduldig auf die ersten Funken. Jenna schaute fasziniert zu. Alles, was sie in Geschichte gelernt oder in Filmen gesehen hatte, spielte sich hier vor ihren Augen ab. Vielleicht würde sie ein Buch über ihre Erfahrungen schreiben, wenn sie nach Hause kam. *Falls* sie nach Hause kam.

»Cathan, da gibt es etwas, was ich nicht verstehe.« Jenna legte ein Fell um ihre Schultern. Sie spürte immer noch die Kühle des Wassers in ihren Knochen. »Wenn ich Druantia in meinem Flugzeug mitnehme und es mir gelingt, in die Zukunft zu fliegen, dann habt ihr die Statue wieder verloren.«

»Aber da irrst du dich.« Cathans Schultern und Arme bewegten sich mit den Händen, die den kleinen Stock drehten, und dann fing das Gras plötzlich Feuer und breitete sich zu den herumliegenden Zweigen aus, die er vorher ausgelegt hatte. »Denn ich komme mit dir, und ich kann Druantia zu meinem Clan bringen, wenn ich zurückkehre.«

»Du kommst mit mir?« Jenna hatte sich nicht getraut, so etwas vorzuschlagen, und ihr Herz hüpfte vor Freude, aber dann kehrte rasch die Traurigkeit wieder, denn er hatte ja auch gesagt, dass er in seine Zeit zurückkehren wollte. »Wenn wir es wirklich schaffen sollten, warum bleibst du dann nicht bei mir? Ich könnte dir viel zeigen und …«

»Von solchen Dingen zu sprechen bedeutet, uns aus der Bahn zu werfen, aus der Zeit. Erinnere dich, liebe süße Jenna, deren Gedanken schneller sind als der Wind, dass alles so ist, wie es sein soll. Erinnere dich an meine Worte, wann immer du an der Kraft des Universums zweifelst. Die Macht der Natur wird uns zusammenbringen, und alles wird so sein, wie es gut ist.«

Fast eine Stunde lang sprach Jenna kein Wort. Sie saß da, starrte in die Flammen und sah Visionen, die verbrennen würden, wenn sie blinzelte.

Sie sah Hugh und Mel vor sich, wie ihre nackten Körper hungrig übereinander herfielen, sobald sie ihnen den Rücken zugewandt hatte. Sie sah Hughs Kundinnen, mit denen er vögelte, und seine Assistentin mit den stets gespreizten Beinen.

Dann sah sie sich selbst, wie sie die Saratoga flog. Sie sah Mark, der glücklich schien und – verheiratet? Traurig schaute sie in die Flammen und sah schon wieder eine andere Vision ihres unbefriedigenden Lebens zu Hause.

Erst als Cathan ihr einen kleinen metallenen Behälter mit einem Inhalt reichte, den er über dem Feuer gebraut hatte, blinzelte sie sich aus ihrer Tagträumerei zurück und nahm ein paar tiefe Atemzüge.

»Ich war meilenweit weg«, sagte sie, wobei es genauer gewesen wäre, wenn sie Jahrhunderte gesagt hätte. »Ich möchte nach Hause zurück, aber ich möchte auch so leben wie du«, gab sie zu und wunderte sich, dass ihr Verstand sie drängte, ihm zu sagen, dass sie *mit ihm* leben wollte. »Mein Leben schien in Ordnung zu sein, und ich habe Hugh ehrlich geliebt. Aber seit ich hier bin, bei dir und deinem lieben Clan ...« Sie brach ab und nippte an dem Gebräu. Es schmeckte bitter, aber nach dem zweiten Schluck hatte sie sich daran gewöhnt. »Ich habe erkannt, was ich tun sollte, aber ...« Noch einen Schluck, der ihr durch Mark und Bein ging, oder auch durch Kopf und Kehle. »Aber du bist hier, und dies ist dein Zuhause. Doch warum sehe ich uns zusammen, auch wenn das nie sein kann?«

Jenna wollte weinen – es wären Tränen der Erleichterung gewesen –, doch sie konnte es nicht. Ihre Augen blieben trocken, und auch ihr Mund war trocken. »Was ist das?«, fragte sie und hielt den Pott mit dem Gebräu hoch.

»Es ist der Aufguss einer Pflanze, von der ich dir erzählt habe. Die dir beim Reisen helfen kann. Wenn du Glück hast, kannst du fliegen.« Cathan trank den Aufguss aus seinem eigenen Pott.

»Zeige mir mal die Pflanze.« Jennas Herz begann zu rasen, aber nicht aus Sorge, dann sie vertraute Cathans Wissen um

Kräuter und Pflanzen. Nein, etwas anderes brachte ihr Herz zum kräftigen Schlagen. Es pochte gegen die Rippen.

»Ich habe die Blätter in Wasser eingeweicht und dann den heißen Aufguss gemacht. Es gibt keinen Grund zur Beunruhigung.« Cathan hielt einen Bund welker Blätter hoch. Er hatte sie offenbar bei einem früheren Besuch auf der Insel gesammelt.

»Tollkirsche«, wisperte Jenna, und die Angst schnürte ihr die Kehle zu. Sie erinnerte sich an die Warnungen ihrer Mutter vor dieser Pflanze. Sie war auf dem Land aufgewachsen, und es war ihre Aufgabe gewesen, die Hecken nach giftigen Pflanzen abzusuchen, damit die Pferde nicht krank wurden. »Dies ist die tödlichste Pflanze in unserer Gegend ...«

Sie war gerade dabei, den Rest des Aufgusses auf den Boden zu schütten, aber ihre Sicht trübte sich ein, und ihre Augen schienen sich in die Augen eines waidwunden Tiers zu verwandeln. »Was geschieht mit mir?«, flüsterte sie.

Jenna gewahrte, dass Cathan mit ihr sprach, aber sie sah nur seine großen schwarzen Augen, umgeben von einem dünnen grünen Ring. Seine Pupillen hatten sich so sehr geweitet, dass sie glaubte, sie müssten bald platzen. Sie starrte in die gleißenden Flammen, aber sie schielte und sah schnell weg. Auch ihre Pupillen hatten sich geweitet und reagierten empfindlich auf das Licht.

»Hab keine Angst. Hier, halte meine Hand.« Cathan streckte den Arm aus und nahm ihre Hände in seine.

»Oh«, stöhnte sie, als sie die Berührung wahrnahm, die ihren Körper elektrisierte. Alle ihre Sinne standen auf Alarm, und zwar gleich, nachdem sie den Aufguss getrunken hatte.

»Die Dosis ist so gering, dass dein Körper die Wirkung aushalten wird. Ich würde dich nie vergiften.« Cathans Stimme war so warm wie die Flammen, und Jenna vertraute ihm total. Was sollten Körper und Verstand, die gerade dabei waren, sich aufzulösen, auch sonst tun?

Sie nippte wieder an der Flüssigkeit und leerte schließlich den Pott. Sie folgte ihrem Instinkt und verließ die Hütte. Die Sonne blendete sie, und sie verengte die Augen zu Schlitzen. Ziellos schlenderte sie über die kleine Insel, die sie nach ein paar Minuten schon umrundet hatte. Sie hatte ein Tuch um die Hüften geschlungen, aber das war schon nach einigen Schritten gerutscht und zu Boden gefallen, ohne dass sie das bemerkt hätte. Es wäre ihr auch egal gewesen.

»Wo bin ich?«, sang sie und blinzelte in den schönen heißen blauen Tag hinein. Sie stellte sich vor, ein Vogel zu sein.

Und das war sie auch. Sie hob ab zu einer ihr vertrauten Flugbahn und schaute zu, wie die Erde von ihr abfiel, während sie vom Wind in die Luft gehoben wurde. Ihre Kontrollgeräte waren die Federn, und ihre Nase war der Kompass. Sie schwebte hoch über der kleinen Insel und schaute hinunter auf den kleinen Punkt da unten – Cathan, der zu ihr hoch blickte. Sie ging im Sturzflug hinunter, blieb aber einen guten Meter über dem See und stieg langsam wieder hoch.

Diesmal war Cathan neben ihr. Seine starken Arme trieben ihn durch die Lüfte. In ihren Köpfen redeten sie schweigend von den alten Zeiten und von all den Zeiten, die noch kommen würden. Cathan sagte, die Zukunft würde ihnen gehören, und ihre Liebe würde stets in der Gegenwart stattfinden. Er gestand ihr seine Liebe – als hätte sie das nicht längst gewusst –, und sie gestand ihm ihre, und das war genug für tausende von Jahren.

»Hui, hui«, juchzte Jenna und flog hinunter auf den nassen Sand, wo die leichten Wellen des Sees an der Insel leckten. »Das war einmalig …«

Sie verstand ihre eigenen Worte nicht. Sie wusste nur, dass

ihr Herz wie eine Bombe klopfte, und ihr Kopf war auf einmal mit ihrem ganzen Leben angefüllt. »Wir sind geflogen ...«

»Ja, und es war schön«, bestätigte Cathan. Er schien ruhiger und erfahrener und legte sich neben Jenna in den Sand; die Sonne auf seinen Schultern, die Hände auf ihrem flachen Bauch.

Irgendwie schien es ganz natürlich, dass sie nackt da lagen, friedlich und doch erregt vom Potenzial, das ihnen das Universum bot. »Es ist ein gutes Zeichen. Du reagierst gut auf das Getränk. Bald nehmen wir mehr davon. Unsere Reise hat gerade erst begonnen.«

»Werde ich nach Hause können?« Jenna hörte diese Worte, erkannte sie aber nicht als ihre eigenen. Sie sah Hände, die über ihren Bauch glitten und über die Brüste streichelten, aber sie realisierte nicht, dass es Cathans Hände waren. Sie stellte sich vor, dass sie von ihrem Geliebten gestreichelt wurde, vom Geliebten, den sie immer gehabt hatte, Leben nach Leben. In ihrem Herzen war sie schon zu Hause.

»Ich glaube, mit Druantia und deinem Flugzeug werden wir perfekte Bedingungen schaffen. Der Rest liegt an dir. Und daran, wie sehr du dich nach deinem Zuhause sehnst.«

Jenna fühlte die Verwirrungen in ihren benebelten Gedanken. Nein, sie wollte nicht nach Hause, denn das hätte bedeutet, Cathan zu verlassen. Aber er gehörte hierhin, und sie gehörte dorthin. Außerdem wollte sie Hugh ins Gesicht sagen, dass sie ihn nicht heiraten würde, in tausend Jahren nicht. Sie war innerlich zerrissen ...

Cathans Mund senkte sich auf ihren. Sie hatte keine Ahnung, was das sanfte Eindringen zwischen den Lippen zu bedeuten hatte, bis sie dieses Gefühl auch zwischen den Schenkeln spürte. Es war, als litten Geist und Körper unter einem Zeitunterschied; sie sah die eine Sache und fühlte etwas ganz anderes.

Aber was sie sah, gefiel ihr. Und was sie fühlte, davon wollte sie mehr haben. Dieser Mann, dieser intelligente, vertrauenswürdige Mann, etwa zweieinhalbtausend Jahre jünger als sie, verehrte ihren Körper, als hätte er noch nie eine Frau gesehen.

»Du warst das in meinen Träumen. Ich wusste, dass du kommen würdest.« Dies war sein Mantra, das er immer wieder murmelte, während er Jennas Körper verschlang. Es gab keine Stelle, die er nicht berührte, und ihre Vereinigung fühlte sich so natürlich an wie ihr Flug durch die Lüfte.

Sie waren wieder Adler und nutzten die Thermik über den wallenden Hügeln. Sie flogen über glitzernde Seen und folgten einem sich schlängelnden Fluss, bis sie das offene Meer erreichten. Sie ruhten sich auf einem Felsen aus, berührten sich mit den Flügeln, und ihre Augen blickten sich an und drückten aus, wie sehr sie sich gegenseitig verstanden. Dann schwangen sie sich wieder in die Lüfte und nahmen das Land von oben so schnell in Besitz, dass es ihnen den Atem nahm.

Als sie wieder auf der Insel landeten, war er in ihr, und ihr Gesicht stellte ein Porträt der Freude dar, aber auch der Agonie, denn sie wusste, dass es ihr einziges Mal sein würde. Sie verschlang ihn und schwor sich, ihn nie wieder gehen zu lassen, sie wollte ihn in ihrem Körper gefangen halten und ihn gierig im Auge behalten, wie ein Wolf seine Beute bewacht.

Sie fletschte die Zähne, und ihre Augen schossen orangefarbene Blitze ab, während er ihren Körper plünderte. Ihre Klauen gruben sich tief in das Fell auf seinem Rücken und ritzten die Haut darunter. Er heulte, als sie sich in der Umarmung drehte, ausbrach und davonrannte. Sie warf nur einmal einen kurzen Blick zurück, um zu sehen, ob er ihr folgte.

Sie rannten durch den Wald, die Nasen dicht über dem Boden, und die hohen Farne schlugen gegen ihre langen Köpfe. Seite an Seite zogen sie über Land und hinterließen eine Spur der Begierde, die über die Jahrtausende anhalten würde. Schließlich ruhten sie sich aus, und er bestieg sie wieder. Er betastete die Kurve ihres Rückgrats und spürte das Wogen in ihr, als er sein Weibchen begattete.

Jenna spürte den Sand, der gegen ihr Gesicht schmirgelte, als Cathan ihre Backen in eine Position brachte, die ihm ein tiefes Eindringen erlaubten. Bevor er sie penetrierte, presste er seine Lippen auf die Peripherie ihres Geschlechts, als wollte er sich ihre Falten einprägen und ihren Geruch, damit sie ihm über die Jahre erhalten blieben.

Behutsam nagte er an ihrer Knospe, die er etwas später mit den Fingern reizen wollte, um sie so stark zu erregen, dass die Lust schier unerträglich für sie wurde – und gleichzeitig würde sie nach mehr verlangen.

Das Wasser leckte an Jennas Bauch und Beinen, als Cathan wieder in ihren Körper eindrang. Sie schwammen und folgten der warmen Strömung in die Ozeane, von denen sie bisher nur geträumt hatten. Sie waren schlank und silbern, und die Kraft befand sich in ihren Schweifen, als sie sich durch das schwarze Wasser fortbewegten. Sie schwammen in einer Formation; er hielt sie umschlungen, während sie ihn mit langsamen Schwanzstößen antrieb und ihn auf ewig an sich band.

Schließlich, am Ende des Ozeans, legten sie sich zur Ruhe nieder und wussten, dass ihre Reise beendet war. Sie hüpften aus dem Wasser und legten sich auf den groben Sand mit den vielen Kieselsteinen, schwitzten, ließen sich trocknen und keuchten in der heißen Maisonne.

»Ich liebe dich«, flüsterte Cathan in Jennas weiches kastanienbraunes Haar. »Ich werde dich immer lieben.«

Jenna drehte sich um und sank zwischen die Schenkel des Geliebten. Die warme Haut berührte ihre Wangen. Sie nahm ihn in den Mund, zuerst ganz tief, dann nur leicht und den Mund weit geöffnet, sodass sie ihn kaum berührte. In ihrem Kopf rotierte alles, und das seltsame Getränk war auch die Ursache dafür, dass sich ihre Augen verdrehten.

Als Cathan sich wieder in sie versenkte, fand Jenna heraus, dass sie in seine Gedanken blicken konnte. Sie hätte gern gewusst, ob er ihre auch sehen könnte. Dann sah sie einen Sturm, einen tumultartigen grauen Wirbel, der sich ganz am Ende seiner Gedanken versteckte, und er war dem Sturm ähnlich, der sie zu ihm gebracht hatte.

Hatte er das Geheimnis der Zeitreisen gelöst? Hatte Cathan sich so sehr nach der Frau seiner Träume gesehnt, dass seine Begierde tausende von Jahren überbrückt hatte?

Zuerst schmerzte ihr Bauch; es war ein tiefes, intensives Ziehen, das ihren Magen nach innen drückte. Sie öffnete die Augen, und allmählich konnte sie sich auf das Gesicht über ihr konzentrieren. Der Blick in seine Augen verriet ihr, dass er auch in die Tiefe ihrer Gedanken getaucht war.

Dann spannte sich ihr Geschlecht um Cathans Härte, und er musste kurz innehalten, bevor er sich den ersten und einzigen Orgasmus erarbeitete. Von diesem Moment an verbanden sich alle Fasern ihrer Körper, damit sichergestellt war, dass ihre Verbindung die nächsten Jahrtausende überstand.

Als er die heißen Früchte seiner Seele in die Schale der Frau goss, drückte er sie an sein Herz. »Ich werde immer bei dir sein«, flüsterte er, während Jenna die letzten Zuckungen ihres Höhepunkts erlebte.

Sie lagen Seite an Seite, als Cathan einen der beiden Ringe vom Finger zog. »Ich habe Arlen gebeten, dass er diesen für dich anfertigt. Er passt zu meinem. Nimm ihn mit nach Hause, dann wirst du dich immer an mich erinnern.«

Jenna ließ es zu, dass er ihr den Ring an den Finger steckte, an den Hugh bald den goldenen Reif stecken würde, den einer von Londons besten Juwelieren kreiert hatte. Er würde nichts sein im Vergleich zu diesem raffiniert geformten Bronzering, den sie jetzt trug – eine feine Spirale über einem Kreis mit keltischen Buchstaben.

»Er ist sehr schön«, sagte sie ergriffen und küsste Cathan auf den Mund.

Bevor sie einschliefen, hielten sie sich an den Händen fest, und Jenna hatte die Gelegenheit, sich ihre Ringe noch einmal genau anzusehen.

Und als sie aufwachten, sagte Cathan, dass für Jenna die Zeit gekommen war, nach Hause zu gehen.

Siebzehntes Kapitel

Es war der beste Sex überhaupt. Zugegeben, Rachels Erfahrungen drehten sich rund um Hugh, und bevor sie für die Vandenbrink Holdings gearbeitet hatte, waren da ein paar Partner gewesen, an die sie sich schon lange nicht mehr erinnern konnte. Aber dieses Erlebnis mit Mark war einmalig. Es war, als hätte sie etwas entdeckt, dessen Existenz sie zwar vermutet, die sie aber nie kennen gelernt hatte.

Wenn Hugh es erfuhr, würde er sie umbringen.

Marks Körper ließ sie glauben, dass sie träumte, und seine zaghaften, unsicheren Berührungen entzündeten tief in Rachel ein Feuer, das Hughs egoistisches Lieben regelmäßig gelöscht hatte. Bei Mark konnte Rachel die Kontrolle übernehmen und entscheiden, wie es ablief und wie lange.

Rachel war noch nie so erregt gewesen. Sie masturbierte sich, während sie ihn saugte, und immer wieder neue Lustschauer jagten durch sie hindurch, wenn sie hörte, wie er versuchte, die Schreie seiner Leidenschaft zu unterdrücken.

Aber was Rachel in ihrem ganzen Leben nicht vergessen würde: Sie band seine Hand- und Fußgelenke zusammen. Bisher war sie bei solchen Fesselspielen immer nur das Opfer gewesen, aber diesmal konnte sie bestimmen. Sie nahm aufgeregt die Furcht in Marks Gesicht wahr, als sie ihn biss und kaute, leckte und kitzelte und seinen ausgestreckten Körper rieb und streichelte.

Und er hatte ein nettes Wesen. Er versprach, sich mit ihr in London zu treffen, wenn sie wieder zurück waren, und dass er auch gern mit Jenna und Rachel ausgehen würde – falls sie Jenna jemals wieder fanden. Sie stimmten überein, dass Jenna ohne Hugh besser dran wäre, und beide wollten versuchen, ihr die Heirat auszureden.

Nachdem Rachel vier Mal gekommen war und Mark fast ebenso oft, gingen sie unter die Dusche, zogen sich an und entschieden, eine Vermisstenanzeige aufzugeben.

»Sie ruft mich immer an. Und sie antwortet immer auf meine SMS und auf die Voicemail.« Mark band die Schnürsenkel und zog das schwarze Jackett an, das zur schwarzen Hose, dem schwarzen Hemd und dem weißen Stehkragen passte. Er glaubte, dass die Polizei ihn ernster nahm, wenn er sich so kleidete.

Sie fanden Hugh und Mel, die in der Bar einige Drinks zu sich nahmen. Mel saß provozierend da, und nach der Beule in seiner Hose zu schließen, hatte sie auch provozierend geredet oder ihn mit Streicheln heiß gemacht.

»Wir gehen zur Polizei und geben eine offizielle Vermisstenanzeige auf«, sagte Mark. Er mochte Hugh überhaupt nicht, aber er fand, diese Information war er ihm schuldig; schließlich war Jenna seine Verlobte.

»Ja, gut. Mach ihnen Dampf, damit sie Jenna endlich finden, verdammt. Ich hasse es, etwas zu verlieren. Die dumme egoistische Frau hat sich wahrscheinlich mit irgendeinem Kerl eingelassen, weil ich nicht die richtigen Garnelen oder das beste Besteck für den Hochzeitsempfang ausgesucht habe. Man weiß ja, wie Frauen sind.«

»Ich weiß sehr gut, wie Jenna ist«, gab Mark zurück. »Und so etwas würde ihr niemals einfallen. Sie würde nicht verschwinden, ohne jemandem auch nur ein Wort zu sagen. Ich mache mir Sorgen, dass ihr Flieger abgestürzt ist.« Mark ließ einen Seufzer hören, dann drehten sie sich beide um und gingen.

»Sagt ihr, dass ich ihr den süßen Arsch versohlen werde, wenn ich sie finde«, rief Hugh ihnen noch winkend und grinsend hinterher.

»Überprüfen Sie noch mal die Einzelheiten, und unterschreiben Sie dann die Anzeige.« Der Sergeant schob ihnen das ausgefüllte Formular über den Schaltertisch und sah überdrüssig in den Raum, der sich immer mehr mit Leuten füllte, die etwas von ihm wollten. »Es ist jetzt einige Tage her, seit sie vermisst wird. Haben Sie nicht daran gedacht, früher zu kommen?«

Diese Frage hatte sich Mark auch schon gestellt, und jetzt spürte er einen Kloß in der Kehle. »Wir haben gehofft, dass sie bald gesund und munter auftaucht. Sie ist schließlich eine erwachsene Frau.«

Der Sergeant sah erstaunt drein. Er warf noch mal einen Blick auf das Formular. »Und Sie sind unabhängig von Miss Bright nach Schottland geflogen? Das gilt auch für ihren Verlobten?«

»Ja.«

»Ich finde es eigenartig, dass Sie und Mr. Vanden ...«

»Vandenbrink«, assistierte Rachel.

»... dass Sie und Mr. Vandenbrink nicht wussten, dass Miss Bright fast gleichzeitig wie Sie nach Dundee fliegen sollte. Das ist ein ziemlicher Zufall, finden Sie nicht auch?«

»Worauf wollen Sie hinaus?«, fragte Rachel. Plötzlich hatten beide das Gefühl, dass sie beschuldigt wurden, irgendwas getan zu haben.

»Es ist ein Zufall, Sergeant.«

Aber Mark hatte sich diese Frage schon vorher gestellt: Warum waren sie alle in einem alten Schloss am Tay versammelt, genau in dem Schloss, in dem Jenna das Wochenende hatte verbringen sollen?

»Wenn du das so schilderst, hört es sich unheimlich an«, sagte Rachel, als sie draußen vor der Polizeistation standen. »Als hätte uns eine magische Kraft zusammengebracht. Und als hätte sie auch bei Jennas Verschwinden ihre Hände im Spiel.«

»Rachel, für eine Blondine bist du verdammt clever.« Er lächelte und legte einen Arm um ihre Taille. Nur einmal hatte er mit dem Gedanken gespielt, mit Jenna Liebe zu machen, aber das hatte sich nie ergeben – sie war immer in festen Händen gewesen. Aber jetzt begriff er, dass Jenna immer nur das bleiben würde – eine gute Freundin. Es war Rachel, bei der er sich gut aufgehoben fühlte. Er wollte nichts überstürzen, aber es war spannend zu sehen, wie sich das alles entwickelte.

Ihren nächsten Termin nahmen sie bei der Flughafenbehörde wahr. Mark trug immer noch seine dunkle Kleidung, die an einen Vikar erinnerte, aber diesmal war sie eher hinderlich als vorteilhaft.

»Ich bin wirklich Pilot«, insistierte er und zeigte seine Ausweise.

Er kannte niemanden persönlich auf diesem Flughafen, und Informationen über gelandete Frachtmaschinen wurden vertraulich behandelt. Aber der Abteilungsleiter sagte wenigstens zu, mit der Polizei zusammenzuarbeiten, wenn sie mit ihren Ermittlungen begann.

»Also zurück aufs Schloss«, schlug Rachel vor und hoffte, dass Mark sie zu einem frühen Abendessen und dann zu einer langen Nacht einlud. Sie wusste noch nicht, wie sie Hughs Klauen entkommen konnte, und hoffte, dass er durch Mel abgelenkt war. Mel schien glücklich zu sein, Hugh eine Weile für sich ganz allein zu haben.

Euan packte langsam eine Tasche. Er musste weg. Ein Teil von ihm zauderte und wollte sie nicht verlassen, während ein anderer Teil hoffte, dass sie auch dabei war, einige Sachen zu packen und mit ihm zu kommen.

Außerdem würde die Reise nach London ihm die Gelegenheit geben, das Auktionshaus zu besuchen und sich über Bright Charter zu informieren. Ein Verdacht hatte sich in seine Gedanken eingeschlichen – konnte dies ein Betrugsfall sein? Hatten Hugh Vandenbrink und Miss Bright das alles inszeniert, um die Statue zu stehlen? Und schließlich würde er die Versicherungsgesellschaft besuchen, um die Summe für das verschwundene Artefakt einzufordern.

Er hatte die einzelnen Verwalter informiert, das Hotel- und Restaurant-Management sowie seine Sekretärin, und alle hatten freundlich gelächelt und ihm versichert, dass auch in seiner Abwesenheit alles in seinem Sinne erledigt würde. Er betrachtete sich als glücklichen Mann, eine so loyale Mannschaft zu haben, dachte er, als die Köchin ihm ein Tablett mit lauter Köstlichkeiten in seine Suite brachte.

»Wenn ich es nicht besser wüsste, würde ich sagen, Sie hätten Liebeskummer«, sagte sie lächelnd. Euan kannte sie seit seiner Kindheit und hatte sie immer verehrt. Und wie sie sich mit seinem Herzen auskannte!

»Es gibt keine Frau in meinem Leben«, log er. Er fragte sich, ob die Köchin sie jetzt sehen konnte, wie sie in ihrer karierten Tunika am Fenster stand, die Haare vom Wind zerzaust, und über den See schaute. Sie schien an diesem Tag sehr traurig zu sein, und Euan schätzte, dass es seine Schuld war: Sie war traurig, weil er diese Reise antreten musste.

»Es dauert nicht lange«, sagte er ihr, aber sie drehte sich nicht einmal um. »Ich muss aus dem Haus, weil ich ein paar Dinge klären muss, die mir im Kopf herumschwirren.«

Als die Köchin hörte, dass er Selbstgespräche führte, schüttelte sie den Kopf und verließ die Suite.

Euan hatte gehofft, dass er sich schnell verdrücken könnte. Ein stiller Gang zu seinem Landrover, eine kurze Fahrt zum Bahnhof – begleitet von klassischer Musik – und dann die lange schaukelnde Reise nach London, wo er in die Anonymität eintauchen konnte. Nach allem, was passiert war, stand ihm nicht der Sinn nach Fliegen.

Aber so schnell und unbemerkt kam er nicht davon, denn er hatte noch was Dienstliches an der Rezeption zu besprechen. Er trug seine Tasche selbst, und es war einfach verdammtes Pech, dass Hugh Vandenbrink ihn von der Bar aus entdeckte, während er mit der Empfangschefin redete.

»Euan, altes Haus«, rief er zur Begrüßung und legte eine Hand auf Euans Rücken. Er erschauerte unter der Berührung, aber er erschauerte auch, als er *sie* oben auf dem Treppenabsatz stehen sah. Sie wollte sehen, wie er das Schloss verließ. »Gibt es neue Nachrichten über die Statue? Oder auch von Jenna?«

»Nein, tut mir leid. Ich glaube, Ihr Pilot hat die Polizei über Miss Brights Verschwinden informiert.«

Und ich werde bald auch zur Polizei gehen, dachte Euan, aber ich werde einen Betrug anzeigen. Je länger er darüber nachdachte, desto sicherer war er, dass man ihn reingelegt hatte – das Auktionshaus, Hugh Vandenbrink und seine unsichtbare Verlobte Jenna Bright hatten ihn um ein Vermögen erleichtert. Wie er das je beweisen könnte, stand auf einem ganz anderen Blatt. Diese Bright wartete in London vermutlich auf die Rückkehr ihres Verlobten, damit sie die gestohlene Statue verkaufen und die ergaunerte Summe teilen konnten.

Hugh wartete, denn er sah, dass der Schlossbesitzer wie in

Trance dastand und zum Treppenabsatz starrte. »Was die Statue angeht«, sagte Hugh schließlich, »mein Angebot steht noch, wenn das verdammte Ding wieder auftaucht. Ich hoffe sehr, dass sie bald schon gefunden wird. Wäre schade, wenn so etwas verloren ginge.«

»Wäre auch schade, wenn Sie Ihre Verlobte verlieren«, sagte Euan bedächtig. Er ging langsam aus dem Schloss und blickte immer wieder zur Treppe hoch.

Sie lächelte ihm jetzt zu, spielte mit dem Saum ihres Kleids und wand ihre Haare um einen Finger.

Als er ging, hörte Euan immer wieder den Satz *Ich komme nach Hause* in seinem Kopf, bis das Schloss nur noch grau und verschwommen im Rückspiegel zu sehen war.

Achtzehntes Kapitel

Jenna stakste steifbeinig und ungläubig um die Saratoga herum. Arlen hatte eine phantastische Arbeit geleistet mit seinem Ofen, den primitiven Instrumenten und den geschmiedeten Eisenstücken. Ja, sicher, die Flugaufsichtsbehörde würde das Fahrwerk so nicht abnehmen, aber darauf kam es Jenna nicht an. Sie wollte nur abheben, die richtigen Bedingungen schaffen und – nun, dann blieb ihr nichts anderes übrig, als darauf zu warten, was dann geschah. Sie verdrängte die Gedanken an Kerosin und auch an die Frage, wo sie wohl landen würde, wenn es ihr nicht gelang, ins moderne Britannien zurückzufinden.

Steig auf, flieg nach Hause.

»Ich danke dir«, sagte sie ernst zu dem Handwerker, der stolz neben seiner Arbeit stand. Etwas zu reparieren, von dem man nicht wusste, wie es denn überhaupt aussehen sollte, musste die schwierigste Aufgabe überhaupt sein. Arlen hatte prähistorischen Menschenverstand gezeigt und eine Qualitätsarbeit geliefert, die im einundzwanzigsten Jahrhundert selten geworden war. »Das Fahrwerk sieht kräftiger aus als das Original«, fügte Jenna noch hinzu. Aber es wird auch schwerer sein, dachte sie und überlegte, was das für den Start bedeuten konnte.

»Es wird nicht mehr brechen«, sagte er mit seiner tiefen Stimme. Er war ein Mann weniger Worte und war zufrieden, wenn er schwitzend neben seinem Feuer stehen und Metall formen konnte – mal Waffen, Werkzeuge oder Schmuck.

Arlen trug eine seiner Kreationen um seinen dicken, von Adern durchzogenen Hals, einen kräftigen Reif, dessen Enden wie Tierköpfe aussahen.

»Wird dein Götterwagen fliegen können?«, fragte Cathan und schlang die Arme um ihre Taille.

»Arlen hat Erstaunliches geleistet«, sagte sie lächelnd. Sie wollte ihn küssen und seinen Körper mit ihrem begrüßen, aber irgendwie passte das nicht zu diesem Anlass, fand sie. Schließlich ging sie nicht zur Arbeit und würde zum Abendessen wieder da sein. »Ich bin sicher, dass ich im Handumdrehen zu Hause bin«, sagte sie.

»Ich hoffe es. Arlen!«, rief er. »Rufe zehn unserer stärksten Männer, die das Flugzeug auf die Ebene unten am Fluss tragen sollen.«

»Da unten werde ich die beste Chance haben, Tempo aufzunehmen«, sagte Jenna.

»*Wir* werden die beste Chance haben«, berichtigte Cathan. »Ich komme mit dir.«

Jenna war bewegt. Cathan zurückzulassen war die härteste Aufgabe ihres bisherigen Lebens. Obwohl sie ihn erst seit ein paar Tagen kannte, war ihr, als hätten sie ihr ganzes Leben zusammen verbracht. Jede weitere Minute war ein Geschenk, wenn auch nur in der gefährlichen Enge des Cockpits.

Und natürlich wäre es phantastisch, wenn sie gemeinsam das moderne England erreichten und er bei ihr bliebe. Sie hätte ihren eigenen Mann aus der Eisenzeit bei sich in London. Der Gedanke faszinierte sie.

»Du musst mir helfen, in Trance zu kommen. Und ich muss Druantia zurück zu meinen Leuten bringen.«

Jenna lehnte den Kopf an Cathans rauen Umhangstoff. Sie konnte sein Herz schlagen hören, und ihres fiel sofort in seinen Rhythmus ein. Sie musste ihm vertrauen; sie musste ihm einfach glauben, dass sie auf eine spirituelle Weise für immer zusammen sein würden.

»Ich sorge mich um deine Rückkehr«, sagte sie leise. »Was ist, wenn du ...«

Cathan brachte sie zum Schweigen, indem er einen Finger über ihre Lippen legte. Sie wünschte, es wäre sein Mund, mit dem er ihre Lippen verschlossen hätte, aber dann kam Arlen zurück und sagte, dass die Männer bereit wären, das Flugzeug zum Fluss zu tragen.

Jenna versteifte sich. Das war's jetzt. Zeit, tapfer zu sein und loszulassen.

»Ich ... ich ...« Aufgedreht drehte sie sich im Kreis, und ihre nackten Füße wurden vom Gras gekitzelt. »Nimm es als besondere Belohnung, dass du ihn noch ein paar Minuten länger siehst«, redete sie sich ein. »Nimm den Abschied nicht so schwer. Er ist nicht dein Geliebter, und so schnell baut sich keine Seelenverwandtschaft auf ...« Jenna drehte sich immer wilder und verrückter.

»Hör auf!«, rief Cathan. Er packte ihre Schultern und schob sein ehrliches, kluges Gesicht in ihr Blickfeld. Es war ihrem so nahe, wie es möglich war, ohne sich zu küssen.

Mit einem guten Haarschnitt, einer Rasur und vielleicht einer Designerbrille und einem modischen Straßenanzug würde er in der Umgebung des Bürogebäudes von Vandenbrink Holdings kaum noch auffallen, dachte Jenna. Ihre Gedanken rasten – mindestens tausend Meilen pro Stunde. Sie starrte tief in seine Augen und hielt die Luft an.

»Wovon redest du?« Cathan hatte ihre Worte nicht verstehen können, aber er hatte Verständnis für ihre Beklemmungen und für ihre aufgedrehte Gemütslage.

»Was ich sagen will, hat nur mit dir zu tun«, gestand sie. »Obwohl ich nicht nach Hause will und auch gar nicht von dir weg, weiß ich doch, dass ich es tun muss.« Sie senkte traurig den Kopf. Es war leichter, wenn sie ihm nicht in die Augen schauen musste.

»Du kannst zurückkommen und uns besuchen«, sagte Cathan lachend.

»Besuchen? Es ist nicht so, dass ich auf einen Bus aufspringen kann, der mich in die Eisenzeit bringt. Ich will ja nicht behaupten, dass ich begreife, was mit mir und meinem Flieger passiert ist, ob es Jux oder Zufall oder Schicksal war, aber ich kann mir nicht vorstellen, dass ich die Situation noch einmal erleben will, erst recht nicht mit Absicht ausgelöst.«

Jenna schüttelte den Kopf. Die Vorstellung war zwar ganz lustig, aber sie konnte nicht glauben, dass sie funktionieren konnte.

»Wenn du lernst, nur durch deinen Willen in eine Trance zu geraten und du das Gebräu herstellen kannst, das ich dir zu trinken gegeben habe, kannst du bald auf höheren Ebenen reisen.« Cathan legte seine großen Hände um ihr Gesicht. »Wir werden uns treffen. Wir werden uns sofort erkennen, ganz egal, wo wir sind. Wir werden nie wieder getrennt sein.«

Jenna seufzte. Ihr Herz blutete. Je länger sie so eng zusammen waren, desto schwerer würde der Abschied werden. In ihrer Arbeit sah sie täglich große Verabschiedungen, wenn Liebespaare, Familien und Freunde an den Flugsteigen auseinander gerissen wurden. Einige würden sich noch am selben Tag wieder sehen, andere erst nach Wochen oder Monaten, und einige nie.

»Ich verstehe Dinge, die meiner Zeit voraus sind«, behauptete Cathan. Seine Beharrlichkeit zahlte sich aus.

»Also gut«, sagte Jenna, löste sich von ihm und grinste ihn an. »Du hast gewonnen!« Sie lief den Männern nach, die die Saratoga zur Flussniederung trugen. Die Tränen in Jennas

Augen ließen ihre Sicht verschwimmen. Sie band ihre Haare in einem Pferdeschwanz zusammen und hoffte, wenn Cathan sie eingeholt hatte, würden ihre Tränen getrocknet sein.

»He, ho«, rief sie den starken Stammesmitgliedern zu. »Ihr müsst das Flugzeug ganz nach hinten bringen, denn ich brauche den größtmöglichen Anlauf, versteht ihr?« Jenna wusste, dass man sie nicht verstand, dann fügte sie noch hinzu: »Und stellt sie so auf, dass sie die Nase in den Wind hält.«

Um das zu überprüfen, was sie bereits vermutete, hielt sie einen Arm mit einem leichten Tuch hoch und schätzte, dass der Westwind mit fünfzehn, höchstens zwanzig Knoten unterwegs war. Ein stärkerer Wind wäre ihr lieber gewesen. Sie befingerte das verschlissene Tuch, das die Frauen des Dorfes selbst gewebt hatten, und wieder flossen die Tränen. Sie wischte sie hastig fort. Cathan hatte das Tuch auf seiner Insel gefunden und es um ihr Handgelenk gebunden, kurz nachdem sie Liebe gemacht hatten. Das Tuch war das äußere Zeichen des gegenseitigen Eheversprechens, hatte Cathan gesagt. Es besiegelte ihre Verbindung für immer.

Dann kamen alle Dorfbewohner, an der Spitze der Prozession die Stammesmitglieder, die die unschätzbare Druantia zur provisorischen Startbahn brachten. Jenna versuchte nicht hinzusehen, denn sie war sicher, dass sie sonst wieder weinen würde. Oder dass sie sich entschied, bei ihnen zu bleiben. Aber die Großzügigkeit der Männer und Frauen berührte sie sehr; sie gaben ihr sogar die Statue ihrer Fruchtbarkeitsgöttin mit.

»Geht vorsichtig mit ihr um«, sagte Cathan den beiden Männern, als sie Druantia zurück in die Kiste legten.

»Alles an Bord«, scherzte sie, dann sagte sie ernster: »Die Leute müssen sich in Sicherheit bringen.« Viele Dorfbewohner säumten die Startbahn, tanzten und winkten und schlugen die Trommel. Es war ein Bild, das Jenna nicht so schnell vergessen würde. »Sie stehen dem Flieger zu nahe.«

Cathan wandte sich an seinen Clan und wies ihnen Plätze zu, wo sie sicherer waren. Er und Jenna kletterten in die Saratoga – Jenna links, Cathan zu ihrer Rechten. Das Schweigen und die Furcht, die zwischen ihnen schwang, hätten fast schon ausgereicht, um dem Flugzeug genug Energie zu geben.

Es gibt so viele Dinge, die schiefgehen können, dachte Jenna. Komm, bring uns jetzt in die Luft. Ihr stummes Gebet schloss ein, dass sie um diese eine Chance bettelte, um diesen einen Versuch, nach Hause zu gelangen. Sie mochte gar nicht an ein Scheitern denken.

Die Frauen des Clans hatten ihnen zu essen und zu trinken gebracht, darunter auch das spezielle Nachtschattengebräu, das sie und Cathan auf die lange Reise geschickt hatte.

»Ich würde meine Fluglizenz verlieren, wenn sie herausfinden, dass ich ein Flugzeug unter dem Einfluss von Atropin geflogen habe.« Sie wusste, dass Cathan sie nicht verstehen würde.

»Atro …?«

»Atropin. Man gewinnt es aus der Pflanze, die du für dein Spezialgebräu verwendest. Wir setzen es in der Medizin ein, aber sehr sparsam, sparsamer als du, denn wir wissen um die Gefährlichkeit des Gifts.« Sie grinste, teils aus Angst und teils, weil sie sich freute, neben dem Mann zu sitzen, den sie liebte. »Wenn du eine zu starke Dosis von dem Zeug nimmst, bist du tot.«

»Die Götter beschützen mich«, antwortete Cathan und verstand ihre Zweifel nicht. »Und Druantia wird während dieser großartigen Reise auf uns beide Acht geben.«

Cathan fuhr mit den Fingern über das Glas der Instrumente, während Jenna mit den ersten Checks begann, obwohl sich im derzeitigen Zustand des Flugzeugs nicht so sehr viel überprüfen ließ. Sie schaltete den Funk ein und drehte das Rauschen leise. Es gab keine Kanäle, und das Fehlen des Funkverkehrs bestätigte ihr, dass sie sich in einer ungewöhnlichen Zeitzone befand.

»Also gut«, sagte sie. »Daumen drücken.« Dann murmelte sie »Propeller in Ordnung« und drehte den Zündschlüssel. Beim dritten Versuch wurde die Saratoga zitternd lebendig, und dicker schwarzer Rauch stieg hoch. Jennas Herz raste. Niemand, der bei Verstand war, würde eine Maschine unter diesen Umständen fliegen.

»Bereit?«, fragte sie, und Cathan nickte und strich ihr mit dem Handrücken über die Wange.

»Was auch immer geschieht, wir sind zusammen.«

Das ist ein gewisser Trost, dachte Jenna, als sie Gas gab und sich darauf vorbereitete, die Bremsen zu lösen. Die Saratoga schaukelte und schüttelte sich, als freute sie sich darüber, wieder lebendig zu sein.

Cathan legte seine Hand auf Jennas, während sie noch mehr Gas gab und den Propeller schneller laufen ließ. Langsam bewegte sich die Maschine nach vorn. Alles knirschte und knarrte, und je schneller sich die Saratoga bewegte, desto lauter wurden auch die schrecklichen Geräusche.

»Was ist das?«, kreischte Jenna ängstlich. Sie kannte die Geräusche des Flugzeugs, aber dieses Wimmern gehörte nicht dazu.

»Ich kann nichts hören außer dem Lärm deiner Flugmaschine – und natürlich höre ich Druantia.«

»Dann ist es Druantia!«, rief Jenna aufgeregt. »Genau diesen Lärm habe ich auf dem Weg hierhin gehört. Und da habe ich auch diesen Rauch gesehen ... oh ...«

Es war Jenna nicht bewusst gewesen, dass ihr Flieger die Geschwindigkeit zum Abheben erreicht hatte. Die Saratoga versuchte, sich von selbst aus dem unebenen Gras zu erheben. Dann war Jenna wieder voll konzentriert, und innerhalb von Sekunden hob sich die Nase.

Sofort trat eine friedliche Atmosphäre ein. Kein Rattern mehr wie eben, als die verunglückte Maschine über die Wiesenstartbahn zockelte. Jetzt war nur noch das anstrengende Gequengel des Motors zu hören, während sie immer höher stiegen.

»Willkommen zu einer Spritztour, wie ich sie mag«, rief Jenna wie aufgedreht. Sie stellte die Querruder an den Enden der Tragflächen ein. »Ah, es ist ein herrliches Gefühl, wieder am Himmel zu sein!«

Ein plötzlicher Aufwind brachte das Flugzeug in eine heftige Schieflage, und Cathan griff instinktiv nach dem erstbesten Gegenstand, um sich in seiner Not festzuhalten – es war der Steuerknüppel.

»He!«, rief Jenna und korrigierte rasch den Sinkflug, in den er sie gebracht hatte. »Du sorgst noch dafür, dass wir mit der Nase voraus in dein Dorf stürzen. He, kannst du es da unten sehen?«

Sie starrten beide zwei-, drei- und dann vierhundert Meter in die Tiefe, während sie weiter stiegen. Die Ansammlung der runden Bauten mit den Reetdächern wirkte aus der Höhe wie viele kleine braune Murmeln. Cathan war begeistert vom Lauf des Flusses und vom See, den er bildete.

»Ich bin wahrlich bei den Göttern«, murmelte er. »Unser Land sieht aus, als könnte es von einer zornigen Hand zerquetscht werden. Unser Stamm wird die Götter noch mehr verehren als bisher.«

Dann brachen sie hinein in die Wolken und flogen blind,

bis die Saratoga durch die dichte Watte stieß und eine Höhe von mehreren tausend Fuß erreicht hatte.

»Was sind das für wunderbare Bilder«, sagte Cathan und presste sein Gesicht gegen das Glas. »Und doch kommt es mir so vor, als wäre ich schon einmal hier gewesen.«

»Sollen wir von dem Gebräu trinken?«, fragte Jenna. Sie würde Cathan gern den Flug im wachen Verstand erleben lassen, aber es war durchaus möglich, dass sie beide die Kraft der Imagination brauchten.

»Wie seltsam«, sagte sie, »alle Instrumente haben gleichzeitig den Geist aufgegeben. Da muss irgendein Kabel durchgeschmort sein.« Jenna klopfte mit einem Finger auf den Höhenmesser, auf den künstlichen Horizont, auf die Druckmesser und den Kompass. Alle Instrumente spielten verrückt. »Wenn man ihnen glauben will«, sagte Jenna, »fliegen wir kopfüber bei null Höhe und in alle Richtungen gleichzeitig.«

Sie hob die Schultern und sah, wie Cathan den Wasserkessel holte, den die Dorffrauen neben Druantia in die Holzkiste gestellt hatten. Ein paar Tropfen waren übergeschwappt, aber es war genug Wasser für einen Trank für sie beide da. Cathan nahm die Blätter des Nachtschattengewächses aus seiner Tasche und ließ sie in den Tontopf fallen. Er rührte sie mit dem Finger.

»Wir sollten die Blätter noch ein bisschen ziehen lassen«, sagte er und atmete die aufsteigenden Dämpfe ein.

»Ich habe Angst«, gab Jenna zu. Die Kontrolle über Geist und Körper zu verlieren, während sie ein Flugzeug steuern musste, ging ihr nicht leicht von der Hand, aber sie nahm den Trank und nippte an der vertraut gewordenen Flüssigkeit. »Hier«, sagte sie und reichte den Behälter an Cathan weiter. »Du musst auch davon trinken.«

In den nächsten Minuten teilten sie sich den Trank. Sie sprachen beide nicht, und niemand bemerkte den dünnen weißen Rauch, der sich im hinteren Teil der Kabine entwickelte. Diesmal war Jenna nicht von der Wirkung der Droge überrascht. Als die Sonne einen gleißenden Strahl in ihr Gehirn schoss, wusste sie, dass es wegen der Pupillen war, die sich enorm vergrößert hatten, und als ihre Lippen prickelten und ihr Herz raste, als müsste es eine Maschine antreiben, da wusste sie, dass sie bald mit Cathan davonfliegen würde.

»Ist alles in Ordnung mit dir?«, flüsterte sie. Ihr Gesicht fühlte sich nicht wie ihr eigenes an.

Cathan nickte nur. Er verfiel in einen Singsang; mal sang er, mal rezitierte er. Jenna verstand die Sprache nicht, aber irgendwie schien sie die Bedeutung seiner Worte zu erkennen. Cathan sprach von seiner Liebe zu ihr, die durch alle Zeiten Bestand haben würde, und dass sie nie getrennt wären.

»Hast du das gehört?«, fragte Jenna und drehte das Funkgerät lauter, obwohl ihre Hand das erste Mal den Knopf verfehlte. »Vielleicht sind wir schon zurück, und ich kann einen Flughafen hören.« Sie lauschte angestrengt, aber dann stellte sie fest, dass die Stimmen nichts mit dem Kontrollturm irgendeines Flughafens zu tun hatten.

»Es sind die Stimmen der Götter«, sagte Cathan und unterbrach seinen Singsang. »Die Zeit ist wirklich gekommen.«

Das war der Moment, in dem Jenna sah, wie sich der feine weiße Rauch wie ein Schleier um Cathans Gesicht legte. Als sie hinter sich schaute, fiel ihr auf, dass die ganze Kabine mit diesem Rauch gefüllt war. Und mittendrin entdeckte sie Druantia, die stolz in ihrer Kiste saß. Ihr Körper vibrierte ein wenig, und ihre Haut schien den Dunst in sich aufzunehmen.

»Cathan?«, wisperte Jenna und streckte eine Hand aus, um sein Gesicht zu berühren. »Was ist mit dir geschehen?« Sie konnte die Veränderungen erkennen, und sie sah, dass er nicht der Mann war, den sie liebte, aber sie konnte nicht sehen, in was er sich veränderte.

Dann setzte eine plötzliche Dunkelheit ein, und gleich darauf wurde das Flugzeug von einer Luftwelle gepackt. Es dauerte einige Augenblicke, bis Jenna begriffen hatte, dass ihre Fähigkeiten als Pilotin gefragt waren, um sie in Sicherheit zu bringen. Ihre grünen Augen zogen sich zusammen und versuchten verzweifelt, die Instrumente zu lesen. Sie schaute aus dem Cockpit, um eine visuelle Orientierung zu erhalten, aber was sie sah, führte zu einem langen stummen Schrei.

Der Wirbelsturm befand sich direkt vor ihnen, und sie hielten genau darauf zu. Jenna wollte noch ausweichen, aber dazu war es zu spät, und so rasten sie in den grauen Strudel hinein.

»Es ist genau wie beim Hinflug!«, jammerte sie, aber kein Wort kam heraus. Der Steuerknüppel flog ihr aus der Hand, und das kleine Flugzeug wurde zum Spielball des riesigen Sogs. »Er saugt uns an!«, rief sie Cathan zu, aber er befand sich in tiefer Trance und konnte sie nicht hören.

»Konzentriere dich, konzentriere dich«, betete Jenna herunter. Die Saratoga wurde herumgewirbelt und drehte sich um ihre eigene Achse. »Konzentriere dich, halte sie geradeaus«, fuhr sie fort, während sie mit dem Steuerknüppel kämpfte. Tatsache war, dass ihre Mühe keine Wirkung zeigte. Das Flugzeug drehte sich, und Jenna konnte es nicht unter ihre Kontrolle bringen. Selbst der erfahrenste Pilot hätte eine Niederlage eingestehen müssen. »Konzentriere dich …«

Dann war plötzlich absolute Stille. Und ein Licht schien so kräftig, dass es Jennas empfindliche Augen blendete. Es schien, dass sie und Cathan schwebten und nicht mehr flogen. Ihr Tanz durch die Luft führte weder nach oben noch nach unten, nicht rechts noch links. Sie existierten nur; Treibgut auf einer unbekannten Welle.

»Cathan ...«, Jenna schaute nach rechts und sah, dass Cathan seinen Gurt aufschnallte. Falten gruben sich in ihre Stirn. Sie bewegte sich wie in Zeitlupe. »Was machst du da?«, fragte sie. Ihr Geist sagte die Worte, aber ihre Stimme funktionierte nicht.

»Ich bringe dich nach Hause«, sang er zurück. Sein Kopf war von einem hellen Schein umgeben, der durch die Fenster hereinfiel. Jenna glaubte, sie wären im Himmel, dass sie abgestürzt und verbrannt wären, die Seelen auf dem Flug nach oben.

»Wir gehen nach Hause?« Sie kannte die Antwort, aber ihre Gedanken waren verschwommen und durcheinander, als wenn ihr Gehirn in Karamell getunkt worden wäre. Ein breites Grinsen malte sich auf ihrem Gesicht ab, dann tat sie es Cathan nach und band ihren Gurt los.

Plötzlich wurde die Luft aus ihren Lungen gedrückt, als Cathan die Tür der Kabine öffnete.

»Nein!«, schrie sie, aber es kam nichts heraus.

Alles in der winzigen Kabine klopfte und klapperte, und man spürte den Sog, der einen hinausziehen wollte. Nur Druantia stand unerschütterlich auf ihrem Platz in der Kiste, eingehüllt in weißen Rauch.

Jenna begriff plötzlich. Cathan war ein Vogel. Sein hagerer muskulöser Körper hatte sich in einen trotzigen Adler verwandelt. Sie konnte sehen, dass er seine Flügel spreizte.

Mach du auch deine Tür auf ..., sagte er zu ihr.

Jenna zerrte an der Tür. Sie konnte nicht atmen und wusste, dass sie jeden Moment in eine gewaltige Tiefe stürzen würde. Das Licht glitzerte und war so einladend und so pur und überhaupt nicht Furcht einflößend wie der Wirbelsturm, in den sie geflogen waren.

Sie schaute an ihrem Körper hinab und sah, dass sie genau wie Cathan war. Sie mussten frei sein, und so reichten sie sich die Hände. Ein Gefühl der zeitlosen Liebe durchflutete sie beide, als sie sich hinunter warfen.

Totaler Friede, totale Leichtigkeit. Als hätte sich ihr Körper mit Cathan verschmolzen und die perfekte Seele geformt. Sie konnte ihn neben sich sehen. Er brauchte nur selten mit den kräftigen Flügeln zu schlagen, um auf Kurs zu bleiben und das Tempo einzuhalten.

Jenna tat es Cathan nach und stellte fest, dass sie auf den Luftströmen ritt. Gemeinsam stiegen sie hoch, bevor sie hinab tauchten und durch das Auge des Sturms fluteten, und danach stiegen sie wieder in die Höhe.

Sie sah, wie Cathan die durchdringenden Kreise seiner Adleraugen schloss, und presste auch ihre Augen zu. Sofort danach waren sie wieder menschlich; sie waren nackt und fielen. Jenna schrie, bis ihre Kehle brannte, aber niemand hörte sie. Plötzlich befand sie sich in Cathans Armen. Sie wusste nicht, wie es dazu gekommen war, denn das Licht war noch so gleißend, dass sie nur die Umrisse seines schönen Körpers sehen konnte.

»Komm zu mir«, sagte er und zog sie fester an sich heran.

Jenna nahm seine Körperhitze auf und war dankbar, dass ihr unkontrolliertes Zittern aufhörte. Ihre Brüste drückten sich gegen die leichte Behaarung seines Brustkorbs, und sie fragte sich, da sie durch diese unbekannte Tiefe fielen, wie er unter diesen Umständen sexuelle Gedanken zu ihrem Gehirn schicken konnte.

»Ich bin hier«, flüsterte sie zurück. Es hörte sich nicht mehr nach ihrer Stimme an. Als wäre ihre Seele in der Zeit verloren. Als hätte sie sich irgendeinen Ersatz besorgt. Es war, als wäre sie nicht mehr sie selbst.

Alles um sie herum war still. Ihr war nicht einmal klar, ob sie noch fielen; ihr kam es eher wie ein Hängen vor. Sie verharrten in einer Zwischenwelt, in der Träume kollidierten, um Realitäten zu schaffen.

»Ich kann dein wirkliches Bild sehen«, sagte Cathan zu ihr. »Und du bist so schön, wie ich vermutet habe.« Seine Augen bewunderten sie, obwohl es nicht nur die visuelle Schönheit war, die er schätzte. Jenna spürte, dass er in ihre Sinne drang – Geruch, Berührung, Geschmack, Klang.

»Ich ... ich kann dich sehen, aber du bist nicht wie du.« Jenna strich mit den Händen über Cathans Oberkörper. Sie fühlte seine Haut, warm und menschlich, und roch seinen dezenten Duft, als sie gegen seine Haut atmete. Aber da war noch mehr. Sie spürte seine Seele, seine Mitte, und sie erkannte, dass er viel erstaunlicher war, als sie bisher erkannt hatte.

Jenna liebte seine langen Schenkel, die in seine muskulösen Backen übergingen, und sie befühlte seine schlanke Taille und labte sich am Bild der breiten Schultern. Sie würde nie aufhören können, an seine wilden Haare zu denken, besonders, wenn sich die Abendsonne darin verfing oder wenn sie beim Küssen ihr Gesicht kitzelten. Und die Härte seines Schoßes war die Krönung seiner Großartigkeit, ein stolzes Werkzeug, das für seine Existenz so wichtig war wie Feuer, Erde und Nahrung.

Aber Cathan jetzt, Cathan verloren im Äther, Cathan auf einer evolutionären Ebene ... er war magisch und spirituell weise und wichtig.

»Küss mich«, sagte sie. Er gehorchte sofort. Ihre Gedanken

kreischten pure Lust, als er seinen Mund auf ihren drückte. Seine Zunge forschte nach verborgenen Schätzen, während seine Hände leicht über ihre Haut tanzten. Er war überall gleichzeitig, die Erforschung ihrer neuen Gestalt erregte sie mehr als alles andere, was sie bisher gefühlt und erlebt hatte. Sie wünschte, sie könnte immer so verharren.

Sie lagen und sie standen nicht, und sie konnten sich auch nirgendwo festhalten. Sie genossen ihren freien Fall. Cathan bedeckte Jennas Körper mit Küssen und wusste, dass er alle Zeit der Welt hatte – denn wo sie waren, gab es keine Zeit –, um jedes Mal, jedes Härchen, jede Kurve ihres Körpers zu erforschen, zu schmecken und zu erinnern. Als Druide war er viele Male hier gewesen und hatte viele Seelen gesehen, aber keine war so offen und pur wie Jenna. Und es hatte auch keine gegeben, die er so gut kannte wie Jenna.

Als seine Lippen sehr behutsam ihre geheimste Stelle berührten, streckte Cathan die Zunge weit heraus und schickte ihre Seele in einen Tumult. Er leckte sie, und sie wand sich und hoffte, dass es eine Ewigkeit so bleiben würde.

»Du schmeckst süß wie Klee.« Cathan presste sein Gesicht tiefer in Jenna hinein, und auch wenn er seinen Fokus auf ihren Rücken, die Backen, den Nacken oder die Brüste legte, konnte sie immer noch überall die Nässe seines Mundes und das Spiel seiner Zunge spüren.

Haut und Haare, Gliedmaßen und Gesichter vermischten und verstrickten sich, sodass sie sich wie eine Einheit fühlten. Hätte ihnen jemand zugeschaut, wäre er nicht auf den Gedanken gekommen, dass sie zwei Seelen waren und einen männlichen und einen weiblichen Körper hatten. Sie waren Yin und Yang, Winter und Sommer, Tag und Nacht, Wasser und Feuer.

Ihre Liebe würde für immer bestehen.

Cathan drang in Jenna ein. Seine Körperlichkeit tat das, was sie kannte, während Jennas weibliches Verlangen ihn tiefer in sich hineinzog, immer fester, bis es fast schmerzte.

Aber größer als der rhythmische Beat ihrer vereinigten Körper, größer als sein Anschwellen in ihr war die eindringliche Lust in ihren Köpfen. Es würde nicht lange dauern, bis ihre Seelen explodierten.

Dann fühlten sie, wie sie fielen. Bisher waren sie getrieben, losgelöst von Zeit und Raum. Jetzt erlebten den freien Fall ohne Schrecken, und während sie an Geschwindigkeit zulegten, setzte eine nie erlebte Glückseligkeit ein. Sie wussten beide, dass etwas geschehen würde.

Der Wind huschte über ihre Haut wie der Luftzug über das Federkleid des Vogels. Geräusche der Erde drangen in ihre Ohren, und Formen und Farben schoben sich in ihre geschlossenen Augen.

»Was passiert mit uns?«, rief Jenna aus ihren Gedanken. Ihre Körper und Seelen befanden sich auf dem Rand, und Jenna war nicht in der Lage, ihren das Leben verändernden Orgasmus zurückzuhalten.

»Du gehst nach Hause«, sagte Cathan und stieß tiefer hinein in die Frau, die er nie verlieren wollte.

Und dann schrie Jenna.

Es war ein Schrei, der die Zeit spalten konnte. Ein Schrei, der durch mehrere Jahrtausende ging. Ein Schrei aus ihrem Körper und aus ihrer Seele, der das Universum zum Schweigen brachte, als der Orgasmus sie rüttelte. Noch nie hatte sie so eine schmerzvolle Lust erlebt.

Und Cathans Körper, der beim Fallen immer menschenähnlicher wurde, empfand ungeahnte Energien, als er tief in ihr kam, tief in der Frau, die er in den nächsten Augenblicken verlieren würde.

Es war, als sie ins Wasser klatschten – Metall knirschte und krachte, der Geruch von Öl und Brennstoff, dann zuckte ein Explosionsblitz auf, Flammen schossen hoch und dicker schwarzer Qualm umgab sie –, dass Jenna wusste: Cathan war nicht mehr da.

Das Wasser würde ihr Geheimnis für immer behalten.

Ohne einen Blick auf die Landschaft wurde Jenna vom Wasser umgeben und hinunter in die düstere, schlammige Tiefe gezogen. Sie war nackt und konnte atmen, und ihre Augen hatte sie geöffnet.

Irgendwas klingelte in ihrem Kopf. Als wollten ihre Erinnerungen sie wachrütteln. War sie schon mal hier gewesen?

Jenna schwamm so schnell sie konnte. Ihr Atem ballte sich in ihrer Brust zusammen, und mit jedem Zug ihrer Arme drohten ihre Lungen zu ersticken. Sie schaute zurück und sah das Wrack. Jetzt würde es endgültig hinüber sein. Sie schwamm weiter und schaute nicht mehr zurück. Nur noch nach vorn, denn sie wusste ja, was sie dort vorfinden würde.

Und da war es auch. Eine silberne Scheibe, die durchs Wasser stieß. Der Mond erhellte den ganzen See. Noch einen Schlag mit ihren Beinen, dann brach sie durch die Oberfläche des Sees. Sie atmete tief ein und wusste, dass sie zu Hause war.

Neunzehntes Kapitel

Es war schmutziger Sex. Die Art Sex, die Ignoranz, Alkohol, Drogen oder Lust nicht entschuldigen konnten. Sie stand in der Tür, sah ihnen zu und wusste nicht, wie viele Körper sich auf den Decken und Kissen schlängelten und wanden. Es roch nach Schweiß und Leder und Parfum, und dann war da noch was, das sie kannte, aber im Moment nicht benennen konnte.

Seit den Unfällen war ihr Gedächtnis nicht mehr sattelfest. Die Ärzte sagten, dass es bald wiederkommen würde.

Drei Frauen und ein Mann, schätzte sie. Wenn sie den Kopf neigte, zählte sie zwei Frauen und zwei Männer. Das mochte zutreffen, weil sie bisher nur zwei Schwänze gesehen hatte. Oder war es nur ein einziger, der sich die Frauen nacheinander vornahm?

Es brachte ihr nichts, die Leute dabei zu beobachten. Ein Körper war festgezurrt und hatte vorher offenbar eine Tracht Prügel bezogen, was Jenna aus den roten Strähnen auf den weißen Backen schloss. Ja, das war ganz sicher eine Frau. Sie streckte den Hintern in die Luft, um Beachtung zu finden.

»Setz dich auf mich«, hörte sie die vertraute Stimme ihres Verlobten. Hugh vögelte sich durch drei Frauen und einen Mann – es stellte sich heraus, dass er der Bonusmitspieler war. Hugh drang in alle ein, die sich anboten. Er hatte keine Ahnung, dass seine Verlobte zuschaute – und Jenna ahnte, dass es ihm auch egal gewesen wäre.

Jenna schluckte. Mel war da. Die verschwitzten schwarzen

Haare klebten in ihrem Gesicht. Ihre großen Brüste pendelten, als sie sich auf Hugh pfählte. Sie hockte auf ihm, und die Muskeln ihrer Beine spannten sich an und bereiteten sich auf den nächsten Orgasmus vor.

»Hugh sendet seine ganze Liebe«, hatte Mel sie über Voicemail informiert, als sie endlich wieder Zugang zu ihrem Handy hatte. Wenn sie ehrlich zu sich war, musste Jenna zugeben, dass sie es die ganze Zeit gewusst hatte.

Sie konnte der Orgie nicht länger zusehen. Jenna trat in die Mitte des gut geheizten Zimmers – hier sollten sie und Hugh einen Großteil ihres verheirateten Lebens verbringen – und zog den Verlobungsring vom Finger ihrer linken Hand. Ohne dass jemand ihre Anwesenheit bemerkte – abgesehen von neugierigen Fingern, die an ihren Schenkeln hoch strichen –, schleuderte Jenna den Solitär auf den menschlichen Cocktail da auf dem Bett.

Dann ging sie.

»Die Ärzte haben mir gesagt, dass alles wieder in Ordnung ist.« Jenna lächelte und blinzelte in die gleißende Sonne. Es war fast Ende Mai, und der Monat hatte ihnen eine frühe Hitzewelle gebracht.

Wenn sie sich jetzt mit Mark traf, konnte er nicht aufhören, sie anzustarren. Es war, als wäre sie von den Toten auferstanden. »Nur ein paar Kleinigkeiten sind übrig geblieben, steife Muskeln und ein paar Schnitte und …« Jenna hielt inne und wusste nicht, ob sie das vor der neuen Liebe in Marks Leben sagen sollte. »Und überraschend wunde Füße«, fügte sie dann hinzu. »Als hätte ich die ganze Woche schlecht passende Schuhe angehabt.« Dann: »So, das ist genug von mir und meinen Wehwehchen nach dem Absturz. Erzählt mir lieber, wie ihr zwei euch kennen gelernt habt. Ich kann immer noch nicht glauben, dass du auf dem Schloss warst, als ich eigentlich hätte da sein sollen. Ich wäre vorsichtiger geflogen, wenn ich gewusst hätte, dass wir dort eine Party hätten feiern können.«

Aber dann erinnerte sie sich: Sie hatten ihr erzählt, dass Hugh und Mel auch auf dem Schloss gewesen waren, und plötzlich empfand sie den Absturz als das geringere Übel.

»Und du kannst dich an nichts erinnern?« Rachel nippte am Cappuccino. Sie saßen draußen vor dem Café. Mark hatte ihr geholfen, mit den Schuldgefühlen gegenüber Jenna fertig zu werden.

»Nur an Bruchstücke«, antwortete Jenna. »An den Sturm und wie sich die Kabine mit Rauch füllte. Der Tornado hat den Flieger ganz schön geschüttelt ...« Jenna verengte die Augen, als ob es sie schmerzte, nach der Erinnerung zu forschen. »Einzelne Szenen kommen plötzlich angeflogen, wenn ich sie am wenigsten erwarte. Wie vor ein paar Tagen, als ich frischen Lachs gegessen habe. Es war der erste frische Lachs seit Jahren, aber er hat vielleicht Erinnerungen ausgelöst!« Jenna strahlte übers ganze Gesicht.

»Welche Erinnerungen?«, fragte Mark.

»Er schmeckte so gut, dass ich dachte, an einem schottischen See zu sitzen und den Lachs zu essen, als hätte ich ihn gerade gefangen.« Jenna seufzte. »Ich weiß es nicht. Vielleicht ist mein Gehirn auf eine andere Frequenz geschaltet. Lacht nicht, aber ich fühle mich ...« Jenna brach ab. Es war unmöglich auszusprechen, ohne dass es sich albern anhörte. »Ich fühle mich älter und weiser. Als hätte ich tausende Jahre hinter mir.« Sie lachte und leerte ihr Glas. »Oh, und jetzt bin ich völlig allein.« Sie grinste. »Und das ist eine gute Sache.«

»Du wirst jemanden finden, der zu dir passt«, sagte Mark

ernst. »Oder er wird dich finden.« Er drückte Rachels Hand, damit sie in das stumme Gebet einfallen konnte, das er für Jenna sprach.

Sie hatten ihr gesagt, sie sollte ein paar Wochen nicht fliegen, und sie sollte auch in Erwägung ziehen, überhaupt nicht mehr zu fliegen. Sie sorgten sich, was der Absturz psychologisch mit ihr angestellt hatte, obwohl sie physisch für den Abflug bereit war. Die Vorstellung, immer auf dem Boden bleiben zu müssen, entsetzte Jenna.

Als Kind war sie eine leidenschaftliche Pferdenärrin gewesen und war unter Pferden aufgewachsen. Sie hatte aufgehört zu zählen, wie oft sie abgeworfen worden war, aber sie war immer wieder aufgestiegen. Das war der einzige Weg.

»Hier ist Golf Bravo Hotel Juliet für den Tower. Endlich wieder.« Sie lachte. »Tut mir leid, Dan, aber mein Kunde ist noch nicht eingetroffen. Man hat mir mitgeteilt, dass er gerade den Sicherheitsbereich hinter sich gelassen hat, deshalb sitze ich noch eine Weile hier und drehe Däumchen, wenn ihr nichts dagegen habt, Leute.«

»Du kannst Däumchen oder sonst was drehen, Miss Bright«, sagte Dan fröhlich. »Es ist einfach super, dass du wieder bei uns bist.«

»Danke, Dan. Ja, es tut gut, wieder dabei zu sein.«

Ein gleißendes Licht brannte sich in Jennas Gedanken. *Nein, stimmt nicht,* korrigierte sie.

Dann sah sie, wie er über die Rollbahn schritt. Eine einsame Gestalt, hoch aufgeschossen, entschlossen und Haare, die mit einem goldenen Sonnenaufgang konkurrieren konnten. Selbst aus der Entfernung leuchteten seine Augen wie flüssige Jade.

Jenna schob die Sonnenbrille auf den Kopf und verfolgte, wie er auf ihre neue Piper zuschritt. Einen Augenblick lang sah er verloren aus, als wüsste er nicht, welches Flugzeug er besteigen musste, aber als er Jenna durch die Cockpitscheibe sah, erkannte er sie wieder.

Sekunden später stand Jenna neben der Piper und begrüßte ihren Kunden.

»Guten Morgen«, sagte sie. Der Wind vertrieb ihre Worte so schnell, wie sie sie aussprach. »Es ist eine Freude, Sie an meinem neuen Flugzeug willkommen zu heißen.« Sie starrte ihn an und blinzelte.

Da war was … er hatte was …

»Und mir ist es eine Freude, Sie endlich kennen zu lernen, Miss Bright. Sie haben viel Wirbel in den Medien ausgelöst.« Der Mann folgte Jennas Handbewegung und stieg ein, dann verstaute er seine Tasche in der hinteren Kabine. »Aber sagen Sie mir, ist es sicher, mit Ihnen zu fliegen, oder muss ich das Schlimmste befürchten und damit rechnen, dass ich ein paar Tage lang als vermisst gelte, ehe ich völlig überraschend wieder auftauche, nachdem alle schon die Hoffnung aufgegeben haben, eine Leiche oder ein Flugzeugwrack zu finden?«

Jenna grinste und wünschte, sie hätte es sich verkneifen können. »Sie sollten nicht alles glauben, was Sie in den Zeitungen lesen, Mister … eh …« Verdammt, sie hatte den Namen ihres Kunden vergessen. »Mister … eh …«

»Douglas«, sagte er. »Euan Douglas.« Er hielt ihr die Hand hin.

Jenna hatte nie an Schicksal geglaubt – oder was immer es war, was dazu geführt hatte, dass Euan Douglas das zweite Mal ihr Kunde wurde. Aber jetzt glaubte sie daran. Das erste

Mal hatten sie sich nicht gesehen, und trotz ihres angeschlagenen Rufs als Frachtpilotin war er bereit gewesen, ihre Dienste noch einmal zu buchen. Das war ihr Beweis genug für eine glückliche Fügung des Schicksals. Wohin es sie jetzt führte, nun, das konnten sie selbst entscheiden.

Er hatte noch einmal den Flug von London nach Dundee gebucht, und er hatte sie wieder eingeladen, ein paar Tage bei ihm auf dem Schloss zu bleiben.

»Ich habe absichtlich keine Zeitungen gelesen, als ich mich von den Unfällen erholte«, sagte Jenna. »Es wäre zu schrecklich gewesen, glaube ich. Außerdem schreiben die Reporter doch immer, was sie wollen. In meinem Fall hätten sie eine Menge zu spekulieren gehabt. BRAUT SCHMEISST MILLIONEN WEG oder VERLASSENER BRÄUTIGAM TRÖSTET SICH MIT ORGIE.«

Jenna leerte ihr Weinglas. »Es tut mir leid«, sagte sie. »Ich wollte das nicht noch einmal zur Sprache bringen. Aber Sie sind unentwirrbar mit dieser ganzen Geschichte verbunden. Wenn Sie und Ihre Statue nicht gewesen wären, würde ich heute mit Hugh zum Altar schreiten …«

»Entschuldigen Sie sich nicht. Nie. Wegen nichts.«

Euan hatte ihr zugehört, für sie gekocht, sie mit Wein beköstigt, und sie nur einmal an der Schulter berührt, als er glaubte, dass sie den Tränen nahe war. Aber er hätte die kurze Berührung nicht noch einmal ertragen. In seinem Arm prickelte es noch vom Schock.

»Es gibt keinen Ort«, gestand sie, »an dem ich heute Abend lieber wäre. Ihr Schloss ist phantastisch. Sie sind ein glücklicher Mann.« Jenna lachte über die Ironie. Sie war natürlich schon einmal im Schloss gewesen, hatte aber keinen einzigen Stein gesehen. Ihre Erinnerungen rankten sich um das Wasser aus dem See, das ihr aus den Lungen gepumpt wurde, und um mehr als zehn Gesichter, die auf sie hinabblickten, als das Leben sie wieder umfing. Niemand wusste, was nach dem Absturz geschehen war – nicht einmal Jenna.

Euan antwortete nicht. Er sah sie nur an und fragte sich wie und warum ... Dann begriff er: Ja, er war der glücklichste Mann auf Erden.

Später saßen sie im Salon, hörten Musik, redeten miteinander und sprachen feinstem Whisky zu. Gegen Mitternacht verzehrten sie einen fetten Imbiss.

»Es ist wirklich sehr freundlich, dass Sie mich als Gast auf Ihrem Schloss aufnehmen.« Jenna hörte, wie der Whisky ihre Worte verzögerte, aber weil auch Euan dem Alkohol zugesprochen hatte, würde er es vielleicht überhören. Sie fühlte sich entspannter als seit Jahren. »Ich an Ihrer Stelle hätte mich in den See geworfen, weil ich Ihre Steinstatue verloren habe.« Sie explodierte in kleinen Kicherlauten.

»Sie ist nicht verloren«, erklärte Euan. »Möchten Sie sie sehen?«

»Sie haben sie? Oh, nein, nicht dieses verdammte Ding! Es wird mich mit einem Fluch belegen – wenn es das nicht schon getan hat!« Aber dann war Jenna schon aufgestanden und folgte Euan in seine Bibliothek.

Da stand die Steinstatue hinter Glas.

»Druantia!«, rief Jenna und lief darauf zu, als wollte sie einen lange nicht gesehenen Freund begrüßen. Dann blieb sie mitten im Schritt stehen und wandte sich an Euan. »Druantia?«, fragte sie. »Was ist das?« Sie rieb sich eine Kopfseite, als schmerzte es sie, den seltsamen Namen auszusprechen.

»Das ist der Name der alten Göttin. Die schottischen Stämme verehrten primitive Gottheiten. Druantia war für diese

Stämme die Fruchtbarkeitsgöttin. Sie ist etwa zweieinhalbtausend Jahre alt. Das glauben jedenfalls die Experten. Es ist ein gutes Gefühl, sie wieder auf heimischem Territorium zu haben. Solche Dinge bedeuten mir eine Menge.«

»Ich verstehe«, sagte Jenna. Sie fühlte sich benommen. »Sie ist schön.«

»Ja, sie ist schön, und sie hat Glück gehabt«, bestätigte Euan. »Sie hätte beim Absturz zerstört werden können.« Er trat auf Jenna zu und legte seine Hände auf ihre Schultern. »Wie Sie«, fuhr er fort. »Schön und glücklich.« Aus der Nähe war die Ähnlichkeit nicht zu übersehen.

Jenna war die Frau aus dem See. Jenna war seine Frau am Fenster. Jenna war die Frau in seinem Bett. Jenna war sein Geist. Jenna war die Frau seiner Träume.

»Ich liebe dich«, sagte er und platzte damit heraus wie ein Teenager.

»Ich liebe dich auch«, gab Jenna laut zurück. Sie fürchtete, dass ihnen die Zeit davonlief. Ihr war schwindlig.

Sie lachten.

»Entschuldige«, sagte er.

»Ja, entschuldige.«

Sie sahen sich in die Augen, lernten und prägten es sich ein. »Das ist ein hübscher Ring«, kommentierte sie, obwohl sie glaubte, dass diese Bemerkung nicht angemessen war. Der Kuss, auf den sie wartete, sollte sie ablenken.

»Er ist sehr alt«, gestand Euan. »Und soll ich dir was sagen? Ich weiß nicht mehr, wie er an meine Hand geriet. Aber er gefällt mir.«

»Mir auch«, sagte Jenna und hielt ihre Hand gegen seine, sodass die Ringe nebeneinander lagen.

Sie passten zueinander.

»Wenn wir die Lettern zusammenlegen, ja, genau so ...«

Euan schob die Ringe zusammen. »Dann ergeben sie den Satz ›Liebe brennt hell wie das Feuer‹.« Euan staunte nicht schlecht. »Das habe ich nicht gewusst«, räumte er ein. Sie starrten beide auf den Text, der die Ringe umlief. »Das ist sehr seltsam.«

»Ja, wirklich seltsam«, murmelte sie, und in diesem Moment kam der Kuss.

Jemand hatte eine Brücke gebaut, eine hauchdünne und zerbrechliche Brücke zwischen den Zeiten und zwischen den beiden Menschen. Und doch war die Brücke stark genug, um die Veränderungen von tausenden von Jahren zu tragen.

»Was geschieht mit uns?«, flüsterte er.

Es war ganz deutlich sie, die Frau seiner Träume, aber anders als sonst konnte er sie jetzt auch fühlen. Kein Körper, der sich in Dunst auflöste, wenn er ihm zu nahe kam. Er musste an die Blicke denken, als sie oben auf dem Treppenabsatz gestanden hatte. Wie oft hatte er ihren Duft in der Luft wahrgenommen. Dies war jetzt die richtige Frau, eine Frau aus Fleisch und Blut.

»Ich weiß es nicht«, gestand sie. »Seit dem Absturz habe ich seltsame Gefühle ... und seit ich hergekommen bin und dich kennen gelernt habe, da geht es weiter mit den seltsamen Gefühlen. Mir ist, als wäre ich ...« Sie brach ab und konnte die Worte nicht aussprechen.

»Sprich weiter.«

»Mir ist, als wäre ich nach Hause gekommen. Als hätte mich jemand nach Hause geschickt. Klingt das nicht verrückt?«

Er brauchte weniger als eine Sekunde, bis er antwortete. »Nein.«

Ihre Lippen trafen sich und passten wie angegossen. Nichts zwischen ihnen war jetzt noch unsicher. Der Kreis hatte sich geschlossen – sie waren immer schon zusammen gewesen, und sie würden ewig zusammen bleiben.

Seine Hand schmiegte sich um ihre Brust. »Wir haben es geschafft«, sagte er, auch wenn ihm nicht bewusst war, warum er das sagte.

»Ja«, gab sie mit angehaltenem Atem zurück, auch wenn ihr nicht bewusst war, was er meinte.

»Ich habe auf dich gewartet«, sagte er.

»Und hier bin ich«, erwiderte sie.

Ein Feuer flackerte hinter ihnen; ein angemessener Hintergrund für den großen Salon, in dem sie standen. Druantia schaute zu, ihre verdrehte Pose eine Entblößung des Weiblichen.

»Ich dachte, du wärst gestorben«, gestand Euan. Jetzt sprach die irdische Seite aus ihm. Er wusste von ihrem gemeinsamen früheren Leben, konnte es aber nicht begreifen. Warum war er so interessiert am Schicksal einer Frau gewesen, die er so gut wie nicht kannte?

»Ich kann mich nicht erinnern, dass ich versucht habe zu sterben«, scherzte sie. »So eine Maschine zu fliegen ist ein Job wie jeder andere auch. Der einzige Unterschied ist, dass man zwischen den Flügen viel Zeit vertrödelt.«

»Vertrödelte Zeit«, sagte Euan. »Das trifft auch auf mich zu. Die Zeit ohne dich war vertrödelt. Als hätte es diese Zeit gar nicht gegeben.«

Er hatte jetzt beide Hände auf ihren Brüsten und knetete sie zärtlich. Er küsste ihren Mund, den Hals, die Ohren, die Wangen und die Nase. Seine Lippen gingen nach unten zu ihren Brüsten und dann noch weiter nach unten, während seine Finger das weiße Hemd öffneten, das sie zum Flug nach Hause angehabt hatte. Es war seine Idee, dass sie bei ihm blieb und ihn nie wieder verlassen würde.

»Ich habe in den letzten Wochen deine Geschichte verfolgt«, verriet er zwischen den Küssen auf der duftenden Haut. Sie fühlte sich glatt an, war blass und schmeckte nach geschleudertem Zucker. »Ich habe alle Artikel gesammelt und die dazu gehörenden Fotos.«

Jenna kam es so vor, als wollte er ihr Leben kolorieren. Sie war nur ein paar Tage vermisst gewesen, und doch hatte das ganze Land den Grund für ihr Verschwinden wissen wollen. Einige spekulierten, dass sie sich im schottischen Hochland nach dem Flugzeugabsturz verirrt hatte.

Andere hielten es nicht für ausgeschlossen, dass sie von Aliens entführt worden war. Dazu würde die Tatsache passen, dass nach dem Absturz ein paar Tage einfach nicht nachgewiesen werden konnten.

Eine Zeitung hatte von einem seltsamen Phänomen berichtet: Ihr Körper wäre im Feuer gestählt worden, und erst beim Absturz in einen morastigen See wäre sie zu sich gekommen, reanimiert beim Durchstoßen der Wasseroberfläche.

Am nächsten Morgen schwirrten sie herum, glücklich nach der Nacht der Vereinigung. Jenna hatte so intensive, gewaltige Orgasmen erlebt, dass sie glaubte, an einen anderen Ort und in eine andere Zeit katapultiert worden zu sein.

Das Paar brach zu einem Spaziergang um den See auf. Sie standen am südlichen Ufer und starrten hinaus, wie so viele andere Menschen seit Jahrtausenden hinausgestarrt hatten. Im Laufe der Zeit hatten sich die Menschen verändert, nicht aber die Landschaft.

»Da drüben gibt es eine kleine Insel«, rief Jenna und zeigte über das spiegelglatte Wasser, in dem sich der Himmel brach.

»Es gibt eine Geschichte um diese Insel«, begann Euan. Er legte einen Arm um Jennas Schultern. Er genoss das Gefühl ihres Körpers. »Vor vielen, vielen Jahren, als die Kelten und

Pikten das Land beackerten, soll ein Einsiedler auf der Insel gelebt haben. Früher der Anführer eines friedvollen Clans, entschied er sich für ein Leben in der Einsamkeit, nachdem er seine Liebe verloren hatte. Die Legende besagt, wenn du zur Insel schwimmst und einen Tag und eine Nacht bleibst, wird dir noch vor Ablauf des Jahres die wahre Liebe zuteil werden.«

Jenna lachte. »Und bist du jemals zur Insel geschwommen?«

Euan drehte sich um und wusste nicht, was er antworten sollte. Seine Schultern schmerzten noch von der Strapaze, als er sich durch das eisige Wasser gekämpft hatte. »Komm mit. Ich möchte dir was zeigen.« Er führte Jenna zurück zum Schloss.

Es gab frischen Kaffee und duftende Croissants, und dazu lagen die einzelnen Artikel ausgebreitet auf dem Tisch. »Schau sie dir an«, riet Euan, beugte sich über Jenna und küsste sie in den Nacken.

»Also wirklich, das kann ich nicht. Es ist zu schmerzlich …« Aber die Fotos und Schlagzeilen rüttelten sie auf, und als sie ein Schwarzweißfoto der abgestürzten Saratoga sah, die aus dem See gezogen wurde, musste sie sich auch die anderen Bilder ihres Unglücks ansehen.

Sie hatte immer noch nicht das Gefühl, dass sie das war, die auf den Fotos abgebildet wurde. »Das ist das schlimmste Foto«, murmelte sie. »Kurz darauf muss man mich gefunden haben. Ich sehe ja immer noch halb tot aus.« Sie lächelte, dankbar, gerettet zu sein. »Niemand hat mir bisher erklärt, warum oder wann ich überhaupt abgestürzt bin.«

»Nun, du bist eben ein großes Geheimnis. Hör dir das an.« Euan nahm einen Schluck Kaffee und las dann vor: »Jenna Bright, 31jährige Pilotin aus London, entging nur knapp dem Unfalltod, als ihre Piper Saratoga am Wochenende vierzehn

Meilen westlich von Dundee abstürzte. Gäste des Carrickvaig Castle Hotels entdeckten Miss Bright am frühen Montagmorgen am Seeufer. ›Das Mädchen war so gut wie hinüber‹, sagte ein Zeuge, ›ich habe sie von Mund zu Mund beatmet, aber ich habe nicht wirklich damit gerechnet, dass sie noch einmal zu sich kommt.‹ Behörden vermuten, dass die Saratoga in den See gestürzt ist. Morgen wird man mit der Bergung des Wracks beginnen. Fachleute sagen, dass Zeitpunkt und Ursache des Unglücks noch völlig unbekannt sind. Außerdem warten sie auf eine Reihe von Widersprüchlichkeiten. Miss Bright wurde in ein Krankenhaus nach Dundee gebracht, ist aber nicht schwer verletzt und konnte von den Ermittlern vernommen werden.«

Jenna verharrte reglos auf ihrem Platz. Widersprüchlichkeiten? Ja, natürlich, es gab genug Ungereimtheiten. Aber was sollte sie sagen? Sie hatte die Worte im Mund und die Gedanken im Kopf. Aber nichts Verständliches kam heraus. Nichts konnte ihr Gefühl erklären, dass der Absturz kein Unfall war.

»Wow«, murmelte Jenna und griff nach einem weiteren Zeitungsausschnitt. »Ich habe es sogar einmal auf Seite zwei geschafft.«

»Ja, stimmt«, sagte Euan und nahm ihre Hand. Die Ringe berührten sich wieder. »Sie haben den See ausgebaggert und den größten Teil deines Flugzeugs freigelegt und dann herausgezogen. Ich habe zugeschaut, als die Maschinen und Taucher alles nach oben gebracht haben. Ich wusste instinktiv, dass Druantia irgendwo da unten war, und ich hatte Angst, dass sie beschädigt werden könnte.«

»Das nenne ich wahren Tür-zu-Tür-Service«, sagte Jenna lachend. »Du brauchtest nicht mal zum Flughafen zu fahren, um die Statue in Empfang zu nehmen. Ich sollte dir einen zusätzlichen Betrag in Rechnung stellen.«

»Druantia war nicht die einzige Überraschung, die im See gefunden wurde. Du wirst es kaum glauben, aber den ganzen Sommer lang hält sich ein Archäologenteam im Hotel auf, um die Funde im See zu bewerten.«

»Welche Funde?«

»Es hat sich herausgestellt, dass die Umgebung des Schlosses früher die Ansiedlung eines Clans in der Eisenzeit gewesen ist«, erklärte Euan. »Man hat zahlreiche Artefakte gefunden, die im Schlamm des Sees versteckt waren.«

»Phantastisch«, sagte Jenna. »Es wird faszinierend sein, ihnen bei der Arbeit zuzusehen.«

»Die Taucher haben auch ein paar Schwerter vom Grund geholt«, fuhr Euan fort, »aber der unglaublichste Fund ist das hier.« Euan zog einen neuen Zeitungsausschnitt heran und reichte ihn Jenna.

ANTIKE MOORLEICHE UNTER FLUGZEUGWRACK GEFUNDEN.

Jenna flüsterte die Schlagzeile einige Male. Zuerst klopfte ihr Herz wie verrückt, aber dann beruhigte es sich wieder. Sie war nicht sicher, wie sie reagieren sollte. »Davon habe ich nichts gewusst.«

»Nein, du wolltest ja auch keine Zeitungen lesen. Aus unerfindlichen Gründen haben nur zwei Zeitungen über die Moorleiche berichtet – du warst den meisten wichtiger und hast ein paar Tage im Fokus der Medien gestanden.«

Jenna las den Artikel langsam durch. Ihre Augen tanzten auf und ab, und sie musste sich bremsen, um jedes Wort in sich aufzunehmen. Sie wusste, dass dieser Artikel eine Bedeutung für sie hatte, aber sie begriff sie noch nicht. Während sie las, pulsierten ihre Schläfen.

»Ein zweieinhalbtausend Jahre alter Mann ist vom Grund eines Sees gehoben worden, nachdem Taucher der Polizei ihn dort entdeckt hatten, als sie nach Wrackteilen eines abgestürzten Flugzeugs suchten. Der Carrickvaig Mann – benannt nach dem Schloss und dem See – ist gut erhalten. Experten bestätigen, dass er vielleicht der besterhaltene Mensch aus der Eisenzeit ist. »Viele Körper, die im Moor gefunden wurden, sind eines entsetzlichen Todes gestorben, entweder als Menschenopfer oder bei rituellen Folterungen. Dieser Körper gehörte dagegen einem kräftigen Mann, der offenbar ein friedliches Ende gefunden hat«, erläutert Jim McAndrews, ein Paläontologe.

Der Carrickvaig Mann wird für eine kurze Zeit der Öffentlichkeit gezeigt werden, ehe die wissenschaftlichen Studien beginnen. »Ein Körper kann uns viel über die Zeit sagen, in der er gelebt hat, von der Nahrung über sein Sozialverhalten und sogar das Klima«, fährt McAndrews fort. »Sein Haar zeigt noch die dunkelblonde Farbe, und seine Kleidung ist fast unversehrt. Aus den Gegenständen, die wir bei ihm gefunden haben, schließen wir, dass er der Anführer eines Clans war. Er trug einen kunstvoll gefertigten Bronzering.«

»Der Grundstückseigentümer, Mr. Euan Douglas, hat spontan zugestimmt, dass ein archäologisches Forschungsteam im Sommer seine Arbeit aufnimmt.«

Jenna lehnte sich auf dem Stuhl zurück. »Wow«, rief sie. »Schau ihn dir an!«

Das taten sie beide.

Sie beugten sich so dicht nebeneinander über das Foto, dass sie den Duft des anderen wahrnehmen konnten. Mit ineinandergeschlungenen Händen betrachteten sie den braunen Mann auf dem Foto, und einen Wimpernschlag lang erinnerten sie sich an alles.

Ende